Say
yes
all blue

김제이 지음

◯ 목 차 ◯

프롤로그 - - - 5

1장. 풀(Pool) - - - 7
01. 접선 - - - 9
02. 요새 - - - 37
03. 불청객 - - - 64
04. 노을 - - - 85
05. 물거품 - - - 111
06. First - - - 133

2장. 헤엄쳐 - - - 143
07. 충돌 - - - 145
08. NO Swimming - - - 176
09. 탱고 - - - 198
10. Climax - - - 225

3장. 내 사랑은 파랑 - - - 233
11. 오랜 방학 - - - 235
12. 파란 - - - 266
13. 물보라 - - - 285
14 Finale - - - 316

프롤로그

갑작스러운 침입자의 등장에 풀의 물이 동요했다.
당황했으나 밖으로 나갈 수 없던 나와 당황했음에도 여전히 물속에 있던 너.
그게 너와 나의 첫 만남이었다.

Say yes all blue

01. 접선

사고는 찰나였다. 생각지도 않은 충격이 등을 가격했을 때, 나는 이미 앞선 차의 후미를 들이박은 후였다.

에어백은 터지지 않았다. 안전벨트를 했음에도 핸들에 처박힌 명치 때문에 숨쉬기가 힘들었다.

"아니, 거기서 갑자기 그렇게 서면 어떡해? 아가씨? 안전거리 유지 몰라? 안전거리?"

뒤차 아저씨가 뒷덜미를 쥔 채 운전석 차창을 두드리며 소리쳤다. 나는 어지럼증이 이는 머리를 털어 내곤 고개를 들었다. 꽁무니가 처박힌 건 내 차뿐만이 아니고, 지인의 지인의 지인을 통해 산 이 고물 차가 갖다 받은 게 하필 내 연봉을 10년 합쳐도 못 살 외제 차라는 사실을 깨닫기 무섭게 앞차의 운전석에서 남자가 내렸다.

소화전과 충돌했는지 분수처럼 쏟아져 내리는 물방울을 뚫고 다가오는 얼굴이 익숙했다.

> 정글 같은 미술품 거래 생태계를 WJ아트픽 정우진은 어떻게 장악했나.

아침나절 본 기사 속 사진 때문만은 아니었다.
남자는 내가 아는 사람이었다.

- - -

당시 겨우 고등학생이었던 정우진은 세계에서 유명 인사였다. 최연소 신기록 보유자, 수영 불모지인 한국에서 대회에 나갔다 하면 메달을 굴비 엮듯 따 오는 그를 언론은 '물의 황태자'라고 불렀다.

난다 긴다 하는 체육 고등학교 대신 평범한 일반고인 우리 학교를 정우진이 택한 이유는 단 하나, 전국 최대 규모의 풀(pool) 때문이었다.

유명한 건축가 동문이 모 재벌 동문의 투자를 받아서 지었다는 수영장은 천장이 유리 돔으로 디자인되어 낮에는 지나치게 반짝거렸고 밤에는 지나치게 어두웠다. 학교 건물과는 동떨어진 외진 뒷문 근처에 있어서 수영부를 제외하고는 드나드는 사람들도 없어 낮에도 인적이 드물었다.

- 야밤에 말도 없이 괭이 새끼처럼 또 어딜 나간 거?
"물감 사러."
- 영주 너 지금 내가 그 말을 믿을 거라고 생각하는 건 아니제?

"바람 쐬러."

- 애인 생긴 건 아니고?

마침 학교 뒷문에 도착해, 있으나 마나 한 울타리를 넘고 있던 나는 순간 중심을 잃고 넘어졌다. 다행히 손을 짚어 크게 다치진 않았으나 양 손바닥이 긁혔다. 서둘러 일어나느라 한동안 말이 없자 휴대폰 너머 할아버지가 소리쳤다.

- 왜 그려? 뭔 일 났어?

"뭔 일은. 할아버지가 이상한 소릴 하니까 어이가 없어서 그렇지."

- 뭐가 이상한 소리여, 요즘은 유치원생 애들도 애인 있다는디. 너는 말이여, 열여덟이나 먹어선, 애인은 고사하고, 친구 한 번 집에 데리고 온 적이 없으니, 혹시 이 할아비가 부끄러워서 그러는 거라면은.

"너무 가신다, 우리 홍춘근 씨. 30분 안에 들어갈 테니까 기다리지 마시고 먼저 주무셔요."

자나 깨나 손녀 걱정뿐인 할아버지는 몇 번이나 확인을 받은 후에야 겨우 전화를 끊었다. 휴대폰을 무음으로 바꾸기 직전 메시지가 도착했다.

ㄱㄱㅊ: 5분쯤 늦을 듯.

홍영주: 따따블.

ㄱㄱㅊ: 아이씨, 니네집 담배는 금 둘렀냐

홍영주: ㅇ.

ㄱㄱㅊ: 알았어. 이따 봐.

할아버지는 생계 수단으로 슈퍼라고 하기도 그렇다고 식당이라고 하기도 뭣한 작은 가게를 운영했다. 손님이래 봤자 주변 달동네 사람들이 전부고, 그마저도 점점 떠나는 바람에 수입은 나날이 줄어들고 있었다.

사고로 다리를 저는 장애가 있어 나라에서 매달 보조금이 들어왔지만 그거론 턱도 없었다. 젊었을 적, 호텔 주방장이었던 경력을 재능 삼아 일주일에 한 번 부자 친구의 반찬을 해 주는 대가로 받는 돈이 그나마 할아버지의 제일 큰 수입원이었다.

먹고살기조차 빠듯한 와중에도 할아버지는 내게 들어가는 돈은 아끼지 않았다. 새 교복, 새 참고서, 새 운동화, 물 쓰듯 쓰는 물감과 종이, 색연필만큼 종류가 많은 붓들.

열셋, 심심풀이로 나갔던 사생 대회에서 상을 타지 않았다면. 열넷, 진로 상담을 하러 학교에 온 할아버지를 우연히 마주친 미술 선생이 내 재능을 칭찬하지 않았다면. 열여섯, 대회에 걸린 상금이나 상품을 타 생활비에 보태는 게 아르바이트를 하는 것보다 훨씬 편하고 쉽다는 걸 깨닫지 않았다면.

정신을 차리고 보니 하고 싶은 게 그림뿐이었고, 가장 잘하는 것도 그림뿐이었다. 부자 부모도 기둥뿌리가 뽑힌다는 뒷바라지를 할아버지가 감당할 수 있을 리 없었다. 화구통에 꽂혀 있는 붓 하나가 실제로 얼마인지 할아버지는 모른다. 앞으로도 몰랐으면 했다.

그게 내가 이 부업을 하는 이유였다. 할아버지 가게의 물건들을 적게는 두 배, 심하면 열 배의 값으로 되파는 것.

담배, 막걸리, 소주, 맥주, 콘돔. 시중에서 10대가 쉽게 살 수 없는 물건들이면 더 비싸게 받았다. 그중 콘돔은 미성년자도 편의점에서 살 수 있었지만, 우리나라의 뒤떨어지는 성교육과 성 개념 때문에 내게서 구하려는 경우가 많았으니 나야 좋은 일이었다.

공산품만 판 건 아니었다. 가끔은 할아버지의 담금주도 팔았고, 학교 과제도 팔고, 그림도 팔았다. 좋아하는 아이돌의 초상화를 그려 주고 몇십만 원을 받은 적도 있었는데, 돈 버는 것보다 팔목 관절이 먼저 나갈 것 같아 자주는 못 한다.

시간과 상황이 되면 노동력도 판다. 같은 반 아이가 맡긴 개를 봐 주기도 하고, 고백을 전달해 주기도 하고, 가끔은 같이 사기도 쳐 준다. 이를테면, 외박하는 날 부모님과 영상 통화를 해야 할 때 같이 있는 친구인 척하는 것들.

아이들이 사라진 학교는 밤이 되자 스산하리만큼 고요했다. 보통 담배와 술 거래는 학교 밖에서 했지만 연습과 과외 사이에 비는 시간과 장소가 지금 여기뿐이라, 무엇보다 받기로 한 값의 두 배로 쳐 준다기에 알겠다고 했다. 이젠 거기서 배를 더 받기로 했으니 간만의 월척이었다.

김규찬은 몇 안 되는 수영부원 중 하나였다. 정우진처럼 재능이 타고난 건 아니었는데, 본인도 진심으로는 하는 것 같진 않았다. 나는 학교가 최근 공들여 만든 수국 화단을 지나쳐 수영장으로 향했다.

수영장의 조명은 반만 켜져 있었다. 김규찬과 주로 거래하면서 쓸데없이 알게 된 사실이 몇 있는데 정우진이 더럽게 싸가지 없다는 것과 정우진 때문에 풀을 온전히 사용할 수 있는 시간이 이 밤중뿐이란 것도 그중 하나였다.

5분은 일찌감치 지났으나 김규찬은 코빼기도 보이지 않았다.

짜증스레 넘어다본 유리 벽 너머 풀의 수면이 흔들리고 있었다.

 혹시나 교내 관계자에게 들킬지도 모른다는 불안과 날 기다리고 있을 할아버지에 대한 죄책감으로 판단력이 떨어진 나는 저 풀 안에서 유유히 수영하고 있는 인간이 당연히 김규찬일 거라고 생각했다.

 열린 문 안으로 들어가 풀 앞에 섰다. 교복 주머니에 넣어 둔 담배를 꺼내 들었다. 1초라도 빨리 거래를 끝내고 이곳을 뜨고 싶었다.

 내가 있는 곳과 정반대 편 벽을 터치한 김규찬이 내 쪽을 향해 헤엄쳐 왔다. 저 정도면 국대 해도 되겠는데? 취미로 수영을 한다는 김규찬의 예상치 못한 실력에 의문을 가졌을 때는 이미 늦었다.

 인기척이 나더니 손전등의 동그란 빛이 입구를 비췄다.

 "거기 누구 있습니까?"

 경비였다. 숨을 곳을 찾았지만 마땅치 않았다. 그사이 경비는 출입구를 통과해 수영장 안으로 들어오고 있었다. 놀란 머리는 담배를 숨기거나 그럴듯한 변명을 지어내는 복잡한 방법을 택하는 대신 가장 단순하고 멍청한 방법을 택했다. 풀 안으로 뛰어드는 것이었다.

 머리까지 담근 후에야 생각보다 풀의 깊이가 깊다는 걸 깨달았다. 내가 수영을 하지 못한다는 사실도.

 이 사단의 원인인 김규찬을 탓하기 위해 태어나 처음으로 물속에서 눈을 떴다. 근처에서 일던 물보라가 멈추고 인어처럼 유연하게 움직이던 몸이 코앞에 서고 나서야 알았다. 김규찬이 아니었다.

정우진이었다.

밤엔 수영 따윈 하지 않는다는 정우진이 눈앞에 있었다.

일렁이는 수면 아래로 손전등의 굴절된 빛이 비쳐 들어왔다. 그때쯤 난 기절하기 직전이었다. 운동이라면 숨 쉬는 것밖에 하지 않는 나는 100미터를 겨우 뛸 만큼 체력이 쓰레기였는데, 폐활량이라고 다를 것 없었다.

날 빤히 보던 정우진이 물 밖으로 머리를 내밀더니 수경을 벗었다.

"어? 우진 군이었어? 밤에는 훈련 안 하지 않아?"

"잠이 안 와서요."

"아무리 우진 군이라도 10시 이후에는 안 돼. 여기 좀 있으면 보안 가동돼서. 내 말 무슨 뜻인지 알지? 20분 남았네."

물 위를 비추던 빛이 사라졌지만 어째서인지 움직일 수가 없었다. 사람이 숨을 너무 참으면 죽을 수도 있다는 당연한 사실을 간과한 탓이었다. 움켜쥐고 있던 담뱃갑은 어느덧 놓친 후였지만 그것까지 신경 쓸 겨를이 없었다.

풀 안의 차가운 물이 내 몸으로 들어와 피를 식히는 것 같다고 느낀 순간, 나는 이미 반쯤 의식을 놓은 후였다.

폐가 찌그러지는 통증과 함께 다시 눈을 떴을 땐 젖은 정우진의 얼굴이 코앞에 있었다. 잔기침이 목을 죄며 터져 나올 때마다 언제 먹었는지 모를 물이 입 밖으로 흘러나왔다.

"정신이 들어?"

걱정스러운 표정의 정우진은 내 턱을 쥔 채였다. 누운 내 곁에 무릎을 굽히고 앉은 정우진을 보고 나서도 나는 상황을 제대로 이해하지 못한 채 멍청하게 정우진만 올려다보고 있었다.

"괜찮아?"

"…어."

"일어날 수 있겠어?"

"…어."

무표정하게 굳어 있던 입매가 거짓말처럼 호선을 그렸다. 같은 학교에 다니긴 하나 정우진을 이 정도로 가까이서 본 건 처음이었다. 나는 열여덟이었으나 빠른 연생으로 고3이었고 정우진은 고2였다.

하지만 만약 같은 학년이나 같은 반이었다 해도 훈련이나 대회로 자주 학교를 빠지는 정우진의 얼굴을 보는 건 힘들었을 것이다.

텔레비전이나 사진으로 볼 때와는 또 달랐다. 반항적인 눈동자는 흐트러진 머리카락만큼이나 검었고, 피부는 잡티 하나 없이 매끈했다. 아랫입술 밑에 작은 점 하나가 있었다.

묘한 데 점이 있네.

점이란 걸 처음 접하는 사람처럼 제 입술을 빤히 보는 날 알아챈 정우진이 장난스레 고개를 기울이며 말했다.

"내 입술이 마음에 드나 봐?"

나는 그제야 정신을 차리고 벌떡 일어나 앉았다. 도중에 휘청거리는 내 등을 정우진이 감싸 부축했다. 커다란 손과 단단한 팔이 젖은 교복 상의 너머로 느껴졌다.

초여름이었다. 그런데도 어깨가 떨렸다. 춥다고 생각하기 무섭게 일어난 정우진이 스탠드에 놓여 있던 제 트레이닝복 재킷을 가져왔다. 그는 상냥하게도 내게 재킷을 걸쳐 줬는데 손끝조차 스치지 않았다.

빨리 자리를 떠야겠다고 생각은 했으나 익사 위기에 놀란 몸은 여전히 제자리였다. 정우진은 아직까지 제정신이 아닌 내게 동정심이라도 든 모양이었다.

왜 야밤에 남의 풀에 와 옷을 입은 채 다이빙을 했냐고 묻는 대신 내 앞에 무릎을 구부리고 앉아 재킷을 여며 줬다. 소매에 팔을 넣으란 말도 하지 않고 남의 목 끝까지 지퍼를 올리고 있던 그가 내 눈빛을 어떻게 해석했는지 사과했다.

"미안. 정신이 없어서."

스스로가 생각해도 어이없는지 작게 웃던 정우진이 도로 지퍼를 내리다 말고 고개를 들었다. 의문스러운 기색이었다.

"왜 그렇게 봐?"

나는 수묵화에 번진 먹물처럼 새카맣게 젖은 정우진의 머리카락을 보다가, 뾰족한 턱 끝에 맺힌 물방울을 보다가, 가까이서 보지 않으면 모를 만큼 작은 점이 있는 아랫입술을 보다가 대답했다. 완벽한 균형감이었다. 어디 하나 불안한 곳이 없는, 몬드리안이 좋아할 만한 황금 비율.

"…들어서."

"뭐?"

"네 입술이 마음에 들어서."

정우진은 길 가다 벼락이라도 맞은 사람처럼 굳었다. 나도 마찬가지였다. 기절했을 때 폐가 아니라 뇌에 물이 찬 게 분명했다. 그러니 저딴 소릴 말이랍시고 내뱉은 거겠지.

"우진 학생? 아직 안 갔어? 수영장 문 잠가야…."

눈을 찌를 듯한 전등 불빛이 입구의 유리문을 타 넘어왔다. 정우진은 여전히 날 보고 있었다. 모양 좋은 입술이 무슨 말하려는 듯이 벌어지기 무섭게 나는 서둘러 일어났다. 경황이 없어 입고 있는 정우진의 트레이닝복 재킷을 돌려주지도 못한 채 입구를 향해 도망치듯 걸어갔다. 풀의 주인 외에 다른 이가 있다는 걸 그제야 알아챈 경비가 황당한 표정을 했다.

 그를 지나친 나는 정우진의 시야에서 벗어나자마자 달리기 시작했다. 학교를 나오고 나서도 한참 후에야 바닥에 쪼그려 앉아 숨을 골랐다. 입고 있는 정우진의 트레이닝복에선 수영장 특유의 물 냄새와 소독약 냄새, 비누 냄새가 섞여서 났다.

 버스를 타기 위해 정류장에 도착한 후에야 알았다. 광고판 유리에 비친 나는 그야말로 물에 빠진 생쥐 꼴이었는데, 지퍼가 열린 트레이닝복 사이 젖은 교복 상의로 속옷이 죄다 비쳐 보였다.

 본의 아니게 죽음의 문턱을 넘을 뻔한 덕분인지 버스를 타고서도 넋을 놓고 있던 나는 집 근처에 도착해 할아버지 가게의 간판을 보고 나서야 뒤늦게 그 생각이 났다.

 김규찬, 이 개자식.

 주머니를 뒤져 휴대폰을 찾았다. 없었다. 지푸라기라도 잡는 심경으로 내 발자취를 복기해 봤으나 휴대폰이 있을 만한 곳은 하나였다. 수영장. 불행하게도 내가 잃어버린 것은 휴대폰뿐만이 아니었다.

 담배.

 나는 수영장 어디엔가 둥둥 떠다니고 있을 담배를 떠올리곤 표정을 굳혔다. 고작 몇만 원을 벌겠답시고 근 백만 원짜리 휴대폰을 빠뜨리고 온 스스로가 대견해서 웃음도 안 나왔다.

다시 돌아가 봤자 수영장 문은 잠겨 있을 테니 체념한 채 가게 안으로 들어갔다. 철제문에 달린 종소리가 울려도 할아버지는 감감무소식이었다.
　단층짜리 이 가게 안엔 가정집이 달려 있었다. 방 한 칸에 다락 하나, 부엌과 화장실이 전부였고, 그 사이엔 거실이라고 부르기에도 뭐한 작은 공간이 존재했는데, 가게는 그곳과 연결되어 있었다.
　텔레비전 소리가 흘러나오는 걸 보니 또 드라마를 보다가 잠이 든 모양이었다. 벌써 밤 11시가 다 되어 가는 시각이었다. 오는 손님도 없건만 부득불 여태까지 열어 놓은 가게의 출입구를 잠그곤 집으로 연결되는 미닫이문을 열었다.
　젖은 운동화를 벗곤 까치발로 안으로 들어갔다. 팔베개를 한 채 모로 누워 잠든 할아버지를 확인하곤 리모컨을 들어 텔레비전을 끄려던 찰나였다.
　"우리 꽹이 새끼 왔냐?"
　놀라 떨어뜨릴 뻔한 리모컨을 간신히 사수하고 돌아보자, 그 자세 그대로 할아버지가 눈만 뜨고 있었다.
　"깼어?"
　"깨기는. 자지도 않았구먼. 테레비 보고 있었어."
　할아버지가 보고 있었다는 텔레비전 채널은 서부 총잡이가 나오는 칠십 년대 외화였다. 내게서 리모컨을 넘겨받은 할아버지가 말했다.
　"그나저나 밖에 비 오냐?"
　"아니."
　"근디 왜 쫄딱 젖었어?"

"아…."

말릴 새도 없이 일어난 할아버지가 욕실에서 수건을 가져와 내 머리를 닦기 시작했다.

"애인 없다듬서?"

"우리 할아버지 오늘 뭐 잘못 먹었어? 왜 아까부터 자꾸 있지도 않은 애인 타령…."

"그럼 요건 누가 준 거여?"

텔레비전 속 총잡이처럼 매서운 할아버지의 시선 끝에는 정우진의 트레이닝복 재킷이 있었다.

"길 가다 주웠다는 헛소릴랑은 집어치워라?"

나보다 한 박자 앞서 말하는 할아버지의 목소리에는 모종의 확신이 깃들어 있었다. 나는 얼토당토않은 변명으로 할아버지를 속이려 하는 대신 사실만을 말했다.

"애인 아니거든요?"

"애인도 아닌 놈 옷을 덥석덥석 받아 입은 겨? 지조도 없이?"

"그러게요. 내가 그랬네. 지조도 없이."

아기라도 다루듯 섬세하게 내 머리를 닦아 내는 할아버지의 손에서 수건을 받아 들고 일어섰다.

"따뜻한 물로 몸이라도 뎁히고 자."

"나중에. 가게 문은 내가 잠갔으니까 할아버지도 얼른 주무셔."

"꿀물 타 줘?"

"내가 타 먹을게요."

나는 다락방으로 향하는 나무 계단을 오르다 말고 아래를 내려다보며 말했다.

"사랑해, 할아버지."

그사이 다시 누운 할아버지가 텔레비전 채널을 돌리며 대꾸했다.
"지럴허지 말고 안 씻을라믄 머리나 마저 말려. 여름 감기는 걸리믄 답도 없응게."
잔소리를 하느라 할아버지가 멈춘 채널은 스포츠 뉴스, 믹스트 존에 선 정우진이 나와 눈을 맞춘 채 웃고 있었다.

이것도 방이라고 친다면 이 집에서 가장 넓은 공간인 다락은 내 방이었다. 여름이면 더럽게 덥고, 겨울이면 더럽게 추웠다. 초등학교 3학년 때까지 할아버지와 같은 방에서 먹고 자던 나는 초등학교 4학년이 되던 날 이 다락으로 독립했다. 할아버지는 본인의 안방을 내어 주려 했지만 그건 개나 소한테도 욕먹을 일이었다.
다락의 유일한 창은 여름이면 종일 열려 있다시피 했다. 가게 앞을 향해 나 있었고 크기는 작았지만, 언덕 아래 풍경이나 달 감상은 하고도 남았다. 창을 닫아 커튼을 치고 옷부터 갈아입었다. 산뜻하던 정우진의 트레이닝복 재킷은 그사이 내 물기에 젖어 축축했다.
구해 줘 고맙다는 마음보다 심란한 마음이 든 것은 지금쯤 수영장 어디엔가 있을 내 휴대폰과 담배 때문이었다.
옷은 또 어떻게 돌려줘?
침대 따원 들일 방법도, 둘 공간도 없어 대용으로 놔둔 싱글 매트리스 위에 쓰러지듯 엎드렸다. 생각만 해도 머리가 아프면 생각하지 않으면 되는데, 그걸 못해서 몇 시간을 뒤척거리다 새벽 3시가 다 되어서야 겨우 잠들었다.

눈을 뜬 시간은 새벽 5시. 어제는 멀쩡한 것 같았던 오른 손목에 시퍼렇게 멍이 들어 있었다.

씻고, 진작에 일어나 밥을 하는 중인 할아버지의 성화에 못 이겨 밥 한술을 뜨고 학교에 도착한 시간은 고작 6시 반이었다. 일찍감치 떠오른 해 덕분에 하늘은 대낮처럼 환했다.

수영장 근처에 다다라 이도 저도 못 한 채 초조해하고 있을 때였다. 출입구가 열리더니 수영장 안에서 정우진이 나왔다. 여자애와 함께였다. 옆얼굴이 낯익다 했다. 우리 반 박채원이었다.

아이들 사이에서 박채원이 정우진의 여자 친구란 이야기가 돌긴 했다. 새파랗게 어린 놈이 여자관계가 난잡하다는 지라시 소문도.

이거나 그거나 나와는 하등 관계없는 일이라 관심을 두지 않은 나는 그저 두 사람이 수영장을 벗어나길 기다렸다. 여자를 좋아한다는 정우진은 재잘거리는 박채원에게서 멀찍이 떨어져 걸었는데 표정이 심란해 보였다. 피곤해 죽겠는데 이른 시간에 등교해야 했던 나만큼이나.

두 사람의 뒷모습이 시야에서 사라진 후에야 재빨리 수영장으로 향했다. 입구에서 안을 살폈을 땐 아무도 없어 보였으나 있다 해도 정우진이 아니라면 상관없었다. 오늘은 적당한 거짓말을 미리 준비해 뒀으니까.

조심스레 들어선 수영장 안에는 다행히 아무도 없었다. 풀 안의 물이 찰랑거리는 소리가 들린다고 착각할 만큼의 고요에 괜스레 긴장해 서 있던 나는 뒤늦게 정신을 차리고 움직였다.

제대로 보일 것 같지도 않건만 풀 안부터 살피기 시작했다. 어제 내가 빠졌던 곳부터 반대쪽까지 훑었으나 담배와 휴대폰,

둘 중 어느 것 하나 찾을 수가 없었다.

당연했다. 이 넓은 풀 안을 여기 사이드에 서서 살펴본다는 건 애초에 불가능한 일이었다. 안에 들어간다면 또 몰라.

수영도 못하지만, 한다고 해도 아무나 들어갈 순 없었다. 내가 아는 이 중 이 문제를 해결할 수 있는 사람은 이 모든 일의 원인인 화상 개규찬뿐이었다.

목표 달성은 고사하고 시간만 낭비한 채 돌아가려던 참에 시야에 가방 하나가 걸려들었다. 운동부나 가지고 다니는 더플백은 스탠드 한쪽에 놓여 있었는데, 휴대폰과 함께였다.

가방의 주인이 누구일지, 여기 없다면 어디 있을지, 다른 건 생각할 겨를도 없이 다가가 휴대폰부터 주워 들었다. 내 건 아니었다. 실망감에 내려놓자마자 등 뒤에서 타인의 목소리가 넘어왔다.

"내 거야, 그건."

도둑질이라도 하다 들킨 사람처럼 놀라 굳어 버린 내게 정우진은 말했다. 트레이닝복 차림에 젖은 머리. 샴푸 냄새가 진동했다. 발소리조차 듣지 못했는데 대체 언제 들어온 건지 알 수 없었다.

"미안."

마음에도 없는 사과부터 했다. 혹시 어제 휴대폰이나 다른 걸 줍지 않았느냐는 질문을 해야 하나 말아야 하나 고민하던 중이었다. 스탠드까지 걸어간 정우진이 가방 안에서 뭔가를 꺼내 들었다. 커다란 손아귀가 쥐고 나온 건 다름 아닌 내 휴대폰이었다.

생각지도 못한 전개에 멍하니 있자 정우진은 내 손을 가져가

직접 휴대폰을 쥐여 줬다. 늘 물속에 있는 사람이라서인지 체온이 차가웠다.

"다른 건 젖어서 버렸어."

태양 아래서 보니 유독 새까만 눈동자가 내 교복 셔츠 위 이름표에 꽂혀 있었다.

고맙다고 말하려던 참에 성큼 다가온 정우진이 내게로 손을 뻗었다. 커다란 손은 내 목으로 오는가 싶더니 이내 방향을 틀어 교복 셔츠의 주머니 쪽으로 향했다. 밥을 반 그릇도 채 먹지 않고 가는 내가 성에 안 찬다며 할아버지가 매일같이 챙겨 주는 초코바가 거기 꽂혀 있었다.

뒤늦게 무슨 영문인지 깨달은 내가 한발 물러섰지만 정우진이 빨랐다. 어이없어할 새도 없이 그는 내 주머니에 꽂힌 초코바를 꺼내 흔들었다.

"이건 사례비."

가방을 챙겨 든 정우진이 먼저 돌아섰다. 나는 초코바를 뜯어 입에 문 정우진의 너른 등이 수영장 밖으로 사라질 때까지 우두커니 서 있다가 휴대폰 진동 소리에 정신을 차렸다. 액정에 뜨는 이름이 지긋지긋했다.

ㄱㄱㅊ

허울뿐인 광고는 아니었던지 휴대폰은 물속에 들어갔다 나왔는데도 멀쩡했다. 전화를 받지 않자 김규찬은 메시지 폭탄을 퍼붓더니 결국 교실까지 찾아왔다. 정말 미친놈이 아닐 수 없었다. 담배에 미친 놈.

"꼭두새벽부터 그림 그렸어? 물감을 뭔 목까지 묻히고 다녀? 피인 줄 알고 식겁했네."

그제야 교실 창문 유리에 목을 비춰 확인했다. 아침나절 집에서 터진 물감을 정리하다 문질렀는지 셔츠 깃 바로 위에 시뻘건 물이 들어 있었다.

정우진과는 다른 의미로 유명한 김규찬과 딱히 엮이고 싶지 않던 나는 내일 가져다주겠다는 말로 김규찬을 보냈다. 한 번만 더 바람맞히거나 이런 식으로 짜증 나게 굴면 거래를 끊겠다는 협박도 함께였다.

내가 학교에서 불법 상거래를 하고 있다는 사실은 아이들 사이에 암암리에 퍼져 있었다. 덕분에 나와 친구가 되려고 하는 아이도 없었지만, 나서서 선생에게 일러바치는 아이들 역시 없었다.

우리 학년의 반 정도가 나와 거래한 전적이 있었고, 나머지도 그럴 가능성이 있다고 생각하는 것 같았다. 무엇보다 굳이 고발자가 되어서 공공의 적이 되고 싶어 하는 아이는 아무도 없었다. 그렇게 나의 사업은 오늘도 무사했다.

전날 잠을 설친 덕분인지 초저녁부터 일찍 잠이 들었다. 아침에 일어났더니 손목의 멍은 어제보다 옅어졌으나 통증은 여전했다. 물에 빠진 건 나인데 할아버지가 연신 재채기를 했다.

"감기 걸렸어? 병원 가."

"병원은 무신. 꿀물 한 잔 타 먹으면 낫는 것을."

"꿀물이 무슨 만병통치약이야? 그러지 말고…."

"싸게싸게 학교나 가. 지각할 텨?"

학교에 도착해 교실로 가는 길에 수영장에서 멈춰 섰다. 세탁

해 가져온 정우진의 트레이닝복이 든 종이 가방을 출입구 손잡이에 걸었다. 혹시 몰라 종이 가방에 이름까지 써 놨으니 알아서 찾아가겠지.

돌아서기 직전 나도 모르게 넘어다본 유리문 너머 풀이 고요했다. 김규찬의 말에 따르면 학교에 오는 날이면 쓸데없이 성실하게 수업을 듣는다는 정우진은 벌써 새벽 훈련을 끝내고 교실로 돌아갔을 것이다.

이유야 어찌 되었건 담배를 들킨 게 찜찜하긴 했으나 고민은 오래가지 않았다. 정우진은 내가 누구인지도 모를 테니까. 이걸로 정우진을 다시 볼 일 또한 없을 테니 다행이라고 생각하면서도 어째서인지 수영장 앞을 떠나지 못하고 있었다.

"찾는 사람 있어?"

귓가로 내려앉은 목소리에 놀란 나는 차마 뒤를 돌아보지 못하고 얼어붙었다. 홉뜬 눈으로 유리문에 비친 정우진이 보였다.

가까스로 아무렇지 않은 척 연기하며 돌아섰다. 마주 보기엔 부담스러운 거리에도 물러서지 않은 정우진이 새삼스레 인사했다.

"자주 보네요, 선배."

그거 그냥 가져도 되는데. 많아서. 덧붙이는 정우진은 내게 준 것과 똑같은 트레이닝복 재킷을 입고 있었다. 당황한 나는 정우진이 하는 말을 이해하는 척했으나 전혀 이해하지 못하고 있었다. 표정 관리는 애초부터 실패했다. 내 멍청한 표정을 다르게 이해한 정우진이 물었다.

"어디 아파?"

"아니."

그제야 내 얼굴이 정우진에게 어떻게 인식되고 있는지 깨달은 나는 정우진을 마주하느라 들고 있던 고개를 내리곤 시선을 피했다. 부는 바람에 물 냄새와 수영장 냄새, 샴푸 냄새가 섞여서 났다. 고작 두 번의 만남에 나는 이게 정우진의 체취라는 걸 인식했다.

"그때는 고마웠어."

늦어도 너무 늦은 감사 인사에 무표정하던 정우진의 입가에 미소가 맺혔다.

"천만에."

대꾸하지 않고 서둘러 정우진의 곁을 지나쳤다. 저쪽 푸른 수국 화단에서 박채원이 이쪽을 향해 걸어오고 있었다.

학년이 시작된 지 벌써 몇 개월이 지났고, 자리를 바꾼 지는 한 달이 넘었건만 오늘 알았다. 박채원은 내 앞자리였다. 내 눈을 사로잡은 건 결 좋은 머리카락도, 티끌 하나 없는 피부도, 늘 반듯하게 다려진 교복도 아니었다.

손이었다. 붓과 연필을 종일 잡아 그렇다기엔 심하게 마디가 나 있고 상처투성이인 내 손과는 전혀 다른, 마네킹처럼 고운 손.

수업이 끝나면 거의 매일 미술실로 향했다. 입시 준비를 위해서였다. 다들 학원에 가거나 따로 레슨을 받았지만 물감값도 대기 힘든 마당에 그럴 돈이 내게 있을 리 만무했고, 그런 내 형편을 아는 미술 선생은 시간이 날 때면 와서 내 그림을 봐주곤 했다.

소주는 무섭고 동동주는 그래도 첫 경험으로 괜찮을 것 같다는 미술부원에게 식혜 병에 담은 동동주를 마침 필요했던 붓 하나와 막 교환했을 때, 전화가 왔다. 할아버지였다.

 - 심부름 쬐까 해 줬으면 하는디. 우리 꽹이 시간이 될랑가 모르겄네.

 심부름 따윈 시키지 않는 할아버지였다. 그 손이 어떤 손인데 심부름 같은 건 할 손이 아니라고. 그런 할아버지가 무슨 일인가 싶어 걱정부터 앞섰다. 아침에 잔기침을 계속하던 것도 마음에 걸렸다. 나는 서둘러 화구를 정리하며 물었다.

"왜? 많이 아파? 병원은? 아직 안 갔지. 같이 가."

 - 뜬금없이 뭔 병원 타령이여?

"아파서 전화한 거 아니야?"

 - 하여튼 영주 너는 이 할아비 말을 코로 듣는 경향이 있어. 내가 심부름 쬐까 해 달라 했지. 병원 가쟀냐.

"무슨 심부름인데?"

 - 반찬 배달.

 일주일에 한 번 반찬을 가져다주는 날이 오늘이라고 했다. 어제 기껏 만들어 놨는데, 우리가 먹는 데도 한계가 있지, 다 버리게 생겼다고.

 - 전화했더니 그냥 놔두라고 하는디, 아까워 가지고.

"할아버지 병원 가면."

 - 뭐시라?

"할아버지 병원 가면 나도 배달 갈게."

 죽어도 시키지 않던 심부름을 내게 시키는 건, 할아버지의 몸 상태가 그만큼 별로라는 뜻이었다. 할아버지는 잠시 침묵하더니 이내 웃었다.

 - 하여튼간 이 할아비 걱정해 주는 건 우리 영주밖에 없구먼?

"콜?"

- 그려, 콜. 콜이다.

가방을 메고 미술실을 나왔다. 버스 정류장은 정문보다는 후문이 가까웠다. 늘 생각 없이 가던 길을 자꾸만 멈춰 서게 되는 건, 그곳에 수영장이 있기 때문이었다. 설마, 또 만나려고.

자꾸만 머릿속을 떠도는 정우진의 잔상을 털어 내고 빠른 걸음으로 수영장 앞을 지나치던 중이었다. 누군가 곁에 다가와 팔목을 잡아챘다.

"담배는? 가져왔어?"

신성한 학교 안에서 생목소리로 담배 운운하는 정신 나간 인간은 다름 아닌 김규찬이었다. 나는 대거리할 의지를 잃고 손목부터 빼냈다. 애초에 이 자식과는 거래하지 말아야 했다는 후회를 짜증이 뒤덮을 무렵이었다. 김규찬의 어깨 너머로 낯익은 실루엣이 보였다.

행운과는 거리가 먼 18년의 인생을 살아오며 깨달은 게 있다면 만나고 싶지 않은 인간은 어떻게든 만난다. 일어나지 않았으면 하는 일은 어떻게든 일어난다. 적어도 내 인생은 그랬다.

내 시선을 따라간 김규찬이 정우진을 발견하고 손을 흔들었다. 눈치라곤 쥐똥만큼도 없는 김규찬이 정우진을 부르기 전에 팔을 끌고 후문을 나왔다. 돌아서기 직전 정우진과 눈이 마주쳤다. 빠른 걸음으로 학교를 빠져나오는 내 뒤로 정우진의 시선이 따라붙고 있었다.

"거기서 아는 척을 왜 해?"

"친구니까?"

"…친구?"

나는 고3인 김규찬과 고2인 정우진이 어떻게 친구가 될 수 있느냐는 합리적인 의심보다는 어떻게 너 같은 놈이랑 쟤가 친구가 될 수 있는지 주관적인 의심이 먼저 들었다. 친구라면서 그렇게 나한테 뒷담화를 깐 거야?

길 가다 이웃에게 돌을 얻어맞은 표정을 하고 있는 날 유심히 보던 김규찬이 말했다.

"근데 너도 우진이랑 아는 사이 아니야?"

"뭐?"

"우진이는 작년부터 너 알고 있던데? 네 얘기 캐묻길래 난 너랑 아는 사이인 줄 알았지."

갑작스러운 김규찬의 폭로에 나는 의아함을 감추지 못했다.

정우진이 날 어떻게 알고… 왜?

혼란스러운 내 표정을 잠시 지켜보던 김규찬이 당황스럽다는 듯 덧붙였다.

"뭐야, 진짜 아는 사이 아닌가 보네."

"넌 뭐라고 했는데?"

"어?"

"그래서 넌 뭐라고 했냐고."

"걱정 마. 나쁜 얘긴 별로 안 했어. 너 그림 존나 잘 그린다는 거, 성격이 조금 많이 모났다는 거? 그래서 친구가 거의 없다는 거? 할아버지랑 같이 산다는 거 그리고, 내 담배 보고 대체 그딴 쓰레기는 어디서 구하는 거냐고 궁금해하길래, 너한테 구한다고 했지."

남의 신상을 생판 모르는 남에게 죄다 털어줘 놓고도 김규찬은 당당했다.

"네가 무슨 걱정하는지 아는데, 우진이 선생한테 꼬지르고 그런 치사한 새끼 아니니까, 신경 안 써도 돼. 근데 너 우진이랑 진짜 아무 사이 아니야? 뒤로는 사귀면서 앞에선 막 모른 척하고 그런 거, 진짜 아니야? 그럼 대체 무슨 사인데? 걔 수영이랑 지 말고는 아무 관심도 없는 새낀…. 야. 홍영주. 어디 가! 담배는 주고 가야지!"

뒤에서 이름을 부르는 걸 무시한 채 달려가 마침 정류장에 도착한 버스에 올라탔다. 무슨 사이냐니? 너한테 담배 안 팔았으면 몰랐을 사이다. 이 입 싼 자식아.

버스에 올라타고 나서도 김규찬이 지껄인 이야기가 머릿속을 떠나지 않았다. 나는 모르는 상대가 나에게, 그것도 1년이 훌쩍 넘는 시간 동안 관심을 가졌다 하면 그건 스토커였다. 기분이 나빠야 마땅한데 그렇지 않다는 게 당황스러웠다.

처음 정우진을 마주쳤던 날이 생각났다. 당황하던 나와는 달리 동요라곤 없던 얼굴.

정우진은 내가 김규찬에게 담배를 팔러 왔다는 걸 이미 알고 있었을지도 모른다.

불쾌함이 들어차야 할 머릿속엔 어이없게도 의문뿐이었다.

왜?

네가 왜 나를 궁금해해?

가게 근처에 도착했을 땐, 담친놈, 김규찬이 메시지로 부르는 담뱃값이 개발 제한이 풀린 그린벨트의 땅값처럼 천정부지로 솟아올라 있었다. 따따따블까진 무시하던 나는 따따따따블엔 못 이긴 척 넘어가 주기로 했다.

홍영주: 집 주소.

ㄱㄱㅊ: 집까지 찾아오려고?

진동은 계속해서 울렸지만 확인할 겨를은 없었다. 외출 준비를 끝낸 할아버지가 벌써 가게 앞 평상에 나와 앉아 있었고, 같이 병원에 다녀왔으며, 그 뒤엔 반찬 배달을 가야 해서 바빴다.

병원에 다녀오자 가게 앞에 웬 세단 하나가 서 있었다. 운전석에서 내린 유순한 외모의 아저씨가 할아버지를 보고 인사했다.

"안녕하세요, 홍 선생님."

"최 기사님, 매번 번거롭게, 고마워라."

배달할 사람이 있으면 굳이 내가 갈 필요는 없는 거 아닌가, 하고 생각했으나 그건 순전히 나 혼자만의 바람일 뿐이었다. 트렁크에 넣기엔 쏟아질 음식들도 있어 누군가 감시를 해야 하는 데다, 일전에 가져다 놓은 반찬 통도 가져와야 한다며 할아버지는 나를 차에 태웠다.

"작은 통은 우리 최 기사님 거."

"힘드시게, 그러실 필요 없는데."

"한 통 하나 두 통 하나 힘 드는 건 똑같애."

"감사합니다. 잘 먹겠습니다."

태어나 처음 타 보는 고급 차였다. 출발한 지 얼마 되지 않아 조는 날 알아챈 최 기사님이 웃었다.

"자요. 도착하면 깨워 줄게요."

부드럽게 어깨를 흔드는 손에 눈을 떴을 땐 차고 안이었다. 뒤늦게 나와 함께 뒷좌석에 탄 반찬들의 안부를 확인했다. 다행히 멀쩡했다. 굳이 올 필요는 없었던 것 같은데. 한숨을 쉬며 반찬 통을 들고 앞서가는 기사님을 따라갔다.

 차고는 집 내부와 연결되어 있었다. 계단을 올라가 밖으로 나오자 짙은 푸른빛의 정원이 눈앞에 펼쳐졌다. 그러나 내 눈을 사로잡은 건, 나이가 얼마나 될지 가늠이 되지 않을 만큼 큰 나무도, 새가 지저귀는 연못도, 중앙 정원을 미음 자로 둘러싸며 서 있는 주택보단 조각관을 연상케 하는 건물도 아니었다. 수영장이었다.

 수영장은 매일같이 관리하는 건지 나뭇잎 하나 떨어져 있지 않았고, 집 안에 있다기엔 크기가 거대했다.

 쏟아지는 햇빛이 수면 위를 눈부시게 수놓고 있었다. 수면 아래로 비친 바닷빛의 타일을 넋 놓고 보던 나는 기사님의 부름을 듣고 난 후에야 정신을 차리고 그 뒤를 쫓았다.

 집 안으로 들어서기 무섭게 미리 나와 있던 앞치마 차림의 아주머니가 기사님에게서 반찬 통부터 받아 들었다. 가사 일을 도와주시는 분이라고 했다.

 "영주 학생? 맞죠? 할아버님에게 말씀 많이 들었어요. 사진보다 훨씬 예쁘네. 온 김에 차 한잔하고 가요."

 "아뇨, 저는….”

 "그냥 보내면 저 선생님께 혼나요. 잠깐만 기다려요."

 최 기사님은 어느새 자리를 떠난 후였다. 나는 모두가 사라져 텅 빈 응접실에 선 채 주변을 둘러봤다. 사람이 사는 집이라기보단 그림을 전시하는 화랑 비슷한 분위기였다. 어디선가 먹 냄새가 난다고 느꼈는데, 그게 기분 탓이 아니라는 걸 벽에 걸린 그림들을 보고 알았다.

 동양화였다.

산과 계곡, 숲을 그린 산수화, 개와 고양이, 닭 등을 그린 동물화도 있었다. 어느새 그림을 따라 통로를 걸어가던 나는 모든 그림의 오른쪽 귀퉁이에 있는 작가의 사인을 확인하고 우뚝 섰다.

민석희.

살아 있는 동양화가 중 교과서에 그림이 실리는 유일한 사람. 그림 한 점이 몇십억에 팔리는 현존 최고 값어치의 화가. 그런 사람의 그림이 이렇게나 많이 걸려 있다는 건, 이게 전부 위작이거나 아니면 이걸 모두 살 만큼 엄청난 부자거나 그것도 아니면.
"그게 마음이 드니?"
인기척에 돌아봤다. 기사 사진에서나 보던 얼굴을 실제로 보고 나서야 확신했다. 할아버지의 부자 친구는 다름 아닌 민석희였다.
그렇게 나는 생각지도 못한 만남으로 생각지 않은 차담을 하게 됐다. 우리 가게의 몇 배만 한 넓이의 그녀의 작업실에서였다.
"그림을 그린다면서? 춘근이 말로는 내 그림 뺨따귀 칠 정도라던데?"
민 화백의 말을 듣고 나서야 그런 생각이 들었다. 어쩌면 이번 심부름이 처음부터 계획되었을지도 모른다는 생각. 배신감을 느꼈다기보단 애를 썼겠구나 싶었다. 누군가에게 빚지는 거라면 학을 떼는 할아버지, 그런 우리 춘근 씨가 나 때문에 빚까지 지려 하는구나.

"미대 가려면 돈이 많이 들 텐데? 학원이나 레슨은?"

우리 집안 사정을 뻔히 알면서 굳이 묻는 저의가 궁금했다. 할아버지의 지인이라면 나쁜 사람은 아닐 테니 비교적 둥글게 대답하려 했으나 말투엔 자꾸만 날이 섰다.

"물감 사 대기도 바빠서요."

"내가 괜한 걸 물었구나."

"네."

부정하지 않는 날 보며 민 화백은 웃음을 터뜨렸다. 그러고는 뜬금없는 제안을 해 왔다.

"내 초상화를 그려 주렴."

"네?"

"일주일에 한 번, 여기 와서 내 초상화를 그려 줘."

열 길 물속은 알아도 한 길 사람 속은 모른다는데, 예순이 넘은 이의 속을 내가 알 수 있을 리 없었다. 그런데도 그 속내를 파악하려는 듯 자신의 눈을 들여다보기만 하는 내게 민 화백이 말했다.

"완성된 그림이 마음에 들면, 나도 내 그림을 하나 주마. 어떠냐? 밑지는 장사는 아닌 것 같은데."

밑지는 장사라니. 남아도 너무 남아 문제인 장사였다. 내 그림이 마음에 들지 않아 민 화백의 그림을 받지 못한다고 해도 상관없었다. 그 시간만큼 그녀는 내 그림을 봐줄 것이다. 무엇보다 나는 민 화백이 내 그림이 맘에 들건 들지 않건 자신의 그림을 줄 거라고 확신했다.

그녀는 할아버지와 내 인생이 고달픈 이유가 순전히 돈 때문이라는 걸 잘 알고 있었다. 그 금액을 돈으로 주고받아 왔다면 나나 민 화백에게 소금을 퍼부을 할아버지는, 그림은 아무 말도 하지 않을 것이다. 고작 그림 쪼가리의 값어치가 그 정도나 한다는 걸 모를 테니까.

그깟 자존심 때문에 이런 기회를 날리는 건 머저리나 할 짓이었다. 나는 흔쾌히 그러겠다고 하고 시간 약속까지 잡은 후에야 일어섰다. 자리를 뜨기 전 내내 궁금했던 걸 물었다.

"혹시 저희 할아버지랑 사귀세요?"

"뭐라고?"

소리 내 웃는 걸 보고 실언했다는 걸 알았다. 죄송하다고 사과하는 내게 민 화백은 손사래 쳤다.

"춘근이랑 나는 그것보다 더 끈끈한 사이지. 가족? 이거면 대답이 됐니?"

인사를 하고 작업실을 나섰다. 손잡이를 잡아 돌리려는 순간, 알아서 문이 열렸다. 중심을 잃고 앞으로 휘청거리는 나를 커다란 손이 잡아채 붙잡았다.

짙은 먹 냄새를 물 냄새가 뒤덮었다. 정우진이었다.

02. 요새

어떻게 정우진이 이곳에 있는지는 굳이 묻지 않아도 짐작할 수 있었다. 같은 집에 사는 너무나도 닮은 두 사람. 뻔했다.

"오늘은 웬일로 일찍 들어오냐?"

날 배웅하기 위해 따라 나오던 민 화백이 정우진을 보고 물었다.

"운동이 일찍 끝났어."

"왜?"

"코치님이 몸살."

티 나게 굳어 버린 나와는 달리 우진이 내게 관심을 가진 이유. 할아버지가 여기, 민 화백의 집에 반찬을 만들어 주기 시작한 게 바로 작년부터였다.

잘하는 거라곤 그림 좀 찌그리는 것밖에 없는 손녀가 뭐 그리 예쁘다고 할아버지는 틈만 났다 하면 내 자랑을 했다. 가사도우미에게도 하는 자랑을 정우진에게 하지 않았을 리 없었다. 얘기만 했으면 다행이게, 할아버지는 휴대폰 사진첩을 다 털어 보여 줬을 사람이었다.

의문이 풀렸다면 속이 시원해야 하는데 어째서인지 허탈했다. 빈 웃음을 머금은 채 한숨을 쉬고 있자니 시선이 느껴졌다. 고개를 들어 정우진과 눈이 마주치고 나서야 나는 여전히 그의 품 안이라는 걸 뒤늦게 깨달았고, 황급히 그에게서 벗어났다.

우리를 지켜보던 민 화백이 뒤늦게 생각났다는 듯 정우진을 손짓하며 말했다.

"참, 둘 다 초면이지? 여긴 내 손자 정우진, 그리고 이쪽은."

"홍영주."

정우진의 대답에 민 화백과 나 모두가 그를 쳐다봤다.

"영주를 알아? 하긴 같은 학교니까 알 수도 있긴 하겠다만."

의아한 듯 묻던 민 화백의 표정이 날 보더니 더 아리송해졌다. 당연했다. 친구를 만났다기엔 난 너무 불편한 얼굴을 하고 있었다.

"아는 사이는 아니고, 친구의 친구?"

눈치 빠른 정우진은 알아서 민 화백의 궁금증을 해소해 줬다. 그러나 내 불편함은 더욱 가중됐는데, 그가 덧붙인 뒤 문장 때문이었다. 친구의 친구. 정우진과 친구라는 김규찬의 그 말이 거짓말은 아니었나 보다.

나는 김규찬의 친구가 아니었으나, 굳이 정정할 필요는 없어 잠자코 있었다. 민 화백은 나를 볼 때 할아버지가 곧잘 짓는 미소를 입가에 띄우더니 정우진에게 말했다.

"어쨌든 타이밍 맞춰 잘 왔다. 온 김에 영주 좀 데려다줘."

괜찮다고 마다했지만 민 화백에겐 씨알도 먹히지 않았고, 거절할 거라 생각했던 정우진은 의외로 순순히 제 할머니의 부탁을 받아들였다.

"최 기사는 일 있어서 자리 비웠어. 택시 불렀으니 타고 갔다 와."

택시까지 불렀으면 더더욱 정우진이 함께 가야 할 이유는 없는 거 아닌가. 의문을 뒤로한 채 체념한 내가 뒷좌석에 먼저 올라타자, 정우진이 뒤따라 탔다.

내가 들어야 할 짐을 대신 든 정우진을 보고 나서야 민 화백의 고집을 조금 이해했다. 빈 반찬 통은 무려 장바구니 세 개 분량이었는데, 음식은 플라스틱에 담으면 맛이 변한다는 근거 없는 믿음을 가진 할아버지의 취향에 따라 전부 유리였다.

목적지를 이미 알고 있었던지 택시는 알아서 출발했다. 대화가 없는 택시 안은 기사님이 틀어 놓은 라디오 뉴스 소리만 가득했다. 진동이 울려 휴대폰 액정을 확인했더니 김규찬의 전화였다. 정우진이 고개를 돌려 내 휴대폰 쪽을 응시하는가 싶더니 물었다.

"남자 친구야?"

"…뭐?"

한참 만에야 그 뜻을 이해하고 정색했다.

"미쳤어?"

미칠 것까지야. 졸지에 욕을 먹은 정우진이 중얼거리며 웃었다. 나는 액정의 붉은 버튼을 눌러 통화를 거절하고 창밖으로 시선을 고정했다. 지는 해가 흩뿌린 햇살이 창을 넘어와 택시 안을 온통 주황색으로 물들이기 시작했다.

부재중 전화 3통. ㄱㄱㅊ

ㄱㄱㅊ: 아무리 내가 담배가 말려도 집 앞 거래는 좀. 17:18 p.m.
ㄱㄱㅊ: 뭐야? 너 왜 우진이 집에서 나와? 19:21 p.m.
ㄱㄱㅊ: 뭔데 할매랑도 인사해? 19:21 p.m.
ㄱㄱㅊ: 너희 둘이 사궈?ㄱ 19:22p.m.
ㄱㄱㅊ: 뭐야 씨 이왕 왔으면 우리 집 근천데 담배 주고 가지! 19:23 p.m.

 택시가 가게 앞에 서기 무섭게 할아버지가 밖으로 나왔다. 짐을 들고 먼저 내리는 정우진을 확인한 할아버지의 눈이 왕방울만 하게 커졌다.
 "시상에, 이게 누구야. 우진이 아니여?"
 누가 보면 친손주라고 해도 믿을 만한 호들갑이었다. 하긴 할아버지가 그 집에 반찬을 가져다주기 시작한 게 1년이 훌쩍 넘었는데 그 집 손자인 정우진을 모를 리가 없지. 관심도 없던 스포츠 뉴스 채널을 자주 틀어 놓고 보던 것도 이제야 이해됐다.
 "감기 걸리셨다면서. 병원은?"
 문장이 짧았다. 토막 난 말에 어처구니가 사라진 내 시선을 느낀 듯 할아버지가 뒤늦게 날 보며 물었다.
 "당연히 갔다 왔지. 근디 어떻게 둘이 같이 와?"
 할 말이 아주 많았지만 정우진 앞에선 하고 싶지 않아 어쩌다 보니 그렇게 됐다고 얼버무렸다. 이유가 뭐건 할아버지는 내가 정우진과 함께 온 게 기쁜 것 같았다. 사생 대회에서 내가 상을 받아 왔을 때나 짓던 함박웃음이 만면에 가득했다.
 제 손에서 장바구니를 받아 들려는 할아버지를 말린 정우진이 가게 안을 눈으로 가리켰다.

"무거워. 안에다 가져다 놓을게요."

몇 달 전부터 고장 난 미닫이 철제문은 그냥 열면 잘 열리지 않고, 끝부분을 조금 들어야 수월하게 열렸다. 그걸 순전히 힘만으로 열어젖힌 정우진이 가게 안으로 들어섰다. 할아버지가 정우진을 따라 들어갔다가 정우진과 함께 밖으로 나왔다. 나는 그때까지도 가게 앞 평상에 멀거니 서 있었다.

밖으로 나온 정우진의 손에는 초코바 하나가 들려 있었다. 정우진과 두 번째 마주쳤던 날 아침, 정우진이 내 주머니에서 강탈해 갔던 그 초코바였다.

"그게 맛있어? 그럼 한 통 가져가."

"에이, 우리 할아버지 장사 공으로 하나."

"손주한테 장사하는 할아비가 어딨어? 그리고 그건 파는 거 아녀. 영주 먹으라고 사다 놓은 겨"

살아온 삶이건, 성격이건, 접점이라곤 없어 보이는 두 사람은 친손주와 할아버지처럼 쿵짝이 잘 맞았다.

"몇 통 있응께, 한 통 가져가. 쪼매 기다려라잉. 내 얼른 들고 올 테니까."

내려앉은 도르래 때문에 반쯤 열린 문을 몇 번이나 다시 여닫고 나서야 할아버지는 안으로 들어갈 수 있었다. 정우진의 시선이 할아버지를 쫓아갔다.

아무리 받는 데 익숙해도 그렇지. 그때쯤 나는 벼룩의 간을 익숙한 듯 빼먹는 정우진을 식은 눈으로 보고 있었다. 초코바를 뜯어 입에 문 정우진이 불현듯 문 앞에 무릎을 굽히고 앉았다.

"공구 있어?"

도무지 예상대로 움직이는 법이라곤 없는 정우진의 행동만 주시하고 있던 나는 그의 말을 제대로 알아듣지 못한 채 눈으로 되물었다. 정우진은 다시 묻지 않고 일어서더니 날 보며 말했다.

"내 입술 두 번 마음에 들었다간 넋 놓겠네?"

"…뭐?"

고개를 꺾일 만큼 들어야 보이는 정우진의 입가에 번지는 웃음을 알아챘을 때 그는 이미 가게 안으로 들어간 후였다.

할아버지와 함께 밖으로 나온 정우진의 오른손에는 공구함, 왼손에는 초코바 한 박스가 들려 있었다. 정우진은 초코바는 평상에, 공구함은 바닥에 내려놓더니 손쉽게 문짝 하나를 떼어냈다. 됐다고 나중에 내가 하면 된다는 할아버지의 만류에도 소용없었다.

"과자 값은 하고 가려고요."

솔직히 말하자면, 조금 미안했고 조금은 의심했다. 정우진을 벼룩의 간도 빼먹는 무지렁이 취급 한 게 미안했고, 태어나 손에 수영장 물밖에 안 묻혔을 것 같은 정우진이 과연 저 문을 고칠 수 있을까 의심했다.

결론을 말하자면 고치긴 했다.

집수리 전문가의 동영상을 참고 삼아, 무려 1시간이나 걸리긴 했지만.

그것뿐이면 몰라, 수리를 끝낸 정우진은 문짝을 다시 달려다가 녹슨 철문 모서리에 손까지 베였다. 불행 중 다행은 이 장면을 목격했다면 호들갑을 떨 할아버지를 일찌감치 집 안으로 들여보냈다는 것이었다.

반창고라도 발라 줘야 이 부채감이 덜어질 것 같아 가게 안으로 향했다. 감기약을 먹은 탓인지 텔레비전 앞에서 졸던 할아버지가 인기척에 눈을 떴다.

"왜? 뭐 줄까?"

"아냐 아무것도. 주무셔."

"늬들은 고생하는데 할애비가 자면 그건 도리가 아니지."

할아버지가 보는 데서 약상자를 찾아 들고 나가면 십중팔구 무슨 일이냐고 난리가 날 게 뻔해서, 약상자 대신 다락 내 방에서 반창고를 가져오기로 계획을 변경했다. 계단을 오르다 말고 문득 생각나 물었다.

"할아버지, 혹시 정우진한테 내 얘기 했어?"

"네 얘기?"

"응."

"그거야, 당연히… 했지."

역시 하나 마나 한 질문이었다.

"내 낙이 그거인디, 우리 예쁜 영주, 내 손녀 자랑하는 거. 우진이 저놈 아주 난놈이여. 얼굴도 예쁜 놈이 맘씨는 어찌나 더 예쁜지. 사람 말도 귀 기울여 들을 줄 알고. 하는 행동은 을매나 살가운지."

"그러시겠죠."

"그나저나 둘이 친한 사이면 진즉에 할아버지한테 얘길 허질 그랬어."

"전혀 안 친하거든?"

웃으며 계단을 오르는 내 뒤통수에 대고 할아버지가 덧붙였다.

"처음엔 내가 네 얘기 했지마는 나중에는 저가 먼저 네 안부

물어보던디? 네 그림이 아주 마음에 든대. 특히, 그 학교 현관에 걸린 그, 그림 있잖냐! 너 큰 상 탄 거."

그거야, 할아버지 말동무해 주느라 대충 둘러댄 거겠지. 입 밖으로 나오려는 반박은 삼킨 채 다락으로 들어섰다. 굳이 쓸데없는 말을 해 할아버지의 기분을 망치고 싶지 않았다.

책상 서랍을 뒤져 반창고와 연고를 주머니에 넣고 계단을 내려왔다. 도리가 아니라 자지 않겠다는 할아버지는 그 짧은 사이 꿈나라에 가 있었다.

제자리를 찾은 문은 이젠 힘을 주지 않아도 잘 열렸다. 정우진은 일찌감치 공구함을 정리한 채 평상에 앉아 있었다.

살점이 떨어져 나간 모양이었다. 얄팍한 반창고는 지혈하기엔 턱없이 부족했다. 생각보다 심한 상처에 희게 질려 가는 나와는 달리 초여름임에도 땀 한 방울 흘릴 것 같지 않은 정우진의 얼굴은 표정 변화라곤 없었다.

"병원 가야 할 것 같은데."

내 손가락이었다면 이렇게 걱정하진 않았을 것이다. 병원이 뭐야, 대충 반창고 서너 개 질끈 감고 말겠지. 남의 손가락이니까 문제였다. 그것도 하필 정우진 손가락이라.

"혼자?"

생각지도 못한 대답에 귀를 의심한 나는 내가 제대로 들은 게 맞는지 확인하기 위해 정우진의 얼굴을 다시 봤다. 농담이라고 할 줄 알았건만 정우진은 진지했다.

뭐라고 대거리할 말도 생각나지 않았고, 무엇보다 우리 집 문을 고치다가 다친 데다, 병원에 안 갔다 상처라도 덧나면 죄책감은 온전히 할아버지와 내 몫이었다. 그래서 잠자코 따라갔다.

혹시라도 잠에서 깬 할아버지가 갑자기 사라진 우리 때문에 걱정할까 봐, 잠깐 나갔다 오겠다는 쪽지를 써서 머리맡에 놔두었다.

버스를 탈 필요는 없었다. 10분만 걸어 내려가면 야간까지 영업하는 개인 병원이 하나 있었다. 주 진료 과목은 정형외과였지만 노인들이 많은 이곳에선 어지간한 진료는 다 봐 주었다.

문을 닫을 시간이 다 되어서인지 손님은 두어 명뿐이었다. 카운터로 향한 정우진이 화려한 외모와는 다르게 지렁이 같은 글씨로 간단한 인적 사항을 써 내려갔다.

그의 생년월일을 생각 없이 읽던 나는 의아했다. 연도만 따지자면 정우진은 열아홉, 빠른 연생이라 열여덟에 고3인 나보다 한 살이 많았다. 의문 섞인 내 눈길을 알아챈 그가 대답했다.

"학교 늦게 들어갔어. 너랑 동갑이야."

"…왜?"

"여덟 살에 학교 가면 내가 뒈진댔거든. 우리 엄마가 아끼던 스님이."

그렇게 용하신 분이 왜 자기 저세상 가는 날은 못 맞혔나 모르지. 정우진은 빈 웃음을 흘리더니 이번엔 볼펜을 내게 내밀었다. 이걸 왜 날 줘? 의아해 쳐다봤다.

"손목."

시선이 멍이 가시지 않은 내 오른 손목에 고정되어 있었다.

"보니까 제대로 쓰지도 못하던데. 아니야?"

그건 또 언제 눈치챈 거지. 운동선수들은 본인 몸의 이상에 민감한 만큼 남의 몸 이상에도 민감한가 보다, 여겼다.

병원비를 생각하면 멈칫하다가도 며칠이 지났는데도 호전이

없는 걸 보면 거저 나을 것 같진 않다는 생각에 펜을 받아 들었다. 생각 없이 생년월일을 쓰려다 멈칫했다. 정우진에게 한 살 어린 내 나이를 알려도 되나, 고민됐다. 정우진이 알게 되면, 김규찬도 알게 될 가능성이 컸다.

그건 좀 귀찮아질지도 모르겠는데.

접수증을 쓰다 고뇌 중인 내 뒤통수로 정우진의 시선이 내리꽂히고 있었다. 다행히 그는 남의 나이에 왈가왈부할 만큼 타인에게 관심 있어 보이지 않았고, 아니나 다를까 첫 번째 숫자를 쓰기도 전에 고개를 돌리고 신경을 껐다.

다소 빨리 치료받고 나온 정우진과는 다르게 엑스레이를 찍어야 했던 나는 시간이 꽤 걸렸다. 가벼운 염좌라는 소견을 듣고 대기실로 나왔을 땐 정우진 앞에 웬 젊은 남자가 서 있었다.

그는 정우진에게 그 정우진이 맞냐고 물었고, 정우진은 대답했다.

"아닌데요."

묘하게 짜증스러운 기색이었다. 홍길동도 아니고, 정우진을 정우진이라고 부르지 못하게 된 남자는 마침 제 차례가 되었던지 진료실 안으로 들어서며 중얼거렸다.

"소문대로 싸가지 밥맛이야, 어린 새끼가."

처방전을 받기 위해 일어서는 우리 뒤로 들으라는 듯 욕이 날아들었지만 정우진은 코웃음을 칠 뿐이었다.

계산은 정우진이 했다. 약국에서도 마찬가지였다. 나 역시 지지 않고 부득불 우겼으나 같이 오자고 한 건 자신이니 계산은 제가 해야 된다는 무논리와 나보다 카드를 먼저 꺼내 건네는 그 순발력은 당해 낼 수 없었다.

정우진은 약국을 나오자마자 곧장 택시를 잡더니 뒷좌석 문을 열곤 날 불렀다. 못 이긴 척 올라탔다. 올 때는 내리막길이었으나 갈 때는 오르막이었다. 10분의 오르막을 오를 만한 체력이 이젠 남아 있지 않았다.

택시가 출발했다. 정우진은 피곤한 듯 등을 기대고 눈을 감았다. 붕대가 감긴 검지와 피 얼룩이 묻은 손등을 물끄러미 보던 내 시선은 어느덧 솜털이 보일 만큼 가까운 거리에 있는 정우진의 얼굴에 꽂혀 있었다.

"언제까지 보고 있을 거야?"

낮은 목소리에 정신을 차렸을 땐, 고개를 젖힌 채 눈만 내리깐 정우진이 날 쳐다보고 있었다. 눈빛에 귀찮음과 의문이 묻어났다. 의외로 당황하지 않은 나는 그 시선을 맞받으며 대답했다.

"고마워."

뭐가 고맙냐고 정우진은 되묻지 않았다. 그저 입술을 끌어 올려 한 번 웃고는 다시 눈을 감았다. 나는 눈을 감은 그의 얼굴에서 한동안 시선을 떼지 못하다가 창밖으로 고개를 돌렸다.

좌석에 내려 둔 오른손 새끼손가락 끝으로 정우진의 손가락이 맞닿았다. 무심코 거두려던 손을 나는 그 자리에 그냥 놔두었다. 신호를 받은 택시가 멈췄다 달릴 때마다 내 오른손과 정우진이 왼손가락이 맞붙고 있었다. 서서히, 하나씩.

집 근처에 도착하기 직전에 전화가 왔다. 할아버지였다. 정차한 택시 밖으로 내리며 전화를 받았다. 오른편에 앉아 있던 정우진이 먼저 나가 차 문을 붙잡고 있었다

- 어디야? 자꾸 밤이슬 맞고 다닐 겨?

"다 왔어. 집 앞이야."

- 그려?

가게 안에서 기척이 났다. 할아버지가 나오기 직전에 정우진은 다시 택시에 올라탔다. 그사이 아까는 깜빡했던 평상 위 초코바 상자를 챙긴 후였다. 어이없어 빈 웃음을 흘리는 날 보며 정우진은 손을 흔들었다.

"잘 가라. 택시비는 다른 걸로 받을게."

나는 황당해서 잠시 거기 서 있다가 할아버지를 보고 나서야 정신을 차렸다. 병원비는 내지 말라고 해도 억지로 다 내더니, 택시비는 받겠다고? 이해하려고 해 봤지만 지극히 보통의 계산법을 가진 내가, 정우진을 계산하는 건 무리였다.

"아까 택시에 우진이 맞어? 남처럼 내외하더니만 친한 거 맞네."

"친하긴. 여전히 남이야."

"그럼 친하지도 않은데 이때까지 뭣 헌다고 붙어 다닌…. 너 팔목이 왜 그러냐? 다쳤어?"

손목 보호대를 목격한 할아버지의 목소리가 높아졌다. 나는 별거 아니라고 설명하며 할아버지와 함께 가게 안으로 들어갔다. 정우진의 손가락 하나와 맞바꾼 문은 새것이라고 해도 믿을 만큼 매끄럽게 열렸다.

일주일은 순식간에 지나갔다. 토요일. 집 근처에선 절대 안 된다는 담친놈 김규찬과 집과는 다소 떨어진 놀이터에서 담배 한 보루를 거래하며 들었다. 우진은 어린 시절을 외국에서 보냈고, 할머니 댁에서 살게 된 건 고등학교에 입학하면서부터이며, 이유는 순전히 학교가 가까워서라고.

　가족 관계는 부, 모, 나이 차이가 많이 나는 여동생 하나. 담배를 혐오하고, 단걸 질색한다고 했다. 그렇게 따지면 담배를 팔고 단걸 좋아하는 나는 정우진이 싫어하는 걸 모두 가진 인간이었다.

　김규찬과 헤어지고 난 후 휴대폰 지도 앱의 주소를 따라 올라갔다. 이전엔 차를 타고 와서 그런지 모든 게 낯설게 느껴지는 길을 5분 정도 걷자, 익숙한 명패가 나타났다.

민석희

　회색의 거대하고 높은 벽이 요새처럼 두르고 있어 집 내부는 전혀 보이질 않았다. 새카만 대문 앞에 서서 막 벨을 누르려던 참에 문이 열렸다. 거짓말처럼 펼쳐진 푸른 정원의 저 끝에서 정우진이 걸어 나왔다.

- - -

　당황해 멀거니 서 있던 나는 정우진이 코앞까지 다가오고 나서야 입을 열었다.
　"민 화백님 만나러…."
　변명처럼 튀어나온 그 말은 갑자기 날 덮친 흰색 물체에 의해 잘려 나갔다. 나는 다음 순간 엉덩방아를 찧고 잔디밭에 주저앉았고 뒤늦게 그 물체의 정체를 확인했다. 개였다. 내 덩치만 한 풍산개.

지난주에는 없었는데 싶다가도, 이 넓은 집 어디에 뭐가 있든 고작 하루 다녀온 내가 알 수 있을 리 없다는 생각이 들었다.

처음 보는 내 얼굴을 미친 듯이 핥아 대는 개를 정우진이 불렀다.

"이리 와, 정우동."

지독히 유아적인 작명 센스에 웃어야 하나 말아야 하나 망설이는 사이, 우동이는 정우진에게 달려갔다. 정우진은 개를 집 안으로 들여보내곤 내게로 걸어와 손을 내밀었다.

"미안."

그딴 표정으로 사과할 거면 하지 말라고 하고 싶은 얼굴이었다.

정우진의 손을 무시한 채 홀로 일어섰다. 그는 나와 제 손을 번갈아 보더니 앞장서 걸었다. 잘 관리된 정원과 수영장을 지나쳐 들어간 집은 여전히 너무 넓어 벽에 걸린 그림이 아니었다면 삭막해 보였을 것이다.

"할머니는 급한 스케줄이 생겨서, 좀 늦을 거야."

우동이는 어느덧 소파 아래 바닥에 자리를 잡고 엎드려 있었다. 나는 기다렸다는 듯 우동이의 옆으로 가 앉았다. 우동이는 엎드린 채로 꼬리를 흔들었는데, 가까이서 보니 주둥이와 코 부분이 인형처럼 귀엽게 부어 있었다.

"얘 얼굴은 왜 이래?"

"벌에 쏘였어."

"괜찮은 거야?"

"내 안부는 안 물어?"

저 멀리 부엌에서 무언가를 믹서에 갈아 대며 정우진이 말했다. 믹서 소리 때문에 제대로 알아듣지 못해 되물었다. 정우진은 대꾸 없이 믹서에 간 분홍색 음료를 컵 두 개에 나눠 담곤 내가 있는 소파로 가져왔다.

"나 괜찮은지는 안 궁금하냐고."

그는 내 앞 탁자에 컵 하나를 내려놓더니 남은 하나를 전부 마셨다. 편안한 티셔츠에 반바지 차림이었다. 걷어 올린 소매 아래로 나온 오른손 검지에 컬러 반창고가 보란 듯이 붙어 있었다.

"괜찮아?"

"엎드려 절 받기네."

물으라고 해서 물어 줬을 뿐인데 정우진은 탐탁지 않은 표정을 했다. 나는 삐뚜름한 그의 입술에서 시선을 거두곤 음료를 마셨다. 처음 먹는 괴상한 맛에 뱉고 싶은 걸 겨우 참았다.

"뭐야, 이게?"

"딸기 바나나."

"웃기지 마."

"플러스 프로틴."

나는 내려놓은 컵을 탁자 저만치 미는 걸로 답을 대신했다. 그는 내 곁에 털썩 앉더니 내 컵의 음료까지 모두 마셨다.

"그러니까 마르지."

"지극히 평균 무게야."

"평균치곤 가볍던데."

네가 내 무게를 어떻게 아냐고 따지려다 입을 다물었다. 그럴 만한 일, 그러니까 정우진을 처음 만났던 날, 꼴사납게 기절하며 수영장에 빠졌던 일이 떠올랐기 때문이었다.

대화가 끊어지자 주변이 고요해졌다. 그러고 보니 이상했다. 이 커다란 집에 우리를 제외하곤 인기척이라곤 없었다. 의아한 내 시선을 읽었는지 정우진이 설명했다.

"일해 주시는 분들은 오늘부터 여름휴가."

그 말은 지금 여기엔 개 한 마리와 우리 둘뿐이란 뜻이었다. 갑자기 모든 게 불편해진 나는 일어섰다.

"작업실에서 기다릴게."

"뭐 하러."

어느새 정우진은 내 팔을 잡은 채였다. 생각보다 거센 힘에 팔이 아리던 찰나, 벨이 울렸다. 그는 내 팔을 놓고 인터폰을 받았고 그길로 현관을 나섰다. 홀로 집 안에 남겨진 나는 당황해 멍청히 있다 결국 다시 앉았다. 밖에 나갔던 정우진은 금세 돌아왔다. 피자 다섯 박스와 콜라 세 병을 든 채였다.

"점심 먹었어?"

"먹었어."

"그래도 먹어."

더 이상의 다툼은 없었다. 알 수 없는 데서 고집이 있는 정우진과는 말을 섞어 봤자 이길 수 없을 것 같다는 내 체념으로 우리의 논쟁은 그걸로 종료됐다.

우리는 피자 대신 개껌을 입에 문 우동이를 사이에 둔 채 소파 양쪽에 자리를 잡았다. 탁자엔 다섯 박스의 피자 중 세 박스가 열려 있었다. 전부 파인애플이 토핑된 하와이안 피자였다. 피자에서 풍기는 새큼한 냄새에 나는 식욕을 잃었다. 짐작하긴 했지만 정우진의 취향은 나와는 상극이었다.

"안 먹어?"

"배 안 고파."

대꾸하기 무섭게 배에서 소리가 났다. 식욕과는 전혀 상관없는 소리였지만 정우진에게 들릴 정도로 컸다. 피자를 입에 문 그가 날 쳐다봤다. 대놓고 웃음기가 섞인 눈빛에 민망해져 따졌다.

"뭘 봐."

"편식이 심하네요, 선배."

"네 입이 막입이겠지."

"막말도 심해."

정우진은 사람을 폄하하더니 남은 피자 두 판을 마저 열었다. 그래 봤자 또 익은 파인애플이 나오겠지 하는 내 예상과는 다르게 지극히 정상적인 피자가 모습을 드러냈다. 해산물과 고기, 감자와 페퍼로니.

콜라를 가득 채운 컵을 내 쪽에 내려놓은 그가 말했다.

"이것도 마음에 안 들면 다른 거 시켜 주고."

나는 말없이 피자 한 쪽을 가져와 입에 물었다.

정우진은 내가 피자 두 쪽을 먹는 동안 두 판을 먹었다. 키가 크고 체격도 좋다지만 저게 저 몸에 대체 어떻게 다 들어가는지 알 수 없을 정도의 식사량이었다. 진기명기 구경하듯 보자 1.5리터짜리 콜라를 모두 마신 그가 내게 다가왔다. 우리 사이에 있던 우동이는 그새 어디론가 사라진 후였다.

이미 소파 끝이라 더는 도망갈 곳이 없어 고개만 뒤로 뺐다. 정우진은 그런 내 팔을 슬쩍 잡더니 내 손에 남아 있던 피자 조각을 깨물어 삼켰다.

"역시, 내 취향은 아니야."

새카만 눈동자는 줄곧 날 향한 채였다. 우습게도 나는 그 말에 가슴이 덜컥했는데, 그게 피자가 아닌 내게 하는 말처럼 들렸기 때문이었다. 애써 굳어진 표정을 관리하곤 웃어넘겼다.

"그러시겠죠."

자연스레 손을 빼려고 했지만 정우진이 놔주질 않았다. 아직 손목에 차고 있는 보호대를 물끄러미 보던 그가 물었다.

"아직 안 나았어?"

"나았어. 혹시나 해서 그냥 하고 있는 거야."

걱정스레 눈가를 찌푸리는 정우진에게서 나는 눈을 떼지 못했다. 이해가 안 됐다. 고작 몇 번 본 내 상처를 네가 왜 신경 쓰는지.

"근데 그림을 그려서 그런가, 손끝이 다⋯."

나는 뒤늦게 서둘러 손을 빼냈다. 정우진은 어울리지 않게 머쓱한 눈으로 물었다.

"결벽증 있어?"

"아니."

"근데 왜 이렇게 닿는 걸 무서워해?"

그러는 넌 원래 이렇게 스킨십에 거리낌이 없냐, 외국에서 살다 오면 다 이러는 거냐고 묻고 싶었으나 그럴 여력이 없었다. 입을 열면 거기서 심장이 튀어나올 것 같았다.

인산인해의 놀이동산에서 사람들에게 밀려 들어가 얼떨결에 자이로드롭을 타게 된 사람처럼 정신을 차리고 보니 나는 넓디넓은 소파 끝에 어느덧 정우진과 붙어 앉아 있었다.

자꾸 몸이 부딪혔다. 정우진은 정말이지 아무렇지 않아 보였는데 나만 신경이 곤두섰다. 어깨가 스치기 무섭게 나는 엉덩이를 들어 거리를 벌렸다. 정우진이 날 쳐다봤다. 결벽증 환자를 보는 눈빛이었는데 곧 울리는 벨 소리만 아니었다면 말했을 것이다.

그래, 나 결벽증이야. 그러니까 제발 닿지 좀 마.

거실 저편 테라스에서 개 짖는 소리가 났다. 드디어 날 두고 일어선 정우진이 인터폰을 받았고, 버튼을 눌러 대문을 열며 말했다.

"할머니 오셨네."

민 화백은 기다리게 해서 미안하다는 사과부터 하더니 기다린 만큼 시급으로 더 쳐 주겠다는 얘길 덧붙였다. 어리둥절해하는 나에게 막 피자 한 조각을 들어 베어 문 민 화백이 말했다.

"그러고 보니 그때 시급 얘길 안 했구나?"

본인의 그림을 주든 안 주든 그건 그거고, 내 노동력에 대한 보상은 따로 돈으로 주겠다는 게 민 화백의 논지였다. 나로서는 거절할 이유가 없었다. 감사하다고 바로 대답하는 날 보며 민 화백이 웃었다.

"난 이래서 영주 네가 좋다니까."

바리바리 챙겨 온 보람도 없이 작업실엔 모든 게 갖춰져 있었다. 연필, 지우개, 물감, 목탄. 모든 게 종류별 회사별 최고급품으로 구비되어 있었다. 민 화백의 작업실에 늘어선 그림들을 다시 보고 나서야 깨달았다. 몇몇 그림 속 개의 얼굴이 익숙했다. 우동이었다.

간간이 대화를 나누고 차까지 마시며 딴짓을 한 덕분인지 3시간이 지났는데도 밑그림은 완성하지 못했다. 창밖으로 해가 떨어지고 있었다. 오늘은 이만하자며 민 화백이 일어나 봉투를 내밀었다.

"주급, 아니 일급이라고 해야 하나."

인사를 하고 작업실을 나섰다. 화장실에서 손을 씻고 현관으로 가자 소파에 앉아 있던 정우진이 날 따라왔다.

"나올 필요 없어."

당당하게 선언하기 무섭게 나는 당황했는데, 현관의 잠금장치 푸는 법을 몰랐기 때문이었다. 어설프게 이것저것 건드리길 한참, 등 뒤에서 팔이 넘어와 버튼을 눌렀다. 주변 공기를 뒤덮는 물 냄새. 잠금장치가 소리를 내며 풀렸다.

정우진이 언제 가져온 건지 모를 카디건을 굳어 있던 내 어깨에 걸쳤다. 됐다고 옷을 도로 돌려주려 했지만 저지당했다.

"추워."

"유월인데, 춥긴."

정우진은 반박 대신 카디건을 든 내 손을 부드럽게 쥐었다. 너무 갑작스러워 피할 새도 없었다. 따뜻한 열기가 잡힌 손으로 전해져 왔다.

"에어컨 바람에도 덜덜 떨면서."

내가 빼기도 전에 그는 순순히 손을 놔주었다. 나는 간다는 인사도 없이 돌아섰다.

문이 열리자 초여름치곤 차가운 바람이 풀 냄새를 머금고 들이닥쳤다. 나는 우리에 갇혀 있다 자유를 얻은 야생마처럼 빠르게 밖으로 튀어 나갔다. 정우진은 대문 앞까지 날 배웅했다. 집 앞에는 이미 대기 중인 택시가 있었다. 내가 부르지 않았으니 남은 사람은 한 명뿐이었다.

어이없어해야 할지 고마워해야 할지 몰라 어정쩡한 눈으로 절 보는 내게 그는 뒷문을 손수 열어 보였다. 올라타자 문이 닫혔다. 반쯤 열린 차창에 잘난 얼굴을 들이대고 정우진은 속삭였다.

"자주 놀러 와. 널 좋아하는 것 같아."

"…뭐?"

"쟤가."

정우진이 턱짓한 뒤쪽엔 어느새 대문 앞까지 쫓아 나온 우동이가 날 보며 꼬리를 흔들고 있었다. 나는 차창을 올리고 최대한 입술을 움직이지 않으며 기사님께 말했다.

"빨리 가 주세요."

정우진과 우동이가 시야에서 사라진 후에야 고개를 숙이고 얼굴을 감쌌다. 빠르게 뛰기 시작한 심장이 내뿜은 피가 온몸을 뜨겁게 만들었다. 차마 내치지 못한 채 결국 걸치고 온 정우진의 카디건에선 정우진 냄새가 났다.

- - -

그날 봉투에 들어 있던 돈은 40만 원. 내가 우진의 집에 4시간 남짓 있었으니 시급으로 치면 1시간에 10만 원인 셈이었다. 내 실력에 비하면 지나칠 만큼 후한 값이었지만 돌려주거나 따로 얘기할 마음은 없었다.

민 화백은 그만한 돈을 가난한 친구의 손녀에게 용돈으로 줄 만큼 부자였고, 나는 그 돈이 필요했다.

방에 올라가 눕자마자 곯아떨어져 내리 12시간을 잤다. 도무지 그려지지 않은 그림을 그리며 며칠을 씨름하는 것보다 정우진과 있던 몇 시간이 피로했다. 그럼에도 나는 일주일에 한 번은 정우진의 집에, 약속 시간보다 일찍 찾아갔다. 민 화백과의 초상화 거래도 거래였지만, 보고 싶었다.

우동이가.

한 달이 지나자 손목은 거짓말처럼 멀쩡해졌다. 가끔 쑤시긴 했으나 그건 그냥 그림을 많이 그려 생긴 직업병 같은 거였다.

그사이 정우진과 나는 본의 아니게 꽤 많은 시간을 함께 보냈다. 친구가 없는 날 걱정하던 할아버지는 그렇게라도 친구 비슷한 이가 생긴 게, 그게 정우진이라는 게 무척 기쁜 것 같았다.

민 화백의 초상화를 그리러 가는 날이면 정우진은 늘 집에 있었고, 우리는 같이 밥을 먹거나 정원에서 우동이와 놀아 주거나, 시답지 않은 농담 따먹기를 했다. 주로 정우진이 얘기를 하고 내가 듣는 쪽이었다.

정우진은 사람을 뚫어져라 쳐다보는 버릇이 있었다. 민 화백이 자리를 비우는 날이면, 정우진은 굳이 작업실로 와 그림을 그리는 날 하릴없이 쳐다보곤 했다.

"왜?"

어느 날은 그 시선이 너무 부담스러워서 물었더니, 정우진은 찬물이라도 맞은 사람처럼 내게서 시선을 떼더니 제 뺨을 가리켰다.

"뺨에 물감 묻었어."

"알아."

"안 지워?"

"지울 거야."

오늘도 마찬가지였다. 더운지 정원 나무 그늘 아래에 엎드린 우동이 앞에 쪼그려 앉은 내게 정우진은 아까부터 시선을 고정한 채였다. 처음엔 민망해서 눈을 어디야 둘지 모른 채 허공을 헤맸던 나는 이젠 자연스럽게 정우진의 시선을 회피하는 방법을 터득했다.

"동물 좋아해?"

정우진은 뜬금없이 물었다. 나는 어제 목욕을 해 샴푸 냄새가 나는 우동이의 털을 쓰다듬으며 대답했다.

"어."

"나무는?"

"좋아해."

"꽃은?"

"좋아해."

"벌레는?"

이대로 뒀다간 삼라만상을 들이댈 기세라 답을 삼킨 채 정우진을 바라봤다. 불만스러운 내 시선에도 개의치 않은 그가 대답을 기다리듯 날 바라보며 말을 이었다.

"지난주 비 오던 날에 아주머니한테 꿀 얻어다가 방충망에 붙은 벌한테 먹이고 있던데?"

"그건, 언제 봤어?"

"보인 거야."

정우진은 이상한 데서 집요한 구석이 있었다. 나는 더 이상의 질문은 사양한다는 뜻과 정우진의 욕구를 충족시킬 수 있는 답을 찾아 대꾸했다.

"사람 빼곤 다 좋아해."

"사람도 별로 싫어하는 것 같진 않던데?"

"…뭐?"

의아함에 되묻는 내 말을 듣지 못한 척 무시한 정우진이 일어섰다.

"물은 어때? 싫어하지?"

갑자기 물 얘기를 꺼냈을 때부터 알아봤어야 했는데.

정우진의 짐작과는 달리 나는 물을 그리 싫어하지 않았다. 파도가 치는 바다. 숲을 머금은 호수. 쏟아지는 비. 모두가 내가 좋아하는 것들이었다. 다만, 그 물 속에 들어가는 게 싫었을 뿐. 그리고 그건 나만의 문제가 아니라 수영을 못하는 사람 모두의 공통점일 것이다.

우동이와 원반던지기를 하자며 나를 정원 한쪽으로 이끈 정우진은 갑자기 티셔츠를 벗어젖히더니 풀 안으로 뛰어들었다. 황당해 입을 다물지 못하는 내게 손짓하며 하는 말이 더 황당했다.

"들어와 봐."

"싫어."

"머리까지밖에 안 차."

네 머리까지면, 난 잠기거든? 확인 사살을 하는 대신 나는 돌아섰다. 풀 사이드를 벗어나려는 순간, 저만치에서 꽃 냄새를 맡고 있던 우동이가 갑자기 속력을 내 달려오더니 풀 안으로 뛰어들었다.

반려동물이 키우는 인간을 닮는다는 말이 거짓은 아닌지 우동이는 정우진만큼이나 수영을 잘했다. 강아지 계의 정우진이

네. 우동이의 귀여운 발짓을 보며 터져 버린 내 웃음은 그리 오래가지 못했다. 어느새 내 앞까지 다가온 정우진이 내 발목을 잡아끌었고, 그걸 깨달았을 땐 난 이미 풀 안이었다.

머리까지 물 안에 잠겼던 나는 살기 위해 필사적으로 허우적거렸고, 겨우 머리를 물 밖으로 꺼내는 데 성공했다. 그것마저도 내 힘으로 한 게 아니라는 걸, 내 양팔을 붙잡은 정우진을 보고 나서야 알았다.

"죽여… 버릴 거야."

쫄딱 젖은 채 숨이 찬 목소리로 살인 예고를 하는 날 보고 정우진은 웃으며 개소릴 했다.

"적응되면 좋아질 거야."

"싫다고 말한 적 없어."

"그럼, 좋아해?"

초여름 햇볕에 달구어졌던 내 몸은 풀장의 물 때문에 순식간에 차가워졌는데, 단 하나 정우진이 붙잡고 있는 팔목만이 뜨거웠다. 불에라도 덴 것처럼.

가끔 학교에서 정우진과 마주쳤다. 식당에서, 복도에서. 강당에서. 하교하거나 등교할 때. 시선이 느껴져서 돌아보면 정우진이 있었다. 그간 어째서 마주치지 않았는지 의아할 정도였다.

정우진은 손은 흔들어 적극적으로 날 알은체는 하지 않았는데 나 역시 그러진 않았으므로 그리 서운하진 않았다. 가끔 정우진과 함께 있던 김규찬이 날 불러세웠을 때 짧은 대화를 나누긴 했다.

다만, 얼마 전부터는 학교에서도 밖에서도 정우진을 볼 수 없었다. 그가 세계 수영 선수권 대회 참가로 헝가리 부다페스트로 떠났다는 걸 뒤늦게야 알았다. 그때가 7월 초, 정우진의 외국식 스킨십과 괄목할 만한 식사량, 멀쩡한 얼굴로 하는 헛소리에 서서히 적응이 되어 가던 무렵이었다.

토요일 저녁, 습관처럼 그의 집에 찾아갔던 나는 그 소식을 가사 도우미 아주머니에게서 들었다.

"이번 달 말은 되어야 올 텐데. 정확한 일정은 나도 잘 몰라서, 전화해 봐요."

내가 정우진의 휴대폰 번호조차 모르고 있다는 사실을 그때 알았다.

물었다면 그녀는 친절히 알려 줬겠지만 그러지 않았다. 나는 말 한마디 없이 한국을 떠난 정우진에게 어이없게도 배신감을 느꼈고, 서운해하는 한편 인정했다. 정우진과 나는 그 정도의 사이밖에 안 된다는 사실을.

민 화백이라는 연결 고리가 없다면 당장 얼굴을 보지 않아도 이상하지 않을 사이.

무언가의 부재는 그것을 갈구하게 만들었다. 내가 그랬다. 나는 이상하게 속이 허했고 먹어도 먹어도 배가 고팠다. 갑작스레 식욕이 돋은 나를 할아버지는 반가워했지만, 그 원인을 뒤늦게 알게 된 나는 전혀 반갑지 않았다.

포털의 뉴스난을 온통 장식한 정우진의 사진을 우연히 목격하고 나서야 깨달았다.

나는 정우진이 보고 싶은 거구나.

같이 있고 싶은 거구나.

겨우 일주일에 두어 시간을 봐 온 게 다인데도 매일같이 얼굴을 맞대고 산 것처럼 갈증이 나는 이유는 내가 그를 좋아하기 때문이라는 것을.

 푸르게 빛나는 사진 속의 정우진이 날 보고 웃었다.

03. 불청객

　평소 수영엔 관심도 두질 않던 할아버지는 우진의 경기가 계속되는 내내 스포츠 방송에 채널을 고정해 놓았다. 뉴스에선 우진이 메달을 따는 장면을 지겨울 만큼 리와인드해서 보여 줬다.
　등교했더니 아이들은 쉬는 시간 내내 우진의 이야기만 해 댔다. 우진이 얼마나 잘생겼는지, 얼마나 몸이 좋은지, 매끄러운 피부와 긴 손가락, 잘게 조각난 어깨 근육에 대해 떠들어 댔다. 당연하게 따라오는 메달들은 논외였다.
　그에 대한 내 감정을 자각한 나는 보름을 부정하고, 외면하고, 무시한 끝에 결국 체념했다. 매스컴 속 우진의 모습이나 사람들이 하는 얘기들을 보지 않거나 듣지 않았고, 그를 좋아하기 전으로 돌아가기 위해 죽어라 노력했지만 변하는 건 아무것도 없었다.
　나는 민 화백의 그림을 얻기 위해 여전히 우진의 집에 들락거려야 했고, 여전히 우진이 좋았다. 하고 많은 사내자식 중에 하필, 나와는 달라도 너무 다른 세상에 사는 정우진이.

본의와는 상관없이 깨달은 사실에 며칠을 앓아누웠다. 내일 없이 뭔가를 입에 쑤셔 넣다가 내일 없이 아무것도 입에 대지 않으려는 날 할아버지는 걱정했다.

불청객은 일말의 기미도 없이 찾아왔다. 아침부터 재수가 없던 날이었다. 늦잠을 잤고, 버스를 놓쳤고, 가방을 쏟았고, 물감이 밟혔고, 담배까지 들켰다. 그나마 다행이라면 담배를 목격한 이가 미술 선생이었고, 그녀가 그걸 가정 형편이 어려운 청소년의 한낱 일탈로 치부했다는 사실이었다.

엄한 음성으로 잔소리와 날 달래길 무려 1시간이나 반복하던 미술 선생은 이건 압수라며 담배를 제 주머니에 집어넣었다. 3학년 전교 일등에게 한 갑에 5만 원을 받고 거래하려던 담배였다.

"담배는 백해무익이야. 아까운 네 폐만 썩어. 한 번 더 걸리면 그땐 담임 선생님이랑 할아버지께도 말씀드릴 거야."

민 화백과의 거래와는 상관없이 내 장사는 계속됐다. 할아버지와 달리 나는 돈은 믿어도 사람은 안 믿었다. 민 화백이 언제 마음을 뒤집어도 놀라지 않을 수 있었다.

"아, 그리고 영주야. 곧 사생 대회 있는 건 알고 있지?"

"네."

"담임 선생님께는 내가 미리 이야기해 놓을게."

사라지는 5만 원에 슬픈 눈을 하고 있는 나를 달리 해석한 미술 선생이 다른 주머니에서 사탕을 꺼내 쥐여 주며 내 그림을 칭찬했다.

"이번 것도 멋진데? 그나저나 영주, 요즘 푸른색을 많이 쓰네?"

딸기, 오렌지, 포도, 복숭아 맛. 받은 사탕 다섯 개 중 넷을 채색하는 에너지로 사용하고 마지막 남은 파인애플 맛을 입에 넣은 채 중앙 현관을 나왔다.

 시간은 벌써 저녁 7시가 다 되어 갔다. 파인애플을 보자마자 하와이안 피자에 집착하던 우진을 떠올리는 나 자신을 부숴 버리고 싶어서 사탕을 부숴 삼켰다. 생각 없이 지나치던 교문 한쪽에 주차된 차 운전석에서 아는 얼굴이 내렸다.

 "영주야."

 고작 다섯 살, 하나밖에 없는 딸을 버리고 떠났다기엔 너무나 잘 먹고 잘살아 온 것 같은 아버지가.

 패배자의 몰골이라면 좀 나았을까. 당장 내일 뒈진대도 상관없을 만큼 실패한 인간의 모습이었다면.

 그러나 멀끔한 양복 차림으로 적당히 비싸 보이는 차를 끌고 나타난 아버지란 인간은 지극히 평범한 가장의 모습을 하고 있었고, 그게 날 웃게 했다.

 무시하고 지나치려는 나를 그는 억지로 잡아끌었다. 나는 온 힘을 다해 내치려다 포기하고 차에 올라탔다. 이유는 오로지 하나, 할아버지 때문이었다. 나는 이 인간이 죽어도 보고 싶지 않았지만, 할아버지는 보고 싶을지도 몰랐다. 마지막으로 잠깐 봤던 게 2년 전이었으니까.

 "아빠가, 오랜만에 우리 영주 만나서 맛있는 것도 사 주고 용돈도 주려고 들렀지."

 언제부터 내가 자기 딸이었다고 아빠 운운하는 그의 왼손 약지에는 금반지 하나가 끼워져 있었다.

 "할아버지는, 건강하시고?"

 할아버지는 쉬쉬했으나 나는 모두 알고 있었다. 죽은 엄마와 날 버리고 떠난 아버지가 재작년 재혼했다는 걸. 재혼하기 전 얼마 되지 않는 할아버지의 재산 대부분을 날강도처럼 훔쳐 갔다는 것도.

선산 매매를 도와준답시고 찾아온 아버지가 중간에서 돈을 가로챘다는 걸 깨달았을 때 사흘을 앓아누웠던 할아버지는 날 위해 따로 모아 둔 1년 치 미술 학원비 봉투가 아버지와 함께 사라졌다는 걸 알았을 때는 보름을 일어나지 못했다.

가게 쓰레기통에 찢겨 버려진 청첩장 속에서 아버지 이름을 목격했을 때, 아무렇지도 않았다. 기대가 없으면 실망도 없다. 나는 날 버리고 떠난 내 아버지 홍기석에게 아무런 기대가 없었다.

벙어리처럼 내가 묵묵부답이건 말건 그는 혼자 신나서 떠들었다. 이번엔 또 뭐가 필요해 뜯으러 찾아왔을까. 차라리 어디 가서 뒈져 버리지. 입 밖으로 꺼내면 패륜아가 될 상상을 머릿속으로 하며 감흥 없는 헛소리를 못 들은 척 무시했다.

차 안 룸 미러에 걸린 펜던트 속에서 화목한 그의 가족을 발견하고 코웃음 치고 있을 때쯤, 드디어 집 앞이었다. 어두운 골목에 헤드라이트가 들이치자 마침 진열대의 물건을 정리하고 있던 할아버지가 고개를 들고 밖을 내다봤다.

조수석에서 내리는 날 보고 어리둥절해하며 다가오던 할아버지는 뒤이어 내린 자신의 아들을 보고는 표정을 굳혔다. 사고로 일찌감치 고장 난 왼 다리를 절뚝거리며 뛰다시피 걸어오는 할아버지의 손에는 가게 앞을 쓸 때나 쓰는 싸리 빗자루가 들려 있었다.

"이 씨부럴 개쌍놈의 새끼가, 감히 여기가 어디라고 기어 와!

여기가 어디라고!"

 온 힘을 다해 자신의 아들을 내려치는 할아버지를 나는 말리지 않았다. 가게에 들어가면서 보니 아버지는 할아버지의 매를 고스란히 맞고 있었다. 맞아 줘야겠지. 다른 걸 또 뜯어 가려면.
 할아버지에게 불행은 그가 너무 착한 사람이라는 것이었다. 죽은 며느리 대신 핏덩이인 날 도맡아 키울 정도로 선한 사람이라는 것. 자식을 필요에 따라 버리고, 필요한 게 있어야 한 번씩 기어 와 훔쳐 가는 저런 새끼도 아들이라고 차마 버리지 못하는 따뜻한 사람이라는 것.
 그리고 그 불행의 씨앗은 나였다. 할아버지가 날 버렸다면, 아들도 버리기 쉽지 않았을까.

 한시라도 빨리 꺼져 줬으면 하는 내 바람과는 다르게 아버지는 며칠을 머물 거라고 했다. 가뜩이나 없던 입맛이 떨어진 나는 수저를 내려놓았다. 자꾸만 마르는 것 같다며 할아버지가 날 위해 만든 제육볶음은 죄다 아버지의 입으로 들어갔다.
 "우리 춘근 씨 솜씨 안 죽었네. 영주 너는 왜 밥을 먹다 말어?"
 "이 할아비 봐서 한술이라도 더 떠."
 "나중에, 배고프면 먹을게."
 "자까만, 엉주야."
 자리에서 일어서는 나를 상추쌈을 입에 넣어 뭉개진 발음의 아버지가 불렀다. 선물이랍시고 들고 온 쇼핑백에서 그는 서둘러 무언가를 꺼내 건넸다. 물감이었다. 초등학생이나 쓸 법한 조악한 퀄리티의 수채화 물감.
 "이 아버지가 돈 좀 썼다."

중고 거래를 하면 팔릴지도 모르겠지만 그런 데 시간을 쓰고 싶지 않아 무시한 채 다락으로 가는 계단을 올랐다.

"아부지, 봤죠? 쟤가 저렇다니까. 죽은 지 엄마를 닮아서 저렇게 차갑…."

"밥 다 처먹었으면 치울란다."

"아니, 다 먹긴 지금 한창 먹는 중인데. 쟤는 이번에도 메달 땄네. 영주랑 같은 학교라며? 어린놈이 아주 난놈이야, 난놈. 우리 영주도 나중에 저렇게 유명해지면 우리한테 한몫 챙겨 줄…."

"나가."

"에이, 밥 먹을 땐 개도 안 건드린다는데."

"이 개만도 못한 놈아, 나가라고!"

흥분한 할아버지가 숟가락을 집어던지자 잽싸게 피한 아버지가 밥그릇을 들고 일어섰다. 밥풀을 튀기며 서운함을 토로하는 아버지의 음성 너머 뉴스에선 앵커가 정우진의 귀국 소식을 전하고 있었다.

"400미터 자유형에서 금메달을 딴 정우진 선수는 마지막 일정인 1,500미터 경기가 끝나는 다음 주에야 한국으로 돌아올 것으로 보입니다. 정우진 선수는 작년 아시안 게임…."

- - -

그날은 여름 방학을 앞둔 금요일이었고, 16일에 걸쳐 치러진 세계 수영 선수권 대회가 성황리에 마무리된 다음 날이었다.

오랜만에 참가한 사생 대회에서 상을 받을 만한 그림 대신 악귀가 들린 그림을 그리고 온 날이기도 했다.

대회 장소가 멀다며 부득불 날 데려다주겠다던 아버지란 인간은 내가 집을 나설 때까지 자빠져 자고 있었다. 죽을 쑤었다는 빠른 판단하에 일찌감치 그림을 제출하고 집으로 돌아온 나는 가게 앞 평상에 앉은 또 다른 불청객을 보곤 얼어붙었다

"오랜만이네요, 선배."

멈춰 선 나를 알아챈 우진이 웃으며 인사했다. 오늘 아침, 텔레비전에서 봤던 트레이닝복 차림 그대로였다.

황당해 입을 다물지 못하고 있자 어느새 가게 밖으로 나온 아버지가 말했다.

"우리 딸 늦었네? 근데 둘이 친한 건 왜 이야기 안 했어? 응? 진작 알았으면."

알았으면 뭐?

싸늘하게 식어 가는 나는 안중에도 없이 아버지는 우진과 친한 척하느라 바빴다. 자신보다 훌쩍 큰 우진과 어깨동무를 하느라 든 까치발이 안쓰러울 지경이었다.

"너희 서로 번호도 모른다며? 집까지 들락거릴 정도로 친하면서 번호 교환도 안 하고 뭐 했니? 하여튼 요즘 애들은 알다가도 모르겠다니까. 둘이 뭐야? 사귀…."

"할아버지가 반찬 해 주는 집 손자야."

"무, 뭐?"

그만큼 우진과 내 관계를 객관적으로 설명하는 문장도 없었다. 그 집 할머니와 할아버지가 아는 사이라느니, 유명한 화가라느니 하는 사실은 입 밖으로 꺼내지 않았다. 그래 봤자 아버

지의 먹잇감만 될 게 뻔했으니까.

 한껏 들떠 있던 아버지의 뺨에 당황한 빛이 내려앉았다. 우진은 부녀 사이라기엔 냉랭하기 짝이 없는 우리를 잠자코 보고만 있더니, 와서 콩나물 대가리라도 따라는 할아버지의 부름에 아버지가 사라지고 나서야 입을 열었다.

"그 몸에 용케 그걸 다 지고 다니네."

 이고 진 화구통과 화구 박스에 시선을 둔 채 우진이 말했다. 말도 없이 사라질 땐 언제고, 귀국하자마자 우리 집엔 대체 왜 찾아온 거냐고 묻고 싶었지만 참아 내고 가게 안으로 걸음을 옮겼다.

"우리 꽹이 왔어? 배고프지? 우진이도 배고플 텐데. 째깐만 기다려라. 이제 차리기만 하면 되니까는."

 늘 보는 손녀 뭐가 반갑다고 굳이 나와 반기던 할아버지는 새우튀김이 타는 냄새에 황급히 불 앞으로 향했다. 기름 좀 튀었다고 호들갑 떨던 아버지가 할아버지의 잔소리에 어색하게 웃으며 우진과 나를 돌아봤다.

 화구 상자와 가방을 바닥에 놓은 채 욕실로 들어가 손을 씻고, 머리가 젖을 때까지 얼굴에 물을 끼얹었다. 좋아한다는 게 대체 뭔지. 이 상황에도 나는 보름여 만에 집 앞에서 다시 만난 우진이 반가웠다. 심장이 요동칠 정도로.

 다락으로 가 교복을 갈아입고 내려왔더니 아버지와 할아버지, 우진이 화기애애하게 상에 둘러앉아 있었다. 누가 보면 한 가족이라고 믿을 만한 분위기와 그림이었다. 마지막 계단에서 그 모습을 잠시 지켜보던 나는 비어 있는 정우진의 옆자리에 걸어가 앉았다.

아버지는 금메달 둘에 은메달 하나까지 쓸어 온 우진의 성적과 일반인 같지 않은 외모와 모델 같은 키를 칭찬했다. 가만히 놔두면 머리카락 한 올까지 칭찬할 기세였다.

할아버지가 새우튀김 접시를 정우진과 내 앞으로 밀었다. 식욕은 없었지만 할아버지를 걱정시키고 싶지 않아 튀김 하나를 들어 입에 넣었다. 우진은 전혀 줄어들지 않은 밥그릇과 내 얼굴을 번갈아 보더니 말했다.

"왜 이렇게 못 먹어?"

"먹고 있어."

"그새 더 마른 것 같다?"

헐렁한 반소매 티셔츠 아래로 드러난 내 팔에 우진의 시선이 꽂혔다. 집요한 눈이었다. 나는 우진의 저 눈이 불편했다. 옷을 입고 있는데도 발가벗겨지는 것 같았고, 나조차 모르고 있는 내 속내까지 꿰뚫어 보고 있는 것 같아 싫었다.

"안 그래도 입이 짧은디 요즘 들어선 도통 뭘 먹질 않어. 그러니 살이 내릴 수밖에. 우진이 네 식성 반만 닮았어도 이 할아비가 걱정 안 할 텐디."

"살이 빠지긴, 그대론데."

나는 변명하며 식탁 아래로 팔을 내려 숨겼다. 무성의하게 밥을 씹기 시작한 내 뺨으로, 입술로, 목으로 우진의 시선이 이동하는 게 느껴졌다.

"미술 하는 사람들 원래 예민하잖아요."

"맞아, 우리 딸이 좀 예민하긴 하지."

우진은 이번에도 내 편을 들었지만 하나도 고맙지 않았다. 밥을 먹는 내내 그의 시선은 내게 머물러 있었고, 덕분에 교도관에게 감시당하는 죄수의 기분을 공짜로 맛볼 수 있었다.

식사가 끝나자마자 다락방으로 향했다. 우진이 따라 올라왔다. 손엔 할아버지가 정성스레 깎은 참외 접시를 든 채였다. 고작 쟁반 하나 들어 주는 게 뭐라고, 아버지는 황송해했다.

잘못하면 머리가 닿을지도 모르는 높이에 당황한 우진이 창가에 놓인 책상에 쟁반을 내려놨다.

"언제 갈 거야?"

"온 지 1시간도 안 됐어."

"그러게 왜 왔어?"

"너 보고 싶어서."

여상한 목소리였다. 듣는 사람이 잘못 들었나 싶어 귀를 의심하게 하는. 생각지도 못한 말에 놀라 화구 상자를 정리하다 말고 돌아봤다.

헝가리와의 시차가 7시간이었다. 집에서 쉬어도 모자랄 판국에 굳이 우리 집에 찾아온 정우진. 할머니가 지난주 반찬값 놓고 가셨다고 전해 드리라고 했다고, 할아버지에게 봉투를 건네는 걸 보지만 않았어도 내가 보고 싶어 왔다는 그 립 서비스를 믿었을지도 모르겠다.

우진은 참외를 한입 깨물더니 딴소릴 했다.

"한번 그려 봐."

"뭘."

"나."

나는 열었던 화구 상자를 다시 닫는 걸로 답을 대신했다. 우진은 날 빤히 보더니 바람 소리를 내며 웃었다.

"화났구나? 나한테."

"아니. 전혀."

"말 못 하고 간 건…"

"안 궁금해."

실은 궁금했다. 하지만 이젠 궁금해하지 말아야 했다. 내 의지와는 상관없이 우진을 좋아하게 됐다지만 이 감정을 여기서 더 키우고 싶진 않았다. 시작한 지도 얼마 안 됐으니 금방 사그라질 것이다.

당장 민 화백은 내가 제 손자를 좋아한다고 하면 뭐라고 할까. 인생에 걸림돌만 될 뿐인 엿같은 짝사랑 따윈 나 역시 사양이었다.

그런데도 지금 이 순간 나의 온 신경은 등 뒤의 우진에게 향해 있었다. 뒤늦게 빠진 첫사랑에 정신을 못 차리는 스스로가 어이가 없어서 웃음도 나오지 않았.

우진이 입을 다물자 방 안에 침묵이 깔렸다. 아무렇지 않은 척하고 있지만 속으론 어쩔 줄 몰라 하고 있는 나를 미술 선생의 전화가 구해 주었다. 나는 휴대폰을 들고 잠깐 다락 아래로 내려갔다.

그녀는 대회는 잘 다녀왔는지, 컨디션은 어땠는지 물었다. 묻는 말에 대답만 했을 뿐인데 전화를 끊고 보니 20분이 지나 있었다.

내 방임에도 한참을 망설이다 안으로 들어갔다. 계속 침묵하고 있을 순 없고 뭐라고 첫마디를 꺼내야 어색하지 않을까 걱정한 게 무색하게 우진은 자고 있었다. 내 매트리스에 제집처럼 편하게 누운 채.

"속 편해서 좋겠다, 넌."

깨워서 집에 보내야 한다는 핑계로 우진이 누운 매트리스 앞에 걸터앉았다. 어깨를 흔들기 위해 다가간 손은 방향을 틀어 그의 얼굴로 향했다. 그린 듯한 이마와 얄팍한 눈꺼풀, 곧은 코를 지난 손가락은 기다렸다는 듯 입술로 내려왔다.

고른 숨을 내뱉는 입술은 립글로스를 바른 것처럼 붉은색이었다. 차마 입술은 만지지 못하고 그 아래 점을 덧그리던 나는 정신을 차리고 보니 키스라도 할 것처럼 우진에게 가까이 다가가 있었다. 황급히 떨어지려던 참에 손목이 붙들렸다.

창백하게 질린 내 목덜미를 나른한 표정의 우진이 잡아끌었다. 굳어 버린 내 양 뺨에 우진은 스치듯 번갈아 얼굴을 가져다 댔고, 나는 숨조차 제대로 쉴 수 없었다.

"무슨, 짓이야?"

나는 한참 만에 머저리처럼 물었다. 우진은 족쇄처럼 쥐고 있던 내 목덜미를 놓으며 말했다.

"몰라? 프랑스식 인사. 비주."

"……"

"이제 가야겠다. 시차 적응이 안 돼서 피곤하네."

올라간 입꼬리를 보고 장난이라는 걸 알았다. 욕을 퍼부어 주려고 했을 땐 다락엔 나 혼자 덩그러니 남은 후였다. 뒤늦게 손등으로 뺨을 문질러 우진의 흔적을 지우려 애썼지만 소용없었다.

"미친놈."

심장이 뺨에서 뛰고 있었다.

밤새 잠을 설쳤다. 헝가리에 다녀온 주제에 프랑스식 인사로 남의 마음을 흔들어 놓은 우진의 거지 같은 장난 때문이 아니라, 혹시 내 마음을 들킨 건 아닌가 하는 두려움 때문이었다.

티가 난 건 아니겠지. 내가 감정이 얼굴에 잘 드러나는 편은 아닌데 싶다가도 남이 제 입술을 더듬고 있는 걸 보게 되면 누구라도 알아채지, 싶다. 잠결에 잊어버렸기를 바랄 뿐이었다. 보름이 넘게 한국을 떠나 있으면서 네가 내게 인사하는 걸 잊었듯이.

답 없는 걱정을 하느라 수면 부족인 상태로 학교에 갔다. 수영장으로 향하는 발길을 의식적으로 돌려 교실에 들어섰다.

여자애들은 오늘도 우진의 이야기 중이었는데 주제가 약간 달랐다.

"우진이 오늘부터 학교 오지?"

"오겠지."

"채원이는 좋겠네. 오랜만에 남친 봐서."

"그만 놀려. 그냥 친구라니까, 우리."

"또 또 내숭 떤다. 너희들 그렇고 그런 사인 거 우리 학교 애들 다 아는데 친구는 개뿔. 쥐콩만 할 때나 친구였겠지. 지금 너희들 나이가 몇 갠데, 솔직히 집안 어른들끼리 서로 인사하고 지내는 거 보면 말 다 한 거 아니야? 우진이가 너한테 하는 거 봐도 그렇고. 다른 사람들한텐 안 그러잖아."

나는 두 가지 사실을 새롭게 알았다. 우진과 채원이 소꿉친구라는 것과 그렇고 그런 사이라는 것. 다들 안다는 사실을 왜 나는 몰랐는가 생각해 봤다. 몰랐던 게 아니었다. 모른 척했을 뿐이지.

햇볕에 부서지는 결 좋은 머리카락과 눈매가 처져 순해 보이는 예쁜 얼굴. 박채원의 주위엔 늘 아이들이 몰려 있었다. 잠깐 쳐다봤을 뿐인데 시선이 마주쳤고, 채원이 날 보고 웃었다. 악의라곤 없는 해맑은 미소였다.

 평생 놀고먹을 수 있도록 뒤를 받쳐 주는 부모님이 있는 것도 아니고, 미술에만 목숨을 걸기엔 내 미래는 불안했다. 그래서 공부도 해야 했다. 다행히 머리가 돌은 아닌 모양이어서 노력하는 것에 비해 성적은 곧잘 나오는 편이었다.

 수업에 집중해야 했지만 선생의 말이 도무지 귀에 들어오지 않았다. 하필 자리가 에어컨 아래라 찬바람에 덜덜 떨다가 우진의 카디건을 돌려주지 않았다는 게 떠올랐다. 민 화백의 집에서 우진과 마주쳤던 날 우진이 내게 건넸던 카디건.

 옷 한 벌쯤 없어졌다고 해서 우진이 신경 쓸 것 같진 않았으나 내가 신경 쓰였다. 가져와 내일은 돌려줘야겠다고 휴대폰에 써넣었다. 최근 통화 기록에 모르는 번호 하나가 떠 있었지만 스팸이겠거니 무시했다.

 점심은 먹는 둥 마는 둥 하고 별관으로 향했다. 본관에서 한참 떨어진 별관에는 미술실과 음악실이 있었다.

 나는 복도 가장 구석에 있는 미술실로 들어갔다. 밤의 어둠에 음침한 그림자를 드리우던 조각상은 낮에는 햇살을 받아 하얗게 빛났다. 시간이 날 때마다 이곳에 처박혀 이젤 앞에 앉아 있었다.

 요가 수련을 하는 사람들이 니드라에 빠지는 것처럼 그림을 그리고 있자면 무념무상의 상태가 될 수 있어 좋았다. 하지만 요즘은 그게 쉽지 않았다. 붓을 잡은 지 얼마 되지 않아 자꾸 잡념이 끼어들었는데 대개 우진에 대한 것들이었다. 오늘도 마찬가지였다.

물에 씻어 낸 붓을 털어 통에 넣어 두고 일어섰다. 미술실과는 정반대 쪽에 있는 화장실로 가 찬물에 세수하곤 밖으로 나왔다.

미술실로 돌아가려다 말고 나는 열린 음악실 앞에 멈춰 섰다. 맞은편 창 너머로 거대한 돔 지붕이 보였다. 종일 살다시피 했으나 안 지는 얼마 안 됐다. 별관 바로 맞은편은 수영장이었다.

일렁이는 커튼 너머의 창을 바라보던 나는 홀린 듯 안으로 들어갔다. 거기서 봤자 안이 보일 리 없는데도 한참 동안 수영장을 내려다보며 서 있었다. 물기를 닦지 않아 젖어 있던 얼굴이 마를 때까지.

미술실로 돌아와 30분 동안 사과 반쪽을 채색하는 기염을 토하고 난 뒤 스스로에게 자괴감이 들어 이젤을 정리하고 일어났을 때 휴대폰이 사라졌다는 걸 깨달았다. 음악실이었다.

곧 점심시간이 끝날 시간이라 급하게 음악실로 향했으나 안으로 들어가진 못했다. 자리를 비운 사이 다른 사람이 거기 있었다. 미처 닫지 못해 열린 문틈으로 들려오는 귀에 익은 목소리들.

"오늘 내 생일인 거 까먹었지?"

"미안. 난 내일인 줄 알았어."

정우진과 박채원이었다.

"오늘 저녁에 생일 파티 할 건데. 올 거지?"

"어."

"어제는 뭐 했어? 연락도 안 되고."

"볼일이 있었어."

"무슨 볼일?"

"너 요즘 이상하다? 언제부터 나한테 그렇게 관심이 많았어?"
"이상한 건 너야."
"내가?"
"머리에 나사라도 하나 빠진 사람처럼."
"푸하."
"웃지 마, 진짜야."
"점심시간 끝나겠다. 가자."
"생일 선물 내놔."
"내일 줄게."
"아냐, 지금 줘."

남의 이야기를 엿듣는 건 최악의 짓거리란 걸 알면서도 발이 떨어지지 않았다. 그리고 그런 짓을 한 대가는 혹독했다.

박채원이 우진의 뺨을 양손으로 잡고 입 맞췄다. 박채원의 가느다란 뒷모습만 보이던 시야에 우진의 얼굴이 가득 찼다.

뒷걸음질을 치던 와중에 하필 거기 있던 소화기를 넘어뜨렸고, 소리를 들은 우진과 시선이 부딪혔다. 도망치듯 돌아서 별관을 나왔다. 차갑게 얼어붙은 표정을 한 정우진의 손에는 내 휴대폰이 들려 있었다.

사귀는 사이에 입 한 번 맞춘 게 뭐 대수라고 나는 대단한 충격을 받았다. 아마 마음 한편으로는 부정하고 있었나 보다. 그저 친구 사이라는 박채원의 말을 믿고 싶었는지도.

내가 교실에 도착한 지 얼마 되지 않아 박채원 역시 제자리로 돌아왔다. 상기된 얼굴이었지만 낯빛은 어두웠다. 누군가 그 장면을 지켜보고 있었다는 걸 알았으니 기분이 좋을 리 만무했다.

호기심에 머저리 같은 짓을 한 스스로를 욕했지만 이미 벌어진 일은 되돌릴 순 없었다. 우진이 날 어떻게 생각할지를 생각하니 명치에 돌이 들어찬 것처럼 속이 안 좋았다.

차라리 잘된 걸지도 모른다. 이제 더 이상 우진은 내게 다정하지 않겠지. 나는 열이 오른 뺨을 책상에 대고 엎드려 눈을 감았다. 마지막으로 봤던 우진의 눈빛이 비수가 되어 가슴을 난도질하기 시작했다.

내일이 방학식이라 정규 수업은 평소보다 이르게 끝났다. 나는 텅 빈 교실에서 1시간이 넘게 우두커니 앉아 있다 마지못해 음악실로 향했다. 비겁한 주인에게 가련하게 버림받은 휴대폰을 우진이 혹시 두고 가진 않았을까, 싶어서.

고요한 복도를 가로지르자니 괜히 긴장됐다. 범인은 현장에 다시 나타난다는 말을 스스로에게 대입하며 억지로 웃어 봤지만 기분만 더 안 좋아졌다. 굼벵이처럼 느린 걸음으로 10여 분 넘게 시간을 끈 끝에야 음악실 앞에 도착했다. 도망치며 내가 넘어뜨린 소화기는 언제 그랬냐는 듯 제자리에 서 있었다.

다행히 아직 잠기지 않은 음악실 문을 조심스레 연 나는 또다시 뒷걸음질 쳤다. 종아리에 걸린 소화기가 같은 곳에서 넘어져 바닥을 뒹굴었다. 도망치고 싶은 걸 애써 참고 자리에 섰다. 피아노 의자에 앉아 있던 우진이 일어나 내게 다가왔다.

우진은 크게 놀란 기색도 없이 놀란 나를 안으로 이끌고 문을 닫았다. 소리가 사라진 음악실은 순식간에 고요해졌다. 잠복근무 중인 형사에게 검거된 범인처럼 굳어 있던 나는 뒤늦게 정신을 붙들고 잡힌 팔부터 뺐다. 우진은 잠자코 손을 풀었다.

해명해야 된다고 다그치는 머리와 휴대폰이고 뭐고 놔두고 도망쳐 버리고 싶은 마음이 피 터지게 싸웠다. 그러나 내 눈은 닫힌 피아노 위에 놓인 내 휴대폰을 본능적으로 찾아냈고, 다급히 손에 쥐었다. 우진은 아무 말 없이 그런 나를 지켜봤다. 조용히 쏟아지는 시선과 숨 막히는 침묵을 이기지 못한 내가 결국 먼저 입을 열었다.

"휴대폰 찾으러 왔던 거야. 누가 있을 줄 몰랐어."

일부러 그런 건 아니었다는 변명을 돌려 얘기했다. 그렇다고 내가 그들의 사생활을 훔쳐봤다는 사실은 변하지 않는데도. 말하면서도 말도 안 되는 논리라는 걸 알았지만 그딴 걸 따질 만큼 여유롭지 않았다. 끈질기게 따라붙는 우진의 시선을 무시한 채 돌아섰다.

"집에 가는 거야?"

"아니."

"그럼?"

"내가 왜 그걸 너한테 이야기해야 돼?"

"넌 왜 안 물어?"

생각지 못한 질문에 무심코 정우진을 돌아보려는 고개를 애써 바로 했다. 그는 고저가 없는 평온한 목소리로 다시 물었다.

"궁금하잖아?"

"뭐가."

그 말이 뭘 뜻하는지 알았지만 모른 척했다. 나도 모르는 내 속마음을 우진이 어떻게 알고 묻는 건지 알 수 없었다.

"정말 안 궁금해?"

맞은편 유리창에 비친 내 얼굴이 순식간에 무너졌다. 티가 안 나긴 개뿔. 어쩌면 우진은 내가 자신을 좋아하고 있다는 걸 이미 눈치채고 있었을지도 모른다는 확신이 그제야 들었다.

"몰라? 프랑스식 인사. 비주."

어쩌면, 그보다 훨씬 전부터.

"자주 놀러 와. 널 좋아하는 것 같아."

초조함을 숨기느라 애꿎은 주먹만 피가 통하지 않을 정도로 거머쥔 채 대답했다. 다행히도 목소리는 평소와 다름없이 나왔다.
"안 궁금해."
마음은 급했지만 그렇게 보이지 않도록 문으로 향했다. 하지만 나보단 우진이 빨랐다. 그는 타이밍이 늦은 답을 내어놓고선 내 곁을 스쳐 지나갔다.
"그래, 알았어."
스치듯 바라본 입매가 싸늘하게 굳어 있었다.
문이 닫히자마자 바닥에 주저앉았다. 힘이 풀린 손에서 떨어져 내린 휴대폰이 바닥으로 곤두박질쳤다.
궁금하다고 물어 봤자 원하는 답을 주지도 않을 거면서, 고작 이런 일에 그런 눈으로 날 쳐다볼 만큼 난 안중에도 없으면서, 그따위 질문으로 사람을 흔들어 놓은 우진을 나는 이해할 수 없었다. 이해하고 싶지도 않았다.
끼니를 챙기지 않은 탓인가, 요즘 들어 자주 흔들리는 시야를 고개를 털어 바로 잡았다. 휴대폰을 막 챙겨 들던 참에 문은 열렸다. 운동화 끝만 봤는데도 알아볼 수 있었다. 우진이었다.

"나는 궁금한 게 있는…."

나는 돌아온 우진이 귀신이라도 된 양 올려다본 채로 얼어 있다가 황급히 휴대폰을 들고 일어섰다. 빠른 걸음으로 음악실 밖으로 나가려는 내 앞을 우진이 막아섰다.

"비켜."

"물어볼 게 있어."

"나중에."

"지금."

눈을 마주치고 싶지 않아 바닥만 보고 있던 얼굴을 들어 우진을 올려다봤다. 내 표정이 그리 좋진 않았는지 날 내려다보는 우진의 표정도 굳어졌다.

"뭔데, 말해."

그때쯤 나는 체념한 상태였다. 우진이 날 좋아하는 거냐고 물으면 곧이곧대로 이야기해 줄 작정이었다. 고상한 척 그림을 그리면서 실은 애들한테 담배나 술을 파는 쓰레기 짓을 하는 나와 엮이는 게 싫으면 알아서 떨어져 나가겠지. 지금처럼 집요하게 날 붙잡지도 않을 거다.

"…아니다."

그러나 기대한 게 무색하게 우진은 말을 삼키고 돌아섰다. 조금씩 멀어지는 너른 등을 노려보던 나는 성큼성큼 걸어가 그의 팔을 붙잡았다. 내 의지론 처음 하는 스킨십이었다. 걸음을 멈춘 우진이 돌아서 나를 봤다.

우진은 오랜만에 교복 차림이었다. 늘 젖어 있던 머리카락도 산뜻하게 말라 있었다. 날 향한 눈동자가 평소답지 않게 당황해 있었다. 처음 보는 얼굴. 네가 이런 표정도 지을 줄 알았으나.

자폭이라는 걸 알았지만 멈추지 않았다. 폭탄을 끌어안고 끙끙거리는 것보단 터뜨리고 혼자 죽는 게 속 편하지 싶었다. 나는 주름 하나 없이 반듯한 우진의 셔츠 깃을 틀어쥐곤 아래로 당겼다. 무슨 말을 하려는 듯 벌어진 입술에 입 맞췄다.

키스보다는 박치기에 가까웠지만 우진과 닿았다는 사실 하나만으로 심장은 폭주하듯 뛰었다. 입술을 떼어 내며 감은 눈을 뜨자, 감지 않은 우진의 새카만 눈동자 속에 내가 보였다. 애써 웃고 있지만 당장이라도 울 것 같은 등신 같은 표정으로 나는 말했다.

"네가 궁금한 게 뭔지는 잘 모르겠지만, 이게 내 대답이야."

04. 노을

"세상에, 쫄딱 젖었네. 이 비를 다 맞고 온 거야?"
"미안. 물감만 사서 갈게."
"일단 들어와."

교문을 나서는 순간, 비가 쏟아졌다. 화방은 학교에서 버스를 타면 10분 거리에 있었다. 운이 좋았는지 버스가 연달아 오고 있었는데도 나는 걷기를 택했다. 빗줄기는 점점 굵어졌고 몇 분 지나지 않아 온몸이 흠뻑 젖었다. 최고 기온 29도. 결코 추울 리 없는 날씨인데도 체온은 급속도로 떨어졌다.

문이 열린 화방에서는 습도와 온도를 맞추기 위한 제습기와 에어컨이 연신 돌아가고 있었다. 화방 주인인 아저씨는 외출한 상태였고 그 아들인 동호 오빠만 놀라서 뛰쳐나왔다. 바닥을 온통 적시며 돌아다닐 수 없어 입구에 서 있자 오빠가 수건을 가져와 건넸다.

고사리손으로 붓을 쥐기 시작한 후부터 나를 봐 온 오빠는 다른 좋은 날은 다 두고 왜 오늘 온 거냐고 캐묻지 않았다. 그저 에어컨 온도를 올리고, 따뜻한 차 한 잔을 가져와 건넸다.

"뭐 해? 안 앉고."

"의자 젖을까 봐."

"닦으면 되지. 사람이 먼저다, 몰라?"

초여름에 입술이 퍼렇게 질린 날 가만 보던 오빠가 담요를 가져와 어깨에 덮어 주는 거로도 모자랐는지 미니 난로를 꺼내 곁에 세웠다.

"괜찮은데."

"그러다 진짜 감기 걸려. 갈아입을 옷 있는데 줄까?"

"괜찮아."

의자에 앉자 오빠가 물감 몇 개를 카운터 아래에서 꺼내 올려 뒀다.

"물감은 여기. 오늘 물건 들어온 날이라 난 창고 정리 좀 해야겠다. 충분히 쉬다 가."

"응."

"참, 우산은 저기 있는 거 쓰고 다음에 갖다줘."

주인이 사라진 화방에 앉아 1시간을 흘려보냈다. 30분이나 지났겠거니 시계를 보던 나는 시간을 확인하고 일어섰다. 수건과 담요를 내려 둔 채 난로를 껐다. 화방 입구의 장우산 하나를 빼어 들고 밖으로 나왔다.

7시. 평소라면 아직도 환할 하늘이 비구름으로 어두컴컴했다.

버스를 타고 집으로 향했다. 진동이 와서 휴대폰을 확인하니 또 모르는 번호였다. 끈질기네, 대출 못 받아요. 통화 거절과 차단을 하고는 시트에 몸을 기댔다. 마을버스를 갈아타고 가게 근처 정류장에 도착했을 때는 빗줄기가 어느 정도 잦아든 상태였다.

 어차피 젖은 상태라 비를 맞는대도 상관은 없었지만 골골대며 아프고 싶진 않아 우산을 펴 썼다. 빗방울이 우산에 부딪히며 만들어 내던 토카타(피아노와 오르간 등의 건반 악기를 위한 악곡. 풍부한 화음과 빠른 프레이즈가 특징이다.)는 정부가 낙후 동네 정비를 한다며 발로 그린 벽화 앞 벤치에 선 순간 거짓말처럼 멎었다.
 "늦었네. 한참 기다렸잖아."
 기척 따윈 내지 않고 서 있었는데도 우진은 용케 나를 알아채곤 일어섰다. 우산 따윈 쓰지 않은 맨몸이었고, 머리부터 발끝까지 온통 젖은 채였다. 나는 당황했다. 점심시간, 우진과 박채원의 입맞춤을 목격했을 때만큼.
 박채원의 생일 파티에 있어야 할 우진이 왜 우리 집 앞에서 저러고 있는 건지를 이해하려 애썼지만, 고장 난 머리는 일하길 거부했다. 바닥에 발이 박힌 것처럼 꼼짝도 하지 않는 내 앞으로 우진이 다가왔다. 비 냄새에 바람 냄새가 희미하게 공기 중으로 퍼졌다.
 "우산도 있으면서, 왜 젖었어?"
 의아한 듯 물으며 날 내려다보는 눈동자가 천진했다. 나는 추위에 창백해진 우진의 얼굴과 잘 잘린 켄트지처럼 날카로운 턱 끝을 타고 연신 떨어지는 빗방울 따위에 시선이 가려는 걸 애써 무시한 채 그를 지나쳤다.
 키가 190인 우진이 연약해 보이다니, 대체 눈에 뭐가 씐 거냐고 스스로를 욕하며 마음을 다잡는데, 잔뜩 잠긴 목소리가 날 멈춰 세웠다.

"언제부터 기다린 거냐고 안 물어봐?"

빗방울이 서서히 빗줄기가 되고.

"왜 널 기다리고 있었는지."

빗줄기는 조금씩 굵어져.

"왜 박채원이 아니라 네게 왔는지."

어느새 폭우가 됐다.

"왜 안 물어?"

등 뒤에 서 있던 우진은 그사이 걸어와 내 앞에 섰다. 쏟아지는 비가 우진의 긴 속눈썹을, 코끝을, 입술을 때렸다.

"난 묻고 싶은데."

웃음기라곤 없는 눈으로 날 내려다보며 우진은 말했다.

"내 손이 닿을 때마다 소스라치면서도 피하지 않았던 이유. 자는 내 얼굴을 더듬어 대고, 뜬금없이 입술을 들이박은 이유가 뭔지. 궁금해 죽겠는데."

우진이 한 걸음 다가와 거리를 좁혔다. 물러서면 목이 베이는 전쟁에 나가기라도 한 장수처럼 나는 그 자리에 버티고 서 있었다. 집요한 시선에 고개를 돌리고 싶었지만 돌리지 않았다.

등신 머저리가 아닌 다음에야 알 수밖에 없다. 내가 무슨 마음으로 우진의 스킨십을 피하지 않았는지, 어째서 자는 얼굴을 몰래 만지고, 입까지 맞추곤 도망쳤는지.

"이미 알잖아. 다 알면서."

왜 이렇게까지 사람을 괴롭히는 거냐고, 물으려 했다. 벌어진 내 입술에 우진이 입 맞추지 않았다면.

놀라 물러서는 내 뒤통수를 커다란 손이 다가와 붙잡았다. 얼어붙은 손과는 달리 맞붙은 입술은 뜨거웠다. 힘이 풀린 내 손에서 우산이 떨어져 곤두박질쳤다. 무방비 상태의 얼굴로 쏟아져 내린 비가 입술 사이로 흘러 들어왔다.

 산소 부족으로 눈앞이 아찔해질 즈음에야 우진은 날 놓아주며 말했다.

 "몰라. 그래서 지금부터 알아보려고."

 질려 있던 그의 입술에 수채화에 물감 번지듯 붉은 생기가 돌았다. 마주친 눈이 웃고 있었다.

 우진은 떨어진 우산을 주워 쓰고는 넋이 나간 날 가게 앞까지 데려다줬다.

 "이건 내일 돌려줄게. 내가 비 맞는 걸 싫어해서."

 내 허락 따위 듣지도 않은 채 가는가 싶던 우진은 다시 돌아와 휴대폰을 꺼내더니 누군가에게 전화를 걸었다. 반응 없는 날 물끄러미 보던 그가 다음 순간 서슴없이 내 교복 주머니를 뒤지기 시작했다.

 "뭐 하는…."

 휴대폰은 내 왼쪽 치마 주머니에서 나왔다. 우진은 시계만 덩그러니 떠 있는 화면을 확인하곤 강제로 갈취한 게 무색하게 공손히 휴대폰을 돌려줬다.

 "그거 나야. 차단 풀어."

 상냥한 목소리와는 달리 말투는 명령조였다.

 나는 휴대폰을 받은 자세 그대로 굳어 있었고, 우진은 그 말을 끝으로 이곳을 떠났다. 마침 지나던 택시를 잡아탈 때에도 뒤 한번 돌아보지 않았다. 할아버지에게 전화가 와 지금 어디냐는 추궁을 당할 때까지 나는 거기 서 있었다. 비에 젖은 온몸이 차가웠는데 우진이 닿았던 입술과 손만 지나치게 따뜻했다.

"할아비가 얼마나 걱정한 줄 알어? 화방에선 동호가 너 일찌 감치 출발했다 허지! 근데 애는 당최 소식이 없지. 전화는 왜 안 받…. 우산 안 들고 갔었어?"

두 번째로 보는 손녀의 물귀신 꼴에 할아버지의 낯빛이 납빛이 됐다.

"너 요즘 무슨 일 있는 겨? 왜 자꾸 안 허던 짓을…."

"아부지는 참, 영주 열아홉이잖아. 사춘기. 안 하던 짓 한창 할 때지."

"저저, 입이 보살인 새끼. 그리고 영주가 왜 열아홉이여. 열여덟이지! 지 딸내미 나이도 모르는 새끼가 뭔 애비라고. 집에는 언제 갈껴? 느이 새 마누라는 너 이 지랄 하고 다니는 거 알어?"

"당연히, 알지! 아버지 걱정을 얼마나 한다고, 걔가. 말이 나와서 말인데 아버지 손주 안 보고 싶어?"

"손주? 뭔 손주? 우리 영주는 여기 있구먼."

"민서 말이야."

"우리 집 씨도 아닌 새끼를 내가 왜 보고 싶어 혀? 이 빌어 처먹을 새끼야."

"아니 그래도, 내가 잘못했다. 내가 잘못했어요. 영주 너는 얼른 씻고 나와. 아버지 배고파 뒤질랜드다. 저녁 좀 먹자. 네가 밥을 먹어야 나도 먹을 수…."

"배때기에 거머리가 들러붙었나. 하루 종일 자빠져 잠만 처자고도 배가 고프냐? 어? 배가 고파? 이 식충이 자식아."

목침으로 아버지를 후려치려는 할아버지를 보고 욕실로 들어갔다. 따뜻한 물에 샤워하곤 오랜만에 밥 한 그릇을 전부 먹었다. 입으로 들어가는 게 쌀인지 보리인지도 모른 채 기계적으로 수저질을 하는 나를 보곤 할아버지는 기뻐했다.

 기절한 듯 잠이 들었다가 잠깐 깼을 때는 새벽 1시였다. 스팸 차단이 풀린 번호로 메시지가 와 있었다.

 나도 네 입술이 마음에 들어.

 사춘기 풋사랑에 마음 쓸 만큼 여유롭진 않다고, 민 화백이 보장하는 내 미래와 바꿀 만큼 가치 있는 일도 아니라고, 공들여 쌓고 쌓았던 내 성은 그렇게 정우진의 비바람에 무너졌다. 모래처럼.

- - -

 종업식은 지루했다. 행사는 강당에 모이는 대신 각 반에서 영상으로 진행됐다. 죽을 쒔다고 여겼던 사생 대회에서 동상을 받은 덕분에 방송실에 불려 갔다 왔다.

 상장과 부상을 받고 교실로 돌아왔더니 교장은 오늘도 우리 학교가 투자를 얼마나 받았는지, 그 돈으로 무얼 했는지, 학교의 꾸준한 발전을 위해선 앞으로도 돈이 얼마나 필요한지 열변을 늘어놨다. 세계적인 대회에서 메달을 수집해 온 국가 대표 정우진에 대한 칭찬도 빠뜨리지 않았다.

 무성의하게 영상을 시청하던 나는 다른 곳으로 시선을 돌렸다. 교실에서 유일하게 빈 책상, 박채원의 자리였다. 조회를 시작하기 전 아이들이 떠들어 대는 걸 들었다.

 "채원이 학교 안 온대?"

"어, 아프다나 봐."

"어제 생파에서부터 표정이 안 좋더라니."

"우진이 안 왔잖아."

"둘이 싸운 건가. 그런 것치곤 오늘 아침에 정우진 우연히 봤는데 걔 표정은 좋던데?"

"이러다 둘이 깨지는 거 아니야?"

"애초에 사귄 적도 없는 건 아니고?"

"야."

"그렇잖아. 너희들 우진이가 채원이한테 잘해 주긴 해도 친구 이상으로 대하는 거 본 적 있어?"

담임이 들어오는 바람에 대화는 거기서 일단락됐다. 나는 그 후로 내내 그 얘기에 사로잡혀 있었다. 미처 생각하지 못했다. 정우진과 박채원의 관계. 얼마 전 음악실에서 우진을 보던 박채원의 눈빛이 떠올라 마음이 무거웠다.

보충 수업에 빠지지 말란 담임의 당부와 함께 일정은 끝났다. 물론 예체능인 내겐 해당 사항이 없는 말이었다. 교실을 나와 수영장으로 향했다. 얼마 전까진 낯설기만 하던 길이 이젠 눈을 감고도 그릴 만큼 익숙해졌다.

명목상 수영부가 있긴 했지만 유의미한 성적을 거두고 있는 이는 정우진 하나였다. 대부분의 시간 동안 우진이 풀을 쓰고 있었으나 특혜라고 항의하는 사람은 없었다. 애초에 없어질 뻔했던 수영부와 폐쇄 직전이었던 수영장을 살린 사람이 우진이었다.

국가 대표 배출로 유명한 체육 고등학교가 아니라 돈지랄로 이름을 날리는 이 학교를 택한 이유 역시, 풀을 혼자 쓰고 싶어서라고 언젠가 김규찬이 얘기한 적이 있다. 경쟁할 상대 따윈 어차피 필요 없으니까.

수영장에선 외국인 코치와 우진이 대화 중이었다. 운동부가 돌머리라는 편견과는 다르게 우진은 머리가 좋았다. 진급에 필요한 일수 빼고는 늘 학교를 빠지고도 성적은 늘 상위권에 머물렀다.

대화가 끝나고 코치가 떠난 후에도 우진은 서너 번 풀을 돌았다. 마지막은 머리부터 발끝까지 온몸을 물속에 담근 채 헤엄쳤는데, 턱 아래에 아가미가 있는 건 아닌지 의심스러웠다.

풀 밖으로 나온 우진은 풀 사이드 스탠드에 앉은 내게로 곧장 걸어왔다. 수경과 수모를 벗자 먹물처럼 새카만 머리카락과 그만큼 검은 눈동자가 드러났다. 걸을 때마다 비현실적으로 잘 다듬어진 몸에서 물방울들이 곤두박질쳤다.

우진은 내 옆의 제 가방 위에 던지듯 수경과 수모를 내려놓곤 생수를 꺼내 마셨다. 리드미컬하게 움직이는 목울대를 빤히 보던 나는 말했다.

"채원이는 널 좋아해."

시원하게 물을 삼키던 우진이 순간 머금었던 걸 토해 냈다. 간신히 내 얼굴은 비켜 갔다.

우진은 몇 번의 기침 끝에 호흡을 제자리로 돌리곤 날 봤다. 포장만으로 고른 물건이 막상 까 보자 예상과 다를 때 사람들이 종종 보이는 눈빛이었다.

"그런데?"

"둘이 그냥 친구 사이 맞아?"

"넌 대체 날 어떻게 보는 거야?"

낯빛에 떠올랐던 당혹감 따윈 금세 날려 버린 채 우진은 물었다. 궁금증이 생긴 강아지처럼 고개를 반쯤 기울이고 있었지만 날렵한 눈매 때문에 전혀 귀엽지 않았다.

"돌려주려고 왔어."

손에 든 종이 가방 안을 보여 주며 말했다. 그의 집에 갔던 날 어쩌다 보니 빌린 카디건이었다.

"어쩌지, 나는 우산 안 들고…."

미안함 따윈 전혀 보이지 않는 표정으로 우진은 웃었지만 그 미소는 얼마 가지 않았다. 일어선 내가 발꿈치를 들어 그의 뺨에 입을 맞췄기 때문이었다.

"카디건값이야."

굳어 있던 우진이 정신을 차리고 다가오기 전에 서둘러 돌아섰다. 도망치듯 수영장 입구를 향하는 날 붙잡지 않은 우진이 웃으며 소리쳤다.

"뽀뽀로 퉁치고 카디건 들고 가는 거야? 그거 되게 비싼 건데."

우리의 연애 아닌 연애는 그렇게 시작됐다. 좋아한다는 고백도, 사귀잔 말도 없이.

아무것도 아니었던 우진과 내 사이가 포옹하고 입을 맞추는 사이로까지 발전했지만 크게 변한 건 없었다. 우리는 자주 만났고, 밥을 먹었고, 개 산책을 시켰다. 사는 게 아주 조금 재미있어졌다.

관심을 쏟을 것이 생긴 덕분에 다른 곳에 관심을 끄기도 쉬웠다. 박채원의 짝사랑에 대한 죄책감은 어느덧 옅어져 갔고, 며칠 머물 거란 말과는 달리 점점 체류 기간이 늘어나는 아버지란 불청객에 대한 불안감도 모른 척하기 수월했다.

　날씨는 점점 더워지고 있었다. 해가 지고 달이 뜬 자정이 지나고 새벽이 되어도 땅의 열기가 식지 않는 나날이 시작됐다. 한낮의 열기를 머금은 지붕 덕분에 다락은 밤낮없이 더웠다.

　방학이었지만 등교는 여전히 했다. 학원을 다니지 않는 내가 기댈 곳이라곤 미술실과 미술 선생뿐이었고, 일련의 대회를 끝낸 우진 역시 학교 수영장에서 살다시피 했기 때문이다.

　교내 또 다른 소문의 당사자가 되고 싶지 않았던 나는 학교 안에서 우진과 만나는 걸 꺼려 했으나 우진을 자주 훔쳐봤다. 간만에 풀에 들른 김규찬이 창밖의 날 눈치채곤 자길 보러 온 거냐고 꼴값을 떨고 나서부턴 그마저도 꺼리게 됐지만.

　저녁까지 미술실에서 물감과 씨름하다 하교했다. 가는 길에 일전에 동동주를 구매했던 미술부원에게 며칠 한국에 없는 자신을 대신해 학교 길냥이 급식소의 밥그릇을 채워 달라는 의뢰를 받고 해결하느라 30분을 지체했다. 사료와 물을 채우는 데 5분, 사심을 채우는 데 25분.

　"만 원만 줘."

　- 그래도 돼? 너무 싸.

　"너만 싸게 해 주는 거니까, 다른 애들한테는 말하지 마."

　장사꾼들이 손님에게 늘 하는 말을 찰떡같이 믿는 미술부원에게 약간의 죄책감을 느끼며 통화를 종료했다. '영주는천사야'라는 이름으로 곧 3만 원이 입금됐다. 3일 치가 만 원이라는 소리였는데. 미안했지만 차액을 환불해 주진 않았다. 그만큼의 돈을 이미 고양이 캔 사는 데 죄다 써 버린 후였다.

　가게에 도착해 저녁을 먹고 깜빡 잠이 들었다. 지옥 불에서 불타는 악몽을 꾸고 일어났을 땐 밤 11시였다. 통화를 하다 잠든 바람에 머리맡에 뒹굴고 있는 휴대폰엔 우진의 메시지가 떠 있었다.

오늘도 잘 자네? 나도 잘 잘게.

이대론 잠이 올 것 같지 않아 냉수 한 잔을 마시고 가게 밖으로 나왔다. 평상에 앉은 채 미지근한 밤바람에 자는 동안 오른 열을 식히고 있었다.

내가 나오며 끈 가게 안의 전등이 다시 켜졌다. 할아버지인가 해서 돌아봤더니, 아버지였다. 휴대폰을 들고 있는 걸 보니 누군가와 통화 중인 것 같았다.

아버지가 문을 열고 나오기 전에 일어난 나는 가게 뒤쪽으로 몸을 숨겼다. 하고 많은 시간을 놔두고 한밤중에 통화해야 하는 상대가 누구인지 궁금했다. 우리 집에 찾아온 아버지의 진짜 저의도.

- 아직 얘기 못 했어? 그러려면 뭐 하러 거기까지 갔어?
"조금만 더 기다리라니까. 노인네 구슬리는 게 그렇게 쉬운 줄 알아?"

아버지는 부채질을 하더니 평상에 앉았다. 통화 볼륨을 최대한 높여 놓은 덕분에 상대방의 목소리까지 고스란히 들렸다. 여자였다.

- 당신, 우리 중도금 날짜 얼마 안 남은 건 알고 있지?
"당연히 알고 있지. 어떻게 된 청약인데."
- 그럼 빨리 해결할 생각을 해야지. 굼벵이처럼 그러고 있으

면 돈이 나와, 떡이 나와?

"아, 노인네 쌈짓돈 분명히 있을 텐데. 걱정 말아. 안 되면 집 문서랑 인감이라도 째벼 갈 테니까."

- 다 무너져 가는 가게 팔아 봤자, 얼마나 한다고?

"에헤이, 그거야 팔아 봐야 아는 거고. 그보다 분명히 돈 나올 구멍이 있을 거래도. 영주 그림 그리잖아. 그게 어디 한두 푼 드는 일이야?"

놀랍지 않았다. 화가 났지만 그건 일관적으로 쓰레기인 아버지에게 난 화가 아니라 나 자신에게 난 화였다. 저런 인간인 줄 알면서도 내버려 두고 모른 척하려 했던 나에게.

"민서는? 자?"

- 당연하지, 시간이 몇 신데. 여튼 당신 해결 안 하고는 올라올 생각 하지 마. 간 김에 얼어 뒈져 가는 당신 사업 자금도 충당해서 오고.

"은영아, 야, 백은영. 아이, 진짜."

아버지는 가게에서 빼 온 게 분명한 새 담배를 뜯어 몇 대 피우고 나서야 안으로 들어갔다. 자정이 다 되어 가건만 나는 도무지 집 안으로 들어갈 엄두가 나지 않았다. 자는 저 인간을 베개로 눌러 죽이기라도 할까 봐.

갈 데가 없어 정처 없이 길거리를 헤맨 끝에 도착한 곳은 결국 또 학교였다. 도둑질도 하면 할수록 는다고, 후문의 울타리쯤은 이젠 가뿐히 넘어 교내로 들어섰다. 뒤뜰을 지나쳐 수영장으로 향했다. 주인 없는 수영장은 굳게 닫힌 채였지만 그 자리에 주저앉았다.

한밤중의 학교는 귀신이 나타난다고 해도 놀라지 않을 만큼 고요했고, 을씨년스러웠다. 반대로 여전히 조용해질 생각을 하지 않는 머릿속을 애써 무시한 채 한동안 시간을 흘려보내던 나는 수십 번의 망설임 끝에 우진에게 전화했다.

- 황송해 돌아가시겠네. 선배님께서 먼저 전화를 다 해 주시고.

"…보고 싶어."

우진은 10분도 되지 않아 나타났다. 자다 일어났는지 머리는 까치집에 티셔츠 차림이었는데 앞뒤가 뒤집혀 있었다.

"왜 그렇게 봐? 밤에 보니 더 섹시해서?"

"옷 뒤집어 입었어."

"아."

말이 끝나기 무섭게 그는 티셔츠를 훌렁 벗었다. 가로등에 훤히 드러났던 복근은 그가 신속하게 입은 티셔츠에 금방 가려졌다. 반라의 수영복 차림에 익숙해서 그런가, 남에게 몸을 드러내는 데 거리낌이 없는 우진이 가끔 당황스러웠다.

"운 거야?"

잠을 설쳐 충혈되고 부어오른 내 눈을 보곤 우진이 물었다. 나는 불쑥 들어 밀어진 그의 얼굴에서 거리를 벌리곤 고개를 저었다.

"아니. 혹시 수영장 문 열 수 있어?"

어쩐지 아쉬워 보이는 눈길을 거두곤 수영장의 도어 록을 풀던 우진이 손을 멈추곤 나를 돌아봤다. 아, 지금쯤은 보안 장치 걸려 있겠다.

"우리 집은 어때? 아무도 없는데."

낮은 목소리완 달리 묘하게 들뜬 눈빛이었다.

어째서 이 시간에 집이 아닌 여기 있냐고, 우진은 묻지 않았다. 아무것도 모르는 주제에 모든 걸 알고 있는 사람처럼, 아무런 질문도 위로도 하지 않은 채 날 안전한 자신의 요새로 이끌었다.

우진이 무얼 기대했는지는 잘 모르겠지만 나는 지나치게 넓고 적막한 그의 집에 들어선 지 얼마 안 되어 잠들었다. 겨우 자정, 평소 패턴을 생각하면 너무 이른 시각이었다.

우진은 통화를 위해 정원에 나갔다 들어왔다. 졸음을 참지 못한 나는 소파에 기대앉은 채 가수면 상태에 빠져 있었다. 주인과는 달리 온순하기 짝이 없는 우동이를 옆에 낀 채였다.

무심코 뻗은 손가락 사이로 흐르는 강아지 털의 부드러운 감촉에 잠결에도 놀라워했는데, 잠깐 잠이 깨서 확인한 털의 주인은 다름 아닌 우진이었다.

상황 파악을 못 한 나는 아직도 우진의 머리카락을 쥔 채였고, 얘가 왜 내 앞에 있냐는 의문을 가지기 무섭게 몸이 훌쩍 들렸다.

"너야말로 속 편해서 좋겠다."

제 침대에 나를 눕히며 우진은 언젠가 내가 했던 말을 했다. 나는 다정하게 이불을 끌어다 덮어 주는 그를 멀거니 응시하다가 눈을 감았다. 실로 오랜만의 숙면이었다.

잠에서 깼을 땐 이른 새벽이었고, 곁엔 우진이 날 향해 모로 누워 자고 있었다. 눈을 뜨고 있을 땐 찔러도 피 한 방울 안 나올 것처럼 차가운 얼굴이 자고 있을 땐 어린아이처럼 순했다.

일어나려다 발에 뭔가 걸려서 보니 우동이가 침대 발치에 몸을 동그랗게 만 채 취침 중이었다. 깨우지 않으려 노력했으나

동물의 감각은 속일 수 없었다. 우동이가 몸을 털더니 일어나 바닥으로 내려섰고,

"어디 가려고?"

언제 일어났는지 모를 우진이 내 손을 붙잡았다.

"집에."

"벌써?"

"할아버지 깨기 전에 가야 돼."

더 자라는 내 의견은 묵살한 채 그는 나를 따라나섰다. 손에 들린 차 키에 의심스러운 기색을 숨기지 않는 나를 우진은 안심시켰다.

"생일 지났고, 면허 있어. 걱정 마."

과격할 거란 예상과 달리 우진은 모범 운전자였다. 규정 속도와 신호, 규칙을 지나치게 준수했다.

아파트 단지 앞 차량 사이에서 취객이 갑자기 튀어나왔지만 거북이보다 더한 속도로 기어가고 있던 탓에 사고는 없었다. 택시를 타면 20분이면 도착할 거리를 40분이 다 되어 도착했다. 지친 얼굴로 차에서 내리는 날 우진은 굳이 배웅했다.

"면허 있다며?"

"초보라서 그래."

"다음엔 그냥 버스 탈…."

듣기 싫다는 듯 내 뺨에 스치듯 뽀뽀한 우진이 차에 올라탔다. 나는 곧장 집으로 들어가지 않고 매끈한 차 꽁무니가 사라질 때까지 보고 있었는데, 뒤에서 클랙슨을 울리든 말든 기어가던 종전과는 다르게 눈 깜짝할 사이 골목에서 빠져나간 그의 차가 도로의 모든 차를 추월하며 앞서갔기 때문이다.

"초보 좋아하시네."

어처구니가 없는 웃음을 흘리며 돌아선 나는 표정을 굳혔다. 가게 안에서 아버지가 날 보고 서 있었다.

어지간한 일엔 놀라는 법이 없건만 놀랐다. 간밤에 외박했다가 아침에나 들어오는 장면을 들켜서도, 그게 누가 봐도 오해하게끔 남자애와 함께 있는 모습이라서도 아니었다. 다른 누구도 아닌 정우진과 함께인 걸, 다름 아닌 아버지란 인간이 목격했기 때문이다.

멀뚱히 서 있는 내가 답답한 듯 아버지가 가게 밖으로 뛰쳐나왔다. 그는 여느 아버지들처럼 화를 내거나 날 혼내지도, 추궁하거나 훈계하지 않았다. 간밤에 충동적으로 산 로또가 당첨됐다는 걸 알게 된 소시민처럼 온 얼굴에 함박웃음을 지은 채 물었다.

"여태까지 우진이랑 같이 있다 온 거니?"

- - -

폭풍이 불어닥치기 전 밤처럼 고요한 나날들이 지속됐다. 그날 우진과 사귀는 사이냐고 캐묻는 아버지에게 아무 관계도 아니란 말을 기계처럼 반복했지만 믿지 않는 기색이었고, 다행인 건 무언가 일을 벌이리라는 걱정과는 다르게 아버지가 별다른 행동 변화를 보이지 않는다는 것이었다.

다만 나는 여전히 불안했는데, 담배를 피우기 위해 자리를 비운 아버지의 휴대폰에서 우진의 가족 관계를 띄운 화면을 봤기 때문이었다. 조모 민석희 동양화가, 부 정찬록 전자 상거래 기업 알파E 대표, 모 윤미래 알파E 대표.

민 화백의 초상화는 나날이 완성되어 가고 있었다. 꼴 보기 싫은 인간을 피해 새벽같이 집을 나선 나는 학교 미술실에서 시간을 보내다가, 편의점에서 삼각김밥으로 점심을 때우곤 우진의 집으로 향했다.

보려는 우진은 없었고, 보고 싶지 않은 김규찬만 도중에 만났다.

"진짜 우진이랑 사귀어?"

"누가 그래?"

"우진이가."

"…뭐?"

"뭐야, 정우진 지 혼자 사귀는 거야? 그나저나 나 담배 말이야. 그냥 한 달 치 한 번에 어떻게 안 될…. 야, 홍영주! 사람 말하는데 안 듣고 어디 가! 갈수록 우진이 닮아 가네. 메시지 보낼게! 적어도 읽씹은 해라. 듣고 있어?"

김규찬이 입은 싸긴 해도 없는 말을 지어내는 타입은 아니었다. 나는 예상치 못한 우진의 행동에 머리가 복잡해 민 화백의 작업실에 도착해 붓을 쥐고 나서도 멍청히 있다가 민 화백의 지적에 정신을 차렸다.

"요즘 자주 다른 데 정신이 팔려 있구나?"

"죄송합니다."

사과를 하곤 캔버스 속 민 화백의 진주 목걸이를 덧칠하던 나는 다음 질문에 하마터면 붓을 떨어뜨릴 뻔했다.

"우진이랑은 언제부터 사귄 거니?"

"…네?"

놀란 나머지 목소리가 튀어 나갔다. 민 화백은 미술실 석고상처럼 딱딱하게 굳어 버린 날 물끄러미 보더니 웃었다.
"이럴 때 보니 딱 그 나이 때 애 같네."
예민한 민 화백이 한집에 사는 제 손자와 나의 변화를 알아채지 못할 리 없었다. 하지만 저렇게 확신하고 말하는 건, 그 이상의 무엇을 알고 있기 때문이었다.

"누가 그래?"
"우진이가."

나는 어쩌면 김규찬보다 입이 쌀지 모르는 우진에게 기가 막혀 하는 중이었다. 이미 알고 있던 아버지의 민낯을 목격했을 때보다 머리가 복잡했다. 민 화백을 따라 웃어넘겨야 할지, 울어야 할지, 해명해야 할지 알 수 없었다.
우진을 좋아하고 나서부턴 늘 이런 상황을 상상하긴 했지만, 직접 겪는 건 다른 문제였다. 이 와중에도 머릿속 저울은 민 화백과 우진을 비교하느라 여념이 없었고, 그런 스스로에게 환멸이 일었다.
정확히 대칭을 이루던 저울의 무게는 어이없게도 우진에게로 기울기 시작했다. 그걸 깨달은 내가 애써 민 화백 쪽으로 무게를 두려고 했을 때, 민 화백이 물었다.
"우진이 어디가 좋으니?"
민 화백의 온화한 표정을 마주한 저울이 다시금 우진 쪽으로 희망의 무게를 더했다. 이젠 돌이킬 수 없을 만큼 우진을 향해 기울어진 저울에 체념한 채 나는 대답했다.

"얼굴이요."

"뭐라고?"

민 화백은 소리 내 웃었다. 눈가에 눈물이 고인 후에야 웃음을 멈춘 민 화백이 다가오더니 내 손에서 붓을 빼어 냈다. 나는 가슴이 내려앉았지만 그렇지 않은 척 입을 열었다.

"초상화는 그만두겠습…."

"다들 그러지. 하나를 가지려면 하나를 내려놔야 한다고."

자리에서 일어나려는 내게 민 화백은 다른 붓을 쥐여 주었다. 조금 전보다 한 단계 작은 호수의 붓이었다.

"멍청이들이나 하는 말이지. 두 개를 가질 수 있으면 두 개를 가지는 게 좋지. 네 개, 다섯 개를 가질 수 있으면 더 좋고. 너는 최소한의 붓만 쓰려는 안 좋은 습관이 있더구나. 그러지 않아도 된다. 이젠 저게 다, 네 붓이니까."

반쯤 정신이 나간 채로 민 화백의 작업실을 나왔다. 그녀의 그 말에 내가 뭐라고 했는지도 모르겠다. 너무 정신이 없어서 입고 있던 작업용 앞치마도 하고 나왔을 정도니까.

응접실을 지나치던 와중에 그런 날 본 아주머니가 뛰어나와 앞치마를 벗겨 줬다.

"이러고 가려고? 왜 그렇게 넋을 놓고 있어? 선생님께 혼났어?"

"아뇨."

"곧 우진이도 올 텐데 저녁 먹고 가. 어차피 선생님은 저녁 약속 있으셔서 곧 나가실 거야."

오늘은 우진을 볼 정신이 없었다. 괜찮다 거절하고 현관을 나서려는데 주방 테이블 위에 익숙한 반찬 통들이 보였다.

"할아버지 다녀가셨어요?"

"아, 그게 오늘은 다른 분이 오셨던데."

"다른 분이요?"

"말씀 안 하셨어? 영주 아버지 다녀가셨어."

 금방 나가셨으니, 멀리 가지는 못하셨을 거라고, 아주머니는 웃으며 덧붙였다. 아주 자상하시고 멋진 분이더라는 말도 안 되는 칭찬에 나는 동조하지 못한 채 서둘러 집을 나왔.

 아버지는 정원 저 끝에 서 있었다. 당황스럽게도 마침 돌아온 우진과 함께였다.

 무슨 얘기를 하는 걸까. 혹시 우진과 그의 집안을 불편하게 만드는 얘기라도 꺼내면 어쩌나, 신경을 곤두세운 채 우진의 표정부터 살폈다. 참다못한 내가 그들에게로 뛰기 시작했을 때, 아버지가 대문 밖으로 사라졌다.

 허탈해 멈춰 선 내게 우진이 어슬렁거리며 다가왔다. 나는 다급히 물었다.

"아버지랑 무슨 얘기 했어?"

"그게 궁금해서 그렇게 달려온 거야?"

"그래."

"별 얘기 안 했는데."

"그래서 무슨 얘기?"

"우리 선배님, 요즘 되게 예민하신 거 아시나 몰라."

"장난치지 말고."

"걱정 마. 네 욕 안 했으니까."

 우진은 끝내 내가 원하는 답을 주지 않았고, 정말 예민해진 나는 그가 어느새 끌어다 잡은 손을 빼냈다.

"네가 우리 사귄다고 할머니한테 이야기했어?"

"응. 왜?"

위기의식 따윈 개나 줘 버린 태평함에 답답한 건 나뿐이었다. 내 사정 따윈 알 리 없는 우진은 기분 전환에는 당분이 최고라며 벌어진 내 입에 막 뜯어낸 막대 사탕을 쑤셔 넣었.

우거지상으로 마지못해 사탕을 머금은 내 턱을 단정한 손가락이 붙잡아 올렸다. 치켜든 시야로 우진의 멀끔한 얼굴이 들어찼다. 그는 시혜하는 군주처럼 나를 내려다보더니 말했다.

"쓸데없는 생각 하지 마. 내 생각만 해."

우진과 아버지를 목격한 건 그로부터 사흘 후였다.

나는 할아버지에게 아버지의 속내를 이야기해야 할지 말아야 할지 고민하느라, 이왕이면 할아버지에게 말하지 않은 채 거머리처럼 달라붙어 떨어지지 않는 아버지를 쫓아 보낼 방법을 궁리하느라, 이젠 우진의 가족에게까지 폐를 끼치려는 아버지를 죽이고 싶은 충동을 참느라 매일 밤 잠을 설쳤다.

"우진이 할머니 되게 부자라며? 걔네 부모도 한자리씩 하던데."

그날 아침 밥상머리에서 아버지는 뜬금없이 그 얘길 했다. 할아버지는 대수롭지 않다는 듯 대꾸했다.

"그 집이 대대로 부잣집이었응게."

"그림 한 점에 몇십억씩 하던데?"

"그럴 만, 무… 뭐?"

밥알이 튀고 숟가락이 떨어졌다. 놀란 눈의 할아버지에게 아버지가 덧붙였다.

"그런 집하고 엮이려면 보통 인맥 아니고서야 못 들어가는데. 어떻게 알았어? 나한테는 그런 말 일언반구도 없었잖아. 반찬

값으로는 얼마 받아? 기사 대동한 차까지 집 앞으로 대령하는 거 보면 꽤 받을 것 같은데. 그 반찬값 그림으로 달라고 하면 안 되나?"

할아버지가 주워 든 숟가락이 아버지의 머리통으로 날아갔다.
"터진 주둥이라고 막말을 허네, 이 씨부럴 잡놈의 새끼가."
"뭐가 막말이야. 나는 현실적으로다가…."
"너 돈 때문에 여기 온 거 내가 모를 줄 아냐? 영주랑 나 목구멍에 풀칠할 돈도 없응게, 불알 터지는 소리 말고 내일 짐 싸서 나가."
"아, 아버지."
"아니여. 지금 나가! 당장 나가! 이 개쌍놈의 자식아."

꽁무니 빠지게 가게 밖으로 달아나는 아버지에게 할아버지가 걸레를 날렸다. 저 수모를 당하고도 뭐라도 얻을까 싶어 이곳에 거머리처럼 달라붙어 있는 게 대단했다.

대체 돈이 뭐라고. 하긴, 다른 건 몰라도 돈 좋아하고 셈에 밝은 건 나 역시 마찬가지였다. 당연했다. 난 저 인간의 핏줄이니까.

학교 미술실에서 몇 시간을 앉아 있었지만 그림에 진전은 없었다. 미술 선생은 지금 있는 그림만으로도 입시 포트폴리오는 충분하다고 했으나 내 눈엔 단점만 보였다. 의미 없는 덧칠로 그림을 망치고 있다는 걸 깨닫자마자 짐을 싸서 일어섰다.

방학이 되고 나서 아이들과의 거래는 현저히 줄어들었다. 그럼에도 돈이 궁하지 않은 이유는 매주 민 화백이 초상화를 그리는 대가로 내게 주는 용돈 때문이었다.

세상에 공짜는 없으니 전부 빚이라는 걸 알면서도 죄책감이라곤 없이 뭐든 넙죽 받았었는데, 우진과 지금의 관계가 되고 나서부턴 꺼려지기 시작했다.

주는 것 없이 받기만 하다간 언젠가 배가 터져 죽을지도 모른다. 그걸 알면서도 나는 한계치로 차오른 배를 무시한 채 수영장으로 향했다. 배 터져 죽는 건 호상이라는 생각을 하면서.

우진은 오늘 풀에 없었다. 전화를 했더니, 약속이 있다는 친절한 답변을 받았다.

- 못 봐서 서운해?

"아니."

- 난 서운한데. 보고 싶어.

거짓으로 고한 말과는 달리 우진의 목소리를 들으니 더 보고 싶고, 서운해져서 서둘러 전화를 끊었다. 저녁에 내가 너희 집으로 갈게. 웃으며 날 달래던 우진의 목소리가 오늘 처음으로 날 웃게 했다.

우진은 학교와 우리 집 중간에 위치한 한 번화가 찻집으로 들어갔다. 나는 화방에 들러 새로 들어온 물감 구경을 하고 버스 정류장으로 가다가 그 모습을 봤다.

이건 스토킹이라고 생각하면서도 따라 들어간 건 그 찻집이 우진과는 전혀 상극인, 전통찻집이었기 때문이다. '특선 쌍화차'가 적힌 입간판을 보는 순간 가슴이 철렁했다. 김규찬이 담배에 미친 것처럼 쌍화차에 미친 인간이 아버지였다.

들키는 위험을 감수한 채 찻집으로 들어갔다. 우진은 손님이라곤 중년이 대부분인 찻집 가장 외진 구석 테이블에 자리 잡고 앉은 채였다. 맞은편에 앉은 뒷모습이 익숙했다.

아버지.

나는 눈에 띄지 않도록 찻집을 반 바퀴 돌아 그들의 파티션 너머 뒷자리에 등을 대고 앉았다. 아버지가 쌍화차를, 우진이 인삼차를 주문했다. 심각한 상황인데도 불구하고 우진의 선택에 웃음을 흘릴 뻔한 나는 아버지가 꺼내는 내 이름에 표정을 굳혔다.

"우리 영주랑 많이 친한 것 같던데?"

"네."

"접점이라곤 없는데 어떻게 친해졌어? 알다시피 영주가 사교성이 없잖아. 이날 이때까지 친구 한번 집에 데려온 적이 없었어."

"그런가요."

어울리지도 않은 무게를 잡으려는 아버지에 반해 우진은 가볍기 그지없는 말투였다. 바짝 긴장한 내 앞으로 주인아저씨가 주문한 음료를 가져왔다. 매실청으로 만든 매실 에이드였다.

"여자 친군 없고?"

꼬박꼬박 대답하던 우진은 거기서 입을 다물었다. 두 사람이 보이진 않았지만 어쩐지 거북한 침묵이었다. 후루룩. 우진이 부러 소리 내 인삼차를 마시는 소리가 테이블을 넘어왔다.

"이제 알겠네."

우진이 먼저 혼잣말로 침묵을 깨며 웃었다

"무얼?"

"영주가 요즘 부쩍 예민해진 이유요."

이번엔 아버지가 차를 들이켰다.

"예수 믿으시죠? 아니, 마리안가?"

목이 타 에이드를 마시던 나는 뜬금없는 우진의 예수 타령에 하마터면 사레가 들릴 뻔했다. 아버지의 차 안 룸 미러에 달려 있던 십자가와 그가 늘 팔목에 차고 있는 묵주 팔찌가 떠올랐다.

"난 안 믿어요. 우리 엄마가 무속 신앙 신봉자라."

"갑자기 무슨 소릴 하는 건지 모르겠어."

"나도 모르겠으니까 빙빙 돌리지 말고 말씀하세요. 왜 날 여기 불러다 앉혔는지."

찰나 내려앉은 싸늘한 침묵을 아버지의 경박한 목소리가 깨뜨렸다.

"에이, 진짜. 되지도 않은 어른 흉내 내려니 답답했는데, 차라리 잘됐어. 너 하는 거 보니 싹퉁머리는 없어도 말은 잘 통하겠다. 너한테 이런 부탁 하는 게 좀 거시기하긴 한데 상황이 너무 급해서. 어떻게, 부모님 좀 만나 뵐 수는 없을까. 찾아보니까, 우리나라에서 엄청 유명한 기업 대표시던데. 내가 말이야, 작은 청소 업체 하나를 운영하거든. 너희 부모님께서 하청만 주시면은…."

체면이라곤 모르고 구걸하는 입을 막기 위해 튀어 나가려는 나를 붙잡은 건, 우진의 다음 말이었다.

"여쭤볼게요. 근데 저도 부탁 하나 하죠. 영주는 모르게 하세요. 아버지가 이런 사람이라는 거."

05. 물거품

정오의 해는 몸을 녹일 듯이 뜨거웠다. 목적지도 없이 하염없이 걷다 보니 어느덧 집 근처, 하필 할아버지의 경쟁 상대 '아랫동네' 슈퍼 앞이었다. 가게 주인은 할아버지보다 조금 나이가 많은 할머니였는데, 앉아서 술을 마실 수 있는 가맥집으로 수완이 좋아 늘 할아버지의 식당보다 손님이 많았다.

목이 말랐다. 연식이 오래돼 앓는 소리를 내는 냉장고에는 생수는 없고 사이다와 줘도 안 먹을 보리 음료, 귤 주스, 술뿐이었다. 최선인 사이다를 택하곤 계산하려 했지만 현금이 없었다.

"할머니, 혹시…."

"외상은 안 된다. 무조건 현금. 영주 니는 니 할배도 같은 장사 하믄서 상도덕도 모르나?"

인자한 인상과는 달리 단호한 거절에 민망해하며 캔을 제자리로 가져다 두려는데 친절한 다른 손님이 내 몫까지 만 원을 내밀었다.

"제가 같이 계산할게요. 여기요, 할머니."

차분하고 고운 목소리. 낯설지 않은 기분에 고개를 들자 사이다와 막걸리를 든 박채원이 날 보고 인사했다.

"안녕, 영주야?"

나는 하필 이곳에서 우연히 박채원을 만났다는 사실보다 그녀가 들고 있는 막걸리에 놀랐다. 제 얼굴과 막걸리를 오가는 내 시선을 알아챈 박채원은 어리둥절해하더니 물었다.

"아, 이거. 너도 마실래? 할머니 컵 하나 더요."

누가 봐도 미성년자인 우리를 보고도 할머니는 눈 하나 깜짝하지 않은 채 종이컵 두 개와 거스름돈 천 원을 내밀었다. 애들의 등을 처먹는 내가 할 말은 아니지만 폭리였다.

"처먹고 지랄하믄 니는 경찰, 니는 니 할배 부를 테니까 그리 알아라."

"에이, 할머니 저 완전 매너 단골손님인 거 아시면서."

그렇게 나는 가게 앞 낡은 파라솔 의자에 박채원과 나란히 앉았다. 그녀는 능숙하게 종이컵에 막걸리를 따르더니 그만큼 빈 막걸리 병의 공간에 사이다를 채워 넣었다. 뚜껑을 닫은 병을 흔드는 손길이 바텐더 뺨쳤다. 박채원을 걱정할 자격 따위 내겐 없었지만 그래도 걱정스러워 물었다.

"미성년자가 술 마셔도 돼?"

박채원은 종이컵의 막걸리를 단번에 마시더니 날 봤다.

"정우진 밉상 자식이랑 똑같은 소리 하네."

그녀의 입에서 나온 익숙한 이름에 나는 지레 찔렸다. 아이들이 얘기하길 박채원과 정우진이 안 세월만도 10년이 넘었다고 했다. 뭐가 됐든 나보단 정우진에 대해 많이 알고 많은 걸 함께

했을 것이다.

 박채원에게 크게 관심이 없는 나지만 딱 봐도 알 수 있었다. 그녀는 아파 보였다. 안색이 창백했고, 눈가는 부어 있었다. 말없이 사이다를 섞은 막걸리를 따라 마시는 박채원을 지켜보던 나는 나도 모르게 사과했다.

 "미안."

 "뭐가?"

 커다랗고 맑은 눈동자가 의아한 듯 날 봤다. 나는 네가 좋아하는 정우진을 내가 가로챘다는 진실을 말할 자신이 없어 떠오르는 대로 지어냈다.

 "돈 빌려서."

 "뭐?"

 "초면에 돈 빌려서 미안하다고."

 지껄이면서도 헛소리라는 걸 알아서 얼굴이 달아올랐다. 민망해 어쩔 줄 모르는 날 가만 보던 박채원이 다음 순간 웃음을 터뜨렸다.

 "왜 웃어?"

 "아니, 영주 너 되게 재미없는 앤 줄 알았는데. 진짜 웃긴다."

 속이 탄 사이다를 모두 마셔 버린 내 손은 충동적으로 박채원이 따라 놓은 막걸리 컵을 찾았다. 열여덟에 처음 하는 음주였다. 술 담배를 팔아도, 내가 하진 않았다. 돈을 들여 내 몸에 해 되는 짓을 한다는 건, 돈과 시간이 남아도는 인간들이나 하는 멍청한 짓이었다.

 사이다를 섞은 막걸리라도 술은 술이었다. 단맛은 찰나, 혀를 장악하는 쓴맛에 절로 인상이 구겨졌다.

"너는 여기 어떻게 알고 왔어? 술 사러 온 것도 아니면서."

그 말을 하며 박채원은 미성년자에게 술 뚫리는 곳이 여기밖에 없다고 묻지도 않은 설명을 덧붙이더니 눈을 가늘게 뜨곤 물었다. 쥐고 있는 막걸리 병을 흔들어 보이면서.

"영주 너 혹시, 그 소문 진짜야? 이런 거 판다는 거?"

"어."

어차피 이렇게 된 거 굳이 속여 봤자 뭐 하나 싶어 사실대로 이야기했다.

"할아버지가 가게 하시거든."

"진짜? 대박. 완전 부럽다."

박채원은 그럼 술이고 뭐고 마음대로 먹을 수 있을 거 아니냐며 눈을 반짝이더니 입이 쓰다며 가게 안으로 다시 들어갔다.

휴대폰이 진동했다. 정우진이었다. 벌써 다섯 통째였건만 받지 않았다. 목소리를 듣게 되면 좀 전의 일이 떠오를 테고, 아무 죄 없는 우진에게 개만도 못한 소리를 지껄일 것 같았다. 무엇보다 박채원을 옆에 두고 아무렇지 않은 얼굴로 우진의 전화를 받을 순 없었다.

"아까부터 전화 계속 오는 것 같은데, 누구야? 남자 친구?"

언제 나왔는지 모를 박채원이 어깨 너머로 고개를 빼고 내 휴대폰을 살폈다. 나는 물건을 훔치다 들킨 사람처럼 기겁하고 휴대폰을 숨겼다.

"아냐, 아무것도."

"영주 너 거짓말 진짜 못하는구나?"

남 당황하는 꼴이 뭐가 재밌는지 박채원은 배를 잡고 웃었다. 터질 것 같이 빨개진 양 볼과, 꼬이기 시작하는 발음을 듣고 취했다는 걸 알았다.

박채원은 새로 사 온 과자들과 함께 막걸리 한 병을 모두 마셨다. 그러곤 주정을 해 대기 시작했다. 99.9퍼센트가 정우진 욕이었다.

"그 개자식이 말이야. 아, 정정. 개들이 얼마나 착한데. 그 사람 새끼가 말이야. 잘생기면 다야? 섹시하면 다냐고. 여자 순정을 그렇게 짓밟고. 뽀뽀 한 번 했다고 그 지랄을 하고. 입술이 닳는 것도 아닌데. 아, 근데 영주 너 지금 보니까 입술 되게 이쁘게 생겼다. 분홍색이네. 정우진은 시뻘건데. 내가 그 새끼를 다시 좋아하면 사람이 아니라 개다, 개. 개 팔자가 상팔자긴 하지. 근데 영주야, 너 눈 되게 고양이 같다? 나 고양이도 좋아하는데."

나머지 0.1퍼센트는 내 칭찬.

네가 우진과 내 관계를 알면 날 이렇게 예쁘게 봐 주진 않을 텐데. 미안하고 할 말이 없어 어색하게 고맙다는 인사를 하기 무섭게 박채원이 울기 시작했다. 울음 때문에 발음이 뭉개져 무슨 말을 하는지 제대로 들리지 않았지만 하나는 똑똑히 알아들었다.

"나쁜 새끼. 개새끼. 내 눈이 썩었지, 썩었어. 울 엄마가 그랬는데, 남자 껍데기 소용없다고. 아니, 근데 잘생긴 게 좋은 걸 어쩌라고…."

착한 박채원은 원망의 화살을 들어 제 눈에 갖다 꽂았지만 난 아무것도 해 줄 수가 없었다. 그저 두 손에 얼굴을 묻고 끅끅거리는 그녀의 곁에 낯가리는 고양이처럼 가만히 앉아 있었을 뿐.

30분 만에 울음을 그친 박채원은 집에 가겠다고 일어섰다. 급히 휴대폰 앱으로 택시를 불렀지만 출발지를 확인한 기사들은 오려고 하지 않았다. 큰 도로까지는 내리막길을 10분은 가야 했다.

약간 취한 내가 아주 취한 박채원을 부축하고 내려가는 건 생각보다 쉽지 않은 일이었다. 몇 걸음 가다 말고 바닥을 구를 뻔한 순간이었다.

"여기서 뭐 하냐, 둘 다."

언제 왔는지 모를 우진이 휘청거리는 우리를 붙들었다. 하늘을 나는 개를 봐도 저것보단 덜 황당한 표정일 거라고 나는 생각했다.

"아이고, 이게 누구세요? 비싼 주둥이 정우진 선생 아니세요?"
"술 마셨어?"

취한 채원을 확인하고 어이없어하던 우진은 그 곁에서 눈만 깜빡거리고 있는 날 보더니 표정을 굳혔다.

"너도 마신 거야?"
"미안."

나는 습관처럼 또 사과했다. 곁에서 듣고 있던 채원이 여자가 그렇게 사과를 남발하면 안 된다며 다시금 날 혼냈다. 그러곤 의아한 듯 물었다.

"근데, 너희 둘 아는 사이였어? 언제 그렇게 친했어?"

가슴이 덜컥해 창백해진 나와는 달리 우진은 눈 한번 깜빡이지 않았다.

"주정뱅이하곤 얘기 안 해."

다리가 풀린 채원을 우진이 업었다. 그는 한 손으로 채원의 엉덩이를 받치곤 다른 한 손으로는 내 손을 붙잡았다. 여자 엉덩이를 그렇게 막무가내로 만지면 어떡하냐고, 위험하니까 양

손으로 받치라고 내가 잔소리하자 우진은 심기가 불편해 죽겠다는 듯 인상을 구기곤 대꾸했다.

"입 다물어. 그 여자 보는 앞에서 네 엉덩이 만지기 전에."

거친 말투. 그러나 내 손을 잡은 손은 언제나처럼 다정했다. 혹시나 세게 잡으면 아플세라, 적당히 힘을 줘 깍지를 낀 손가락들.

우진은 큰길에 도착해 채원을 내려놓기 전까지 내 손을 놓지 않았다. 손을 놓으면 날 잃어버리기라도 할 것처럼. 이기적인 나는 말하지 않았다. 날 놓으면 네가 편해질 거라고.

"저도 부탁 하나 하죠. 영주는 모르게 하세요. 아버지가 이런 사람이라는 거."

미안해, 우진아.

택시에 먼저 채원을 태운 우진은 나까지 데려가려고 했으나 거부했다. 여기 오기 전 3시간이나 고강도 웨이트 트레이닝을 했다는 우진은 지친 데다 방심하고 있었고, 나름 미술로 단련된 팔 힘을 가지고 있는 나는 그를 뒷좌석에 밀어 버리고 문을 닫는 데 성공했다.

내 마음을 읽은 것처럼 택시가 출발했다. 근처 버스 정류장에 도착하자마자 전화가 왔다.

- 기다려. 돌아갈 테니까.

"버스 탔어."

- 다른 데로 빠지지 말고 곧장 집에 가.

"알았어."

- 영상으로 확인할 거야.

대꾸하기도 전에 전화는 끊어졌다. 자신 말곤 세상에 관심이라곤 없어 보이는 우진은 유난스러울 만큼 내게 관심을 줬다. 나쁘지 않았다. 보답을 바라지 않는 그의 순수한 관심은 내가 꼭 중요한 사람이 된 것 같은 기분을 느끼게 했다.

가게엔 꼴 보기 싫은 아버지란 인간은 어디 갔는지 없고, 할아버지만 혼자였다. 다녀왔다는 인사를 하고 곧장 다락으로 향했다. 식욕이 없어 저녁은 걸렀다. 씻자마자 침대에 엎어졌다. 고작 막걸리 몇 잔도 술이라고 정신이 몽롱했다.

선풍기 따위로는 달래지지 않는 더위에 한참을 뒤척이다 막 선잠에 빠지려던 무렵, 휴대폰이 울렸다. 우진이었다.

"집이야, 확인시켜 줘?"

매트리스에 누운 채 통화를 영상으로 전환했다. 분할된 화면에 멍한 내 얼굴과 무표정한 우진의 얼굴이 위아래로 떴다.

- 잤어?

"아니."

- 그럼 나와.

배경이 우리 가게 앞이었다.

입고 있던 옷 그대로 휴대폰만 챙겨 든 채 다락을 내려왔다. 가게에 나가 있던 할아버지가 소리쳤다.

"마침 부를 참이었는디, 우진이 왔다!"

괜찮다는 할아버지에게 부득불 지폐를 쥐여 준 우진이 냉동고에서 아이스바 두 개를 꺼내 왔다.

"영주랑 잠깐만 나갔다 올게요."

우진은 기다렸다는 듯 내 손을 잡고 머리를 숙여 밖으로 나섰다. 나는 잠자코 그를 따라갔다.

우리는 가게에서 조금 걸어 내려오면 있는 벽화 앞 벤치에 앉았다. 언젠가 비가 오던 날 우진이 내게 입을 맞췄던 그 장소였다. 우진이 들고 있던 아이스바 중 하나를 내밀었다. 딱히 먹고 싶지 않았지만 거절하지 않고 받아 입에 물었다.

"나 못 믿어서 직접 확인하러 왔어?"

"아니."

"그럼?"

"그냥. 보고 싶어서."

"좀 전까지 봐 놓고 보고 싶긴."

내 핀잔에 우진은 작게 웃더니 머리를 기울여 내 어깨에 기댔다.

"뭐야."

"피곤하고 거지 같은 하루였어."

따라 웃지 못했다. 무엇이 그의 하루를 피곤하고 거지같이 만들었는지 잘 알고 있기 때문이었다.

"채원이는 잘 데려다줬어?"

"가다가 던지고 싶은 걸 참았어."

"집에 가서 쉬지 그랬어."

"집에선 내일도 쉴 수 있어."

"나도 내일 보면 되잖아."

"오늘 보고, 내일 또 보려고."

기대 있던 얼굴을 든 우진이 고개를 비틀어 내 뺨에 입술을 붙였다. 단내를 풍기는 입술은 귓불과 턱을 스쳐 지나 목에 머물렀다. 우진의 입술이 닿은 목에서 거세게 뛰는 맥박이 느껴졌다. 놀라 꽉 쥔 손에서 먹다 만 아이스크림이 끈적거리며 녹아 갔다.

두근거림을 참을 수 없던 내가 밀어내기 직전에 우진은 알아서 떨어졌다. 차가웠던 입술은 어느새 미지근해져 있었고, 내 손을 깍지 낀 손은 뜨거웠다.

"자고 가면 안 되나."

잠긴 목소리로 우진은 말했다. 농담인 걸 알아서 매몰차게 거절했다.

"집에 가서 자."

"냉정하네."

우리는 시답지 않은 대화를 1시간쯤 나누고 헤어졌다. 집으로 돌아갔더니 어느새 귀가한 아버지가 할아버지와 거실에 앉아 있었다. 기름 냄새를 풍기는 치킨 두 상자를 소반에 올려 둔 채.

"어디 갔다 이제 와? 저녁도 안 먹었다면서. 이리 와, 닭 먹자. 고기를 먹어야 힘이 나서 그림도 그리지."

먹고 싶지도 않은 치킨을 먹고 체했다. 화장실에 내려가 전부 게워 내고 보니 아버지는 치킨과 술을 반주로 처마시고선 거실에서 잘도 자빠져 자고 있었다.

양말을 한쪽만 벗은 발치에 나뒹굴고 있는 솜 베개를 주워 든 나는 속 편하게 잠든 남자의 얼굴을 꽤 오랜 시간 내려다보고 있었다. 전등 불빛에 깬 할아버지가 무슨 일이냐고 방 밖으로 나올 때까지.

"얼굴이 왜 그러냐? 어디 아픈 겨?"

"아냐. 속이 좀."

베개를 던지듯 내려놓고 다시 화장실로 뛰어 들어갔다. 위액까지 토해 냈건만 속은 여전히 안 좋았다. 열 손가락을 모두 따고, 약을 먹고 나서야 조금 진정되었지만 할아버지는 밤새 내 곁을 지켰다.

"할아버지."

"그려. 내 새끼."

"미안해."

"헛소릴 하는 거 보니 아무래도 병원 가야 할 것 같은디. 이거 무슨 색이여? 요거는?"

환절기만 되면 연례행사로 독감을 앓는 어린 내게 늘 그래 왔듯이.

이튿날인 토요일 예정되어 있던 민 화백과의 약속은 취소했다. 우진에겐 숙취라고 거짓말했고, 그게 통했다. 초상화는 완성 직전이었다. 다음 주 토요일 마무리만 하면 전부 끝이었다.

"내가 뭐랬어? 뭐라도 나올 거라 그랬지. 완전 대물 잡았다니까. 사돈이라도 되면 게임 끝이야."

나는 감히 생각해 보지도 않은 먼 미래의 일을 제 아내와 통화하며 희희낙락하던 아버지.

"요즘 왜 자꾸 그런 눈빛으로 날 쳐다보지? 사연 있는 사람처럼."

내겐 그 어떤 말도 전하지 않던 우진과.

"내가?"

그 어떤 말도 할 수 없던 나.

"그래. 나 불안해지려 그래. 웃지 마. 진지해."

내 불안과 우울이 우진까지 잠식하고 있다는 걸 깨달았을 때,

결심했다.

곧 완성될 초상화처럼 너와 나 사이도 끝낼 때가 됐다는 걸.
내 손으로.

- - -

마지막 토요일은 눈 깜짝할 사이에 다가왔다. 8월 초, 다락방의 공기가 수증기처럼 덥고, 가게 앞 버드나무에 사는 매미는 밤낮없이 울어 댔다.

다행히 그사이 아버지가 우진에게 뜯어낸 건 아무것도 없었다. 우진의 무소식에 세상을 다 가진 듯 보였던 그의 표정도 점점 초조하게 변해 갔는데, 내겐 희소식이었다.

"그림은 받지 않겠습니다."

완성된 본인의 초상화가 아주 마음에 든 듯 살피던 민 화백이 내 그 말에 고개를 들고 날 봤다.

"어째서?"

"그간 주신 용돈만으로도 충분해요."

"아니야. 약속은 약속이지."

"아뇨. 제가 제공한 것의 가치보다 훨씬 이상의 것을 받으면, 그만큼 갚아야 할 것 같아서요."

"우진이 때문이니?"

민 화백은 돌려 말하는 법이라곤 없이 바로 물었고, 이번에 나는 곧장 대답하지 못했다.

"네가 불편하다면 강요하진 않으마. 그럼 다른 건 어떠니? 매번 학교 미술실 들락거리느라 번거로울 텐데, 입시까지 내 작업실에서 작업하는 건? 올해는 내가 안식년으로 보내는 중이라 작업실은 비어 있을 거다."

그림을 주겠다는 말을 들었을 때만큼 가슴이 뛰었다. 아마 우진을 좋아하기 전에 들었다면 고민이고 말고 승낙했을 제안이었다.

"생각해 보겠습니다."

눈치 빠른 민 화백은 내 태도 변화에서 무언가 느낀 것 같았으나 캐묻지 않았다. 나는 그동안 감사했다는 인사를 하고 일어섰다. 작업실을 나가기 전 돌아섰다. 이젠 다시 보지 못할 사람이란 생각에 마지막으로 묻고 싶은 게 있었다.

"왜 저한테 잘해 주세요?"

내가 그린 초상화를 작업실의 가장 잘 보이는 곳에 배치 중이던 민 화백이 고개를 들고 웃었다.

"그만한 가치가 있으니까?"

마지막이니 저녁은 함께하자는 민 화백의 권유에 도착한 응접실에는 생각지도 못한 얼굴들이 있었다. 우진과 우진의 부모님, 우리 할아버지 그리고….

"어유, 민 화백님. 이제야 얼굴을 뵙네요. 저 영주 아버지 홍기석입니다."

우진의 얼굴을 볼 수가 없었다.

우진은 어머니와 아버지를 각각 섞어 놓은 얼굴이었다. 눈은 아버지를, 입술은 어머니를 빼다 박았다.

"영주 아버님께서도 사업을 하신다면서요."

"중소기업이라 하기에도 뭐한 소기업 하나 운영하고 있습니다. 빌딩 청소 전문 업체인데."

"그래요? 안 그래도 올해 저희 회사 계약이 만료되는데."

"그렇습니까? 하하하하. 이거 제게는 신이 내린 기회네요. 아니, 우리 우진이가 내려 준 기회인가."

우진의 아버지는 서늘한 인상과는 달리 상냥하고 겸손한 사람이었다. 어머니도 마찬가지였다. 그녀는 나와 눈이 마주칠 때마다 환하게 웃어 줬는데 그때마다 우진이 겹쳐 보였다.

"막내는요?"

"저기 안방에서, 꿈나라예요."

우진에게는 막내 여동생이 하나 있었다. 나이 차이가 아주 많이 나는. 지금 겨우 세 살이니 우진과는 열여섯 살 차이였다.

"한창 귀엽고 예쁠 때네요."

"영주도 예쁜데요. 난 어디서 천사가 나타난 줄 알았다니까."

우진 어머니의 칭찬 아닌 칭찬에 마시던 차가 목구멍에 걸렸다. 잠자코 있던 우진이 한 소리 보탰다.

"난 인어인 줄 알았는데."

"아유, 그래. 우리 영주가 제 엄마 닮아서 한 미모 하기는 허지."

할아버지의 손녀 자랑에 다들 소리 내 웃었다. 억지 미소를 짓는 내 뺨으로 우진의 시선이 와 닿았다. 입에 넣는 건 멀건 차뿐이었지만 벌써 체하는 기분이었다.

조선 시대였다면 임금의 수라에서나 볼 법한 음식들이 차곡차곡 상에 차려졌다. 보기도 좋고, 맛도 좋았으나 손이 가진 않았다. 다들 하하 호호 담소를 나누느라 내가 뭘 하든 관심이 없다는 게 다행이었다.

그래도 밥은 비워야 한다는 의무감에 맨밥만 열심히 씹고 있자니 우진이 물었다. 부모님에겐 들리지 않을 작은 목소리로.

"먹는 게 왜 그래? 맛없어?"

"맛있어."

우진이 신속하게 내 밥그릇에서 밥을 떠 가져갔다. 제 그릇에 티가 안 나게 밥을 합치며 그가 말했다.

"억지로 먹지 마. 체해."

후식으론 식혜와 수정과가 나왔다. 아무 생각 없이 수정과를 들이켰는데 그게 잘못이었다. 수정과 특유의 냄새를 맡는 순간 속이 뒤집혔다. 최대한 아무렇지 않은 척 화장실에 다녀오겠다는 핑계로 빠져나왔다.

혹시나 들킬까 봐 작업실이 있는 별관의 화장실로 들어가자마자 문을 닫지도 못한 채 토했다. 구토 후에도 헛구역질을 멈추지 못하는 내 등을 어느새 쫓아온 우진이 두드렸다.

"괜찮아?"

"미안해."

"네가 뭐가 미안해."

"그냥 전부 다, 미…."

말을 끝내지 못한 채 다시 얼굴을 변기에 처박았다. 어느 정도 구역질이 멈췄을 땐 시간이 꽤 지난 후였다.

겨우 세면대에 서서 입을 헹구고 세수했다. 휘청거리는 나를 우진이 허리를 안아 부축했다. 같이 있겠다는 우진을 바람 조금만 쐬고 가겠다는 핑계로 먼저 들여보내고 정원으로 나왔다. 외부인이 너무 많이 온 게 싫었던지 문이 열린 작업실 안에서 자고 있던 우동이가 날 따라왔다.

잔디 냄새를 맡고 다니는 우동이를 멍청히 바라보고 있자니 눈앞으로 그림자가 드리웠다.
 "주겠다는 그림을 왜 안 받아?"
 언제 나왔는지 모를 아버지가 서 있었다.
 "그게 얼마짜린데 안 받아? 싫으면 받아서 나 줘. 우진이한테도 좀 더 잘해 주고. 헤어질 생각 못 하게."
 아버지를 발견한 우동이가 다가와 킁킁거리며 아버지의 냄새를 맡았다. 아버지는 기다렸다는 듯 앉아서 우동이의 등을 상냥하게 쓸어 줬다.
 "아이고, 야 너 때깔 좋다. 부잣집 개 새끼가 가난한 집 사람 새끼보다 낫다더니."
 동물을 좋아하는 사람들이 선하다는 말을 이 인간 때문에 나는 믿지 않게 됐다.
 "나도 그렇게 염치없는 인간은 아니니까. 아빠 노릇도 못 했는데, 받아. 받아서 팔자. 반만 아빠 줘. 반은 너 하고."
 웃음은 손을 쓸 새도 없이 흘러나왔다. 실성한 것처럼 소리 내 웃는 나를 아버지가 식겁한 눈으로 미친년 보듯 내려다봤다.
 "누가 아빠야?"
 "뭐?"
 "나 아빠 없어."
 "홍영주."
 "오래전에 뒈져 버렸거든."
 벙찐 아버지를 뒤로한 채 정원을 가로질렀다. 돌아가 우진과 그 가족의 얼굴을 볼 자신은 없어서 그길로 우진의 집을 나왔다.
 가출이라도 하고 싶었지만 갈 곳이라곤 없고, 할아버지도 걱정시킬 수 없는 내가 결국 향한 곳은 집이었다. 다락방으로 올라가 쓰러지듯 매트리스에 누웠다.

　언변은 좋은 아버지가 뭐라고 둘러댔는지 할아버지와 우진에게서 전화가 왔다. 두 사람 모두 괜찮냐고 내 안부를 물었고 나는 괜찮다고 거짓말했다.

　- 집이야?

"응."

　- 내가 갈까?

"우진아."

　- 어.

"네가 인어 같았어."

　- 뭐?

　그날 밤, 물속에서 널 마주쳤던 그때 나는 이미 네게 반했던 것 같아.

　- 당연한 칭찬 고마운데, 진짜 나 안 가 봐도 돼?

"어. 피곤해. 잘래."

　- 그래. 잘 자. 일어나서 전화해.

"응."

　- 꼭.

　할아버지와 아버지는 생각보다 일찍 돌아왔다. 자는 척하고 있었으나 끝내 잠들 수 없었던 나는 눈만 감고 있다가 할아버지가 다락으로 올라와 내 이마를 짚고 다시 내려간 후에야 눈을 떴다.

　밤 10시. 타인과의 식사가 부담이었는지 두 부자는 일찍이도 숙면 중이었다. 안방 미닫이 유리문 사이로 잠든 할아버지의 얼굴을 잠깐 지켜보던 나는 거실이랍시고 부를 수도 없는 자투

리 공간에서 자빠져 자는 아버지에게로 다가갔다.

　주머니에서 조심스레 지갑과 차 키를 꺼내 일어섰다가 돌아와 번쩍거리는 시계와 반지까지 빼 가방에 넣은 다음에야 발소리를 죽여 가게 밖으로 나왔다. 차 트렁크를 열었다. 집에 들어오기 전 아버지가 몇 번이나 꺼내고 또 꺼내 보며 확인하던 물건이 거기 있었다. 곱게 포장된 민 화백의 그림이.

　엇비슷하게 포장해 온 내 그림을 넣어 둔 채 민 화백의 그림을 꺼내 들었다. 차 키는 가게 문 앞에 대충 던져 놓았다.

　골목을 걸어 내려가 처음으로 택시를 내 의지로 탔다.

　한밤중에 전화해 만나 달라 요구하는 내 부탁을 민 화백은 선뜻 허락했다.

　"그걸 돌려주려 찾아온 거니? 이 밤중에?"

　잠옷 차림에 숄을 두르고 대문 밖으로 나타난 민 화백이 내가 내미는 그림을 보더니 물었다.

　"부탁드릴 게 있습니다."

　"들어가서 얘기하자꾸나."

　"아뇨."

　"무슨 일 있니?"

　우진과 닮은 눈이 걱정스러운 빛을 띤 채 날 향했다. 나는 한 번만 뻔뻔해지기로 했다. 다른 누구도 아닌 날 위해서.

　"할아버지 가게를 사 주세요."

- - -

　"제게 그만한 가치가 있다고 하셨죠. 그림 말고 할아버지 가게를 사 주세요."

그 밤, 생각지도 못한 부탁이었던지 의아한 얼굴을 하던 민 화백은 한참 동안 내 얼굴만 바라보더니 단 한 가지를 물었다.

"아버지 때문이니?"

"네."

나는 부정하지 않았다.

할아버지의 친구인 민 화백이 내가 어째서 할아버지 아래에서 클 수밖에 없었는지 그 사정을 모를 리 없었다. 몇 년 만에 찾아와 처음 보는 제 딸의 친구 가족에게 본인 사업 얘길 운운하던 아버지의 그 의도도.

"알겠다. 나중에 계좌 번호 메시지로 보내 주렴. 등기 이전이나 다른 문제는 나중에 네 할아버지랑 이야기하기로 하자."

"저희 아버지 청탁은 못 들은 걸로 해 주셨으면 합니다. 우진이 부모님에게도 전해 주시면 감사하겠습니다."

황당하고 무례한 부탁을 민 화백은 더 이상의 추궁 없이 들어주었다. 거듭 인사하며 고개를 숙인 나는 마지막으로 가장 하기 어려운 말을 하기 위해 입을 열었다.

"죄송하지만 우진이한테는…."

"비밀로 하마."

본인의 손자를 속이고 떠나겠다는 나를 바라보는 민 화백의 시선엔 악감정이라곤 없었고, 그래서 나는 차마 그 눈을 더 맞대고 있을 수 없었다.

"꼭 갚겠습니다. 나중에라도 어떻게든 꼭 갚을게요."

"시세대로 쳐줄 거니 갚을 필요는 없다. 그보다, 자식 버리는 부모가 있긴 하지만 네 할아버지는 절대 못 그럴 사람이다. 어떠니? 너 혼자라면 내가 훨씬 수월하게 네가 가고 싶은 곳에서 네가 하고 싶은 걸 하게 해 줄 수 있는데. 네 말대로 넌, 투자할 가치가 있는 애니까."

흔들리지 않았다면 거짓말이다.

아버지는 새벽같이 가게를 떠났다. 나와 할아버지가 눈을 뜨기도 전에. 내가 훔친 본인의 시계와 반지의 안부를 살필 겨를도 없이 바쁘게.

트렁크에 있는 그림이 30억짜리 민 화백의 그림이 아닌 고등학생의 조악한 미대 입시용 그림이라는 걸 알게 되기까지는 어느 정도 시간이 걸릴 것이다.

"우리 이사 가자, 할아버지."

할아버지는 아침을 먹다 말고 뜬금없이 이사 타령을 하는 내 얼굴을 빤히 보는가 싶더니, 웃었다.

"똑똑한 줄 알았더니만 순 맹탕이여, 우리 영주. 너 혼자 훨훨 날아갈 것이지, 뭣 헌다고 다 늙은 이 할아비까지 달고 가려고 그래."

"무슨."

"아무리 잠이 쏟아져도 아픈 내 새끼 집 나가는 것두 내가 모를까 벼?"

한밤중에 다 죽어 가면서도 고양이처럼 밤이슬을 밟으려는 내가 걱정돼서 뒤를 밟았노라고 할아버지는 말했다.

"석희, 네가 상상도 못 할 만큼 부자여. 걔한테 가면 네가 만날 사진으로만 보는 그 뭐냐, 피카쓰 미술관? 거기는 고사하고 세계 일주도 시켜 줄 겨. 지금이라도 안 늦었응께, 석희한테 전화혀. 이 할아비일랑은 여기서 너 공부 다 허고 올 때까지 기다리고 있을 것잉께."

"싫어. 할아버지도 날 안 버렸는데 내가 어떻게 할아버지를 버려."

"영주야."

"이사 갈 곳이나 얼른 생각해. 그 인간 다시 찾아오기 전에."

이사를 하기까지는 보름이 걸렸다.

우진이 호주로 전지훈련을 떠난 지 일주일이 되던 날, 그림이 가짜라는 걸 안 아버지가 아침나절 내게 전화를 해, 오늘 갈 테니 딱 있으라고 욕설을 퍼붓던 날이기도 했다.

"뭐 혀, 영주야. 기사님 기다리신다. 싸게 타."

푸른색의 일 톤 트럭 조수석 문을 연 할아버지가 내게 손짓했다. 나는 조수석에 오르는 할아버지를 향해 걸어갔다.

딱 한 번 뒤를 돌아봤다.

비가 내릴 모양인지 짙은 안개에 쌓인 가게의 간판이 부서지는 햇빛에 뿌옇게 빛났다.

영주 점방

- - -

"근디 영주 너 진짜 괜찮겠냐?"

"뭐가."

"우진이."

"…괜찮을 거야."

괜찮을 거야, 우진이는. 내가 없어도.

"오늘 오전 낮 11시, 청해 대교 남단 입구에서 케이블이 추락하는 사고가 발생했습니다. 이 사고로 근처에 있던 승용차 두 대와 택시, 트럭이 교량 밖으로 이탈하였으며 사망자는 세 명입니다. 생존자는 병원으로 이송되어 치료 중에 있으며 중상자는 없는 걸로 확인됩니다. 한편, 사고 생존자 중 한 명의 신원이 국가 대표 정우진 선수로 뒤늦게 밝혀졌는데요. 정우진 선수는 헝가리 부다페스트에서 열린 세계 수영 선수권 대회에서 금메달…. 전지훈련 후 귀국길에…."

06. First

 - 영주 그년이 내 그림을 들고 튀었다고. 나만 속은 거 같지? 너도, 네 할머니도 전부 속은 거야, 그 앙큼한 계집애한테. 그러니까 아는 거 있음 빨리 나한테 말해. 너한테는 뭔 말이라도 하고 갔을 거 아니야, 어? 우진아, 제발 아저씨 좀 살려 주라.

- - -

 열여덟 여름, 홍영주를 처음 봤다.
 종업식 날 강당에서였는데, 홍영주는 사생 대회 상장을 받으러, 나는 직전에 열린 대회에서 메달을 딴 대가로 교장의 칭찬을 받으러 단상 근처에 줄줄이 모여 있었다. 에어컨이 돌아가지 않는 강당은 더웠고, 이어지는 교장의 훈화는 지루했다.
 홍영주는 긴 머리가 거추장스럽다는 듯 질끈 묶은 채 열린 창밖만 뚫어져라 쳐다보고 있었다. 무릎까지 오는 치마 길이, 헐렁한 교복 상의까지 어딜 봐도 모범생의 전형적인 모습을 하고 있었다.

몇 년 동안 해를 받지 못한 사람처럼 흰 피부가 신기해서 물끄러미 쳐다보다가 눈이 마주쳤다. 나와 눈이 마주친 여자아이들이 예의 그렇듯 홍영주도 먼저 시선을 거뒀다.

다만 한 가지는 달랐다. 호감이 있어 날 피하는 여자아이들과 달리 홍영주는 그 반대였다. 무관심. 홍영주의 눈은 날 볼 때보다 창밖에서 바람에 흔들리는 나뭇가지를 보고 있을 때 더 흥미 있어 보였다.

홍영주를 다시 본 건, 며칠 뒤 밤 귀갓길에서였다. 인적 드문 공사장 뒷골목을 지나치던 참이었다. 무언가 무너지는 소리가 나서 보니, 계절에 맞지 않는 옷차림의 할머니가 손수레를 세운 채 공사장 쓰레기 더미에서 무언가 건질 만한 게 있는지 뒤지고 있었다.

흥미를 잃고 떠나려던 나는 멈춰 섰다. 그 맞은편에 홍영주가 있었다. 몇몇 남자애들과 함께였다. 모범생 홍영주가 혹시나 학교 폭력을 당하는 건 아닌가 싶어서 유심히 상황을 지켜봤는데, 완전히 기우였다.

"아이, 만 원만 깎아 줘."

"벼룩의 간을 내먹어."

"네가 벼룩이야?"

"벼룩보다 더 가난해."

"에헤이, 알았어. 알았어. 지독하다, 지독해. 그렇게 돈 벌어서 어디다 써?"

홍영주는 남자애들에게 각각 만 원짜리 몇 장을 받고 담배 한 갑씩을 나눠 주고 있었다. 가난을 저런 식으로 전시하는 경우는 처음 봐서, 귀를 의심했다. 가난은 죄가 아니라지만, 알려서 좋을 게 없는 요즘은 다들 숨기려 하니까.

무늬만 선배인 김규찬에게서 우리 학교에 저런 걸 파는 애가 있다는 소릴 들었던 것 같기도 한데, 그게 쟤였을 줄은. 나는 모범생의 생각지도 못한 일탈이 신선해서 웃었다. 지폐를 챙기는 홍영주의 얼굴이 나뭇가지를 볼 때보다 생기 넘쳐 보였다.

지폐를 주머니에 넣고 떠나려나 싶었던 홍영주는 고작 몇 걸음을 갔다가 되돌아왔다. 그리고 그렇게 번 돈 모두를 아직도 쓰레기를 뒤지고 있는 할머니에게 쥐어 줬다.

"아냐. 못 받아, 나는. 아가 거니까 아가 가져."

"어차피 저도 삥 뜯은 거예요."

"어?"

"쟤들한테."

"아니, 아가도 가난하다면서. 아까 들으니, 벼룩보다."

"아뇨. 저 부자예요, 되게 부자. 이건 신고하지 마시라고 뇌물 드리는 거예요. 갈게요."

반찬 맛이 달라졌다. 아주머니가 바뀐 건 아니었으니 반찬을 만드는 사람이 따로 생겼다는 뜻이었다. 주말 오전 웨이트 트레이닝을 하고 집으로 돌아온 나는 그 주인공을 주방에서 마주쳤다.

"네가 우진이냐? 화면발을 더럽게 안 받는 얼굴인가 보네잉? 실물이 훨씬 낫다."

할머니 또래의 남자는 할머니의 어릴 적 친구라고 했다. 일류 호텔 주방장이었으나 지금은 작은 식당 겸 슈퍼를 하고 있다고, 손녀가 내 또래라는 말은 집안일을 봐 주시는 아주머니에게서 들었다.

방학 동안 홍영주는 완전히 잊고 있었다. 8월, 쌓이고 쌓인 할아버지의 반찬 통을 보다 못한 할머니가 돌려주고 오라고 내게 심부름을 시켜 가게에 갔던 날, 그곳에서 홍영주를 다시 마주치기 전까진.

할아버지께 반찬 통을 전해 준 다음, 막 차에 올라탔을 때였다. 가게 밖으로 나온 여자애 하나가 할아버지 손에서 짐을 받아 냈다. 한쪽 뺨에 푸른색 물감을 묻힌 채 환하게 웃는 얼굴은 낯익었지만 미소는 아주 낯선 것이었다. 그제야 나는 가게의 간판을 다시 올려다봤다.

영주 점방

홍영주에 대한 내 감정은 호기심과 신기함 그 이상, 그 이하도 아니었다. 누구보다 도덕적인 얼굴로 고고하게 미술실에 앉아 그림을 그리면서, 뒤로는 아이들에게 콘돔과 술, 담배를 무표정한 얼굴로 파는 도덕심이라곤 없는 여자애. 그리고 그렇게 생긴 돈을 생전 처음 보는 남에게 선뜻 건네주는 속을 알 수 없는 여자애.

늘 무심하고 차가운 얼굴이 학교 뒤뜰에 사는 고양이나 화단에 흔해 빠진 새싹을 향할 때면 만개한 꽃처럼 피어오르는 게 신선했다. 물론, 돈을 볼 때 제일 그랬지만.

"어디까지 팔아? 다른 것도 팔아?"

그저 궁금해 물었을 뿐인데 김규찬은 정색하더니 날 쓰레기

보듯 했다.

"다른 거 뭐? 우진이 너 이 새끼 그렇게 안 봤는데, 이 변태야! 영주 그런 애 아니거든?"

"그래?"

"근데 왜 갑자기 영주한테 관심을 가져? 지 말곤 하등 아무것도 관심 없는 새끼가."

그러게. 지금 생각해 보면 그것부터 이상했다. 내가 나 말고 다른 것에 관심을 가진다는 것부터가.

우연히 학교에서 홍영주가 시야에 들어올 때면 벗어날 때까지 시선을 거두지 않았다. 일주일에 한 번 반찬을 주러 들르는 홍영주의 할아버지가 제 손녀 자랑을 할 때면 귀찮다고 생각하면서도 끝까지 듣고 있었다. 김규찬에게 심심할 때마다 홍영주의 신상에 대해 캐물었다.

자각은 아주 사소한 계기였다.

생각보다 꽤 오랜 시간이 흐른 뒤였다. 이듬해 여름밤, 홍영주가 내가 있는 풀 안으로 뛰어들었을 때.

담배를 파는 주제에 그걸 들키지 않을 거라고 숨을 참다못해 기절한 홍영주를 풀 밖으로 데리고 나왔을 때. 인공호흡 따위 할 필요가 없다는 걸 알면서도 홍영주의 턱을 쥐고 망설이는 스스로를 눈치챘을 때. 물에 젖어 드러난 홍영주의 몸을 보고 손끝이 뜨거워졌을 때.

"네 입술이 마음에 들어서."

도망치듯 수영장 밖으로 나서는 홍영주의 뒷모습에서 눈을 뗄 수 없었을 때, 깨달았다.

홍영주에 대한 나의 호기심이 전혀 다른 방향으로 발전했다는 것을.
 나는 홍영주가 궁금했다. 지금까지와는 전혀 다른 이유로.

- - -

 홍영주가 사라졌다는 소식은 홍영주의 아버지에게서 들었다. 한밤중에 전화한 그는 홍영주와 할아버지가 사라졌다고, 텅 빈 가게만 남기고 홀랑 튀어 버렸다고 격앙된 목소리로 내게 홍영주의 행방을 물었다.

 - 너한테는 뭔 말이라도 하고 갔을 거 아니야, 어? 우진아, 제발 아저씨 좀 살려 주라.

내가 그에게 하고 싶은 말이었다.
 반쯤 넋을 놓은 내게서 곧장 그 얘길 전해 들은 할머니는 전혀 놀라지 않았다. 홍영주가 할머니에게는 미리 이별을 고했다는 걸 그제야 알았다.
 일주일이나 남은 전지훈련을 때려치우고 한국으로 돌아온 건 그래서였다.
 늘 생각한다. 그때 돌아오지 않았다면 어땠을까.
 다음 비행기를 탔다면. 네 소식을 하루라도 늦게 들었다면. 네가 날….
 떠나지 않았다면.
 순식간이었다. 눈을 떴을 땐 검푸른 바닷속이었고 난 어항 속의 금붕어처럼 차 안에 갇힌 채였다. 최 기사님은 이미 의식을 잃은 상태였다. 나는 열린 창을 통해 가까스로 밖으로 빠져나왔다. 겨우 운전석을 열어 그를 차 안에서 빼냈을 때, 그때 봤다. 건너편에서 가라앉고 있던 다른 차들을.

나는 기절한 기사님을 품에 안은 채로 차로 헤엄쳐 갔다. 트럭 운전자는 다행히 아직 의식이 있는 데다 수영을 할 수 있어 구해 내기 쉬웠고, 그가 내게서 기사님을 데리고 먼저 물 위로 올라갔다.

나는 망설이지 않고 세단으로 향했다. 앞 유리가 산산조각 난 세단은 급속도로 가라앉고 있었다. 여자 운전자는 본인의 안전벨트보다 조수석에서 기절한 남자의 벨트를 푸느라 안간힘이었다.

터진 에어백을 밀어내는 데 시간 낭비를 한 다음에야 남자를 조수석에서 빼낼 수 있었다. 여자는 알아서 자신의 안전벨트를 풀고 밖으로 나왔다. 남자를 붙잡은 여자가 자꾸만 아래로 가라앉는 걸 보고 여자의 품에서 남자를 받아 든 나는, 순간 멈춰 섰다.

저쪽에 아직 사람이 있었다.

미처 보지 못했던 택시가.

절망으로 무너져 내리던 택시 기사의 얼굴이 날 알아보고 희망으로 빛났다. 망설일 여유 따윈 없었다. 여자를 먼저 보낸 나는 택시로 헤엄쳐 갔다.

차 유리는 금만 갔을 뿐 어느 하나 부서진 곳이 없었다. 승객 둘 중 하나는 기절한 상태였고 찌그러지고 망가진 택시의 문은 내 힘으로 열기엔 역부족이었다. 수압이 셌고 나는 물을 많이 먹었으며 머리를 어디엔가 들이박은 상태였다. 숨이 달렸다.

부서진 차체 안은 이미 물이 차올라 있었다. 그 앞에서 내가 시간을 끌면 끌수록 끌어안은 남자의 몸이 무거워졌다. 목숨처럼 차 손잡이를 붙잡고 있던 손을 나는 결국 거두었다.

돌아올게요. 곧 돌아올 테니까.

마지못해 돌아서며 마지막으로 마주쳤던 사람들의 눈빛. 폐가 터질 때까지 헤엄친 끝에 들리던 보트 소리. 잠영이 특기인 나는 숨을 더 참지 못하고 기절했다.

꼬박 하루를 잠들어 있다 눈을 뜬 내가 처음 본 것은 홍영주였다. 날 두고 떠나 버렸다는 홍영주가 내게 웃어 주는 걸 보고, 여기 있는 걸 보고, 그게 꿈이란 걸 알았다.

나한테는 이야기했어야지. 다른 사람 말고, 나한테는 네가 얘기했어야지.

훈련으로 한국을 떠나던 날 가게에 들러 마지막으로 봤을 때. 전화로 보고 싶었다고 애처럼 칭얼거렸을 때. 돌아가서 보자고 들떠 이야기했을 때. 그때라도 내게.

아니, 그때 이미 넌 나를 떠나 있었겠구나.

나한테는 말 한마디 없이. 혼자.

늘 보던 그 눈빛으로 날 보고, 아무렇지 않은 얼굴로 웃고,

"기다릴게."

거짓을 말하고.

어깨뼈가 박살 나긴 했지만 다른 곳은 멀쩡하다고 했다. 치료와 재활만 하면 선수 생활에도 지장 없을 거란 얘기도 들었다.

생존자와 그 가족들은 모든 게 정우진 선수 덕분이라며 연이어 감사 인사를 전해 왔다. 부모님과 할머니는 기뻐했다. 그러나 나는 기뻐할 수만은 없었다. 자꾸만 생각났다. 그날, 그 물속에 내가 두고 왔던 사람들의 얼굴이.

한동안 악몽을 꿨다. 꿈속의 나는 늘 헤엄을 치고 있었고 그 끝엔 늘 죽어 가던 사람들과 어째서인지 홍영주가 있었다. 꿈에서조차 나는 모두를 구하지 못했다.

사람들을 구하면 홍영주가, 홍영주를 구하면 사람들이 목숨을 잃었다. 끊임없이 바위를 언덕 위로 밀어 올리던 시시포스처럼, 나는 하루는 홍영주를 구하고 후회하고, 다른 하루는 사람들을 구하고 후회하길 반복했다. 종내에는 어느 쪽도 구하지 못한 내가 죽어 가장 먼저 물 위로 떠오를 때까지.

오늘도 마찬가지였다. 나는 죽은 후에야 현실로 돌아왔다. 새벽 3시였다. 깜깜한 병실 안에는 가습기 돌아가는 소리만 스산하게 울리고 있었다.

서랍 안의 담배를 꺼내 병실을 나왔다.

폐활량 수치 몇에 기록이 달라졌다. 수영 선수인 내게 담배는 금기 같은 것이었지만 수영을 하지 않았더라도 피우고 싶지 않았다. 담배 따위는 덜떨어진 새끼들이 폼이나 잡기 위해 피우는 것이라고 생각했다. 깨어난 지 보름여 만에 난 그 덜떨어진 새끼 중 하나가 되었다.

할머니는 내가 어느 정도 회복되자 곱게 접힌 종이 쪼가리 한 장을 전해 줬다. 주인의 얼굴을 닮아 정갈한 글씨체. 너무 봐서 이제 내용마저 외워 버린 쪽지를 주머니에서 새삼스레 다시 꺼내 본 나는 어이가 없어서 웃었다.

> 그동안 고마웠어. 잘 지내.

시간은 풀에서 턴을 할 때보다 빠르게 흘렀다. 홍영주가 내 곁을 떠난 지도 벌써 다섯 달. 계절은 어느덧 한겨울에 접어들었고 나는 이제 막 스물이었다.

성년의 자유를 만끽하기엔 내 정서는 사막보다 메말라 있었다. 그럼에도 단 하나 좋은 점을 꼽자면 더 이상 김규찬에게 담배 부탁을 하지 않아도 된다는 것이었다.

"올여름 올림픽을 앞둔 가운데, 정우진 선수가 다시 국민들의 관심을 모으고 있습니다. 다른 의미로 국민 영웅이죠, 우리 정우진 선수. 정우진 선수는 작년 여름 불의의 사고로 재활 후 지금은 완전히 회복한 상태인데요. 이에 관련해서 전문가분들을 모시고 의견 나눠 보겠습니다. 어떠십니까? 정우진 선수 부상이 기록에 영향을 미치지는…."

홍영주는 물거품처럼 사라졌지만 난 변하지 않았다.
여전히 같은 시간 일어나, 같은 시간 훈련을 하고, 같은 시간 밥을 먹고, 같은 시간 잠을 잤다. 물속에 머무는 시간이 늘어날수록 기록은 짧아졌다. 그렇게 벌써 1년.
올림픽에서 신기록을 경신하고 금메달을 땄던 8월, 나는 수영을 그만뒀다.
홍영주가 더 이상 물속에서 보이지 않았다.

2장.
헤엄쳐

07. 충돌

코를 찌르는 소독약 냄새. 바삐 움직이는 의사와 간호사들의 목소리와 환자들의 신음. 정신을 차린 지는 꽤 됐으나 계속 자는 척 연기를 하고 있었던 이유는 곁에 아직 우진이 있기 때문이었다.

"홍영주 씨 보호자분?"

"네."

"촬영 결과 큰 부상은 없습니다만 약간의 뇌진탕 소견이 보이니 주의하시고요. 아마 사고 충격으로 기절하신 것 같은데 푹 쉬시면 괜찮으실 겁니다. 빈혈이 좀 있으신 편이고 혈압이 낮으신데 이건 본인이 필히 관리하셔야 하고요. 혹시나 나중에라도 이상이 보이면 꼭 병원에 데려오셔야 합니다. 자, 이제 보호자분 치료받으러 가죠. 출혈이 심한데."

그 말에 저절로 눈이 떠졌다. 다행히 우진은 이미 의사를 따라나선 후였다. 고만고만한 사람들 사이에 홀로 우뚝 솟아 있는 그를 나는 쉽게 찾아냈다. 곧은 어깨, 너른 등엔 물에 젖은 셔츠가 달라붙어 있었다. 불안하게 그의 몸 이곳저곳을 훑던 내 눈은 그의 팔에서 멈췄다. 셔츠 소매를 걷어 올린 팔이 피범벅이었다.

정신을 놓기 직전 깨진 조수석 유리창 사이를 거침없이 뚫고 들어오던 손이 그제야 떠올랐다. 차갑게 얼어붙어 있던 그 얼굴과.

"정신 차려 봐. 홍영주."

어제 봤던 것처럼 익숙하게 내 이름을 부르던 그 목소리도.

거치적거리는 링거 바늘부터 뽑고 침대에서 내려섰다. 의사가 갔던 방향을 따라 코너를 돌자 보호자용 의자에 앉아 치료 중인 우진이 보였다.

"다행히 꿰매진 않아도 되겠어요."

의사가 알코올 솜으로 피를 닦아 내자 누군가 부러 칼로 그은 것 같은 긴 상처가 연달아 드러났다. 따갑고 아플 텐데도 우진은 눈 한 번 찌푸리지 않았다.

세공사가 공들여 깎아 놓은 보석처럼 인간미 없는 얼굴엔 아직 열아홉 그때의 모습이 남아 있었다. 그토록 보고 싶었던 얼굴, 꿈에서나마 보던 얼굴을 실제로 보게 된 나는 찰나 넋을 놓았다.

의사는 언젠가 그 남자처럼 붕대를 감다가 우진의 얼굴을 한 번, 다시 또 붕대를 감다가 우진의 얼굴을 힐끔거리더니 결국 물었다.

"혹시, 정우진 선수 아녜요? 그 수영 금메달리스트, 스무 살에 갑자기 은퇴했던."

"그런데요."

"아니, 저는 그냥."

민망해 얼굴이 새빨개진 의사가 허둥지둥 붕대 감기를 마무리하자마자 우진은 일어섰다. 나는 급히 코너 뒤로 몸을 숨겼다가 응급실 밖으로 나왔다. 도망치듯 택시를 잡아타고 나서야 이런 짓 따위 이제 소용없다는 걸 깨달았다.

전화가 왔다.

- 3231 차주분이시죠? 교통사고 소명 관계로 출석해 주셔야겠는데요.

경찰서였다.

오늘은 몸이 안 좋다는 핑계로 출석을 내일로 미뤘다. 택시비를 낼 때쯤에야 병원비를 수납조차 하지 않고 나왔다는 걸 알았다. 기사님께 출발지를 물어 병원 이름을 알아내곤 전화했다.

- 보호자분께서 다 결제하셨어요.

운이 없었다는 말로 설명하기엔 모자랐다. 우진과 헤어진 후, 그와의 재회를 수천 번 상상하긴 했지만 그중에서도 가장 최악이었다.

도착했다는 기사님의 말에 택시비를 결제하곤 집으로 향했다. 열아홉, 야반도주하듯 그곳을 떠나고 나서 세 번째 이사한 곳이었다.

민 화백의 걱정과는 다르게 할아버지는 아직까지는 아버지와 연을 끊은 듯 보였다. 그날 이후 아버지의 얼굴은커녕 머리카락 한 올도 보지 못했고, 그게 그나마 내게 위안이 되어 줬다. 우진을, 그곳을 떠나기로 한 내 선택이 최선이었다는 위안.

중심가와는 거리가 꽤나 있는 동네에 위치한 건물은 1층은 상가, 2층은 가정집이라 반찬 가게를 소일거리 삼아 하고 싶어 하는 할아버지에게도 안성맞춤이었다. 옥상엔 작은 창고가 하나 달려 있었는데, 작업실로 쓰면 좋을 것 같았다.

턱없이 부족한 자본에도 불구하고 운 좋게도 우리는 이 건물에 아주 싼값으로 세를 얻을 수 있었다. 이유는 하나, 이곳이 밤이면 밤마다 정체불명의 원혼들이 출몰한다는 귀신 들린 집이기 때문이었다.

"내가 딸 같아서 하는 말인데, 한 번 더 생각해 보는 건 어때? 그 집 다른 사람들도 계약했었는데 다들 한 달이 뭐야, 일주일도 못 살고 나갔어."

전전 세입자는 비명횡사까지 했다고, 공인 중개사 사장님이 귀띔했지만 귀신 따위보단 돈이 무서웠던 나는 당장 계약서에 사인했다. 할아버지에겐 알리지 않았다. 은근히 귀가 얇은 할아버지가 그 얘길 듣고, 나오지도 않는 귀신을 볼까 봐 걱정됐다.

이사하던 날, 주변 이웃들이 우릴 보고 수군거리고 지랄을 한다고 불만이던 할아버지는 3개월이 지나고 나서야 그 진짜 이유를 알곤 내게 잔소리했다.

"아무리 싸다 그래도 그렇지! 귀신 들린 집을 계약허믄 어떡혀! 이 할아비한테는 말도 안 허고!"

"그래서 귀신 봤어?"

"나오겠냐? 귀신보다 악독하고 무서운 내 꽹이 새끼가 여기 사는디."

가위에 눌리거나 헛걸 봤다는 다른 세입자들과는 달리 나의 밤은 평범했다. 그럴 수밖에 없었다. 꿈을 꿀 만큼 여유롭지도, 귀신을 볼 만큼 눈을 뜨고 있지도 않았다. 직장에 다니면서 아르바이트를 하고, 그림을 그리면서 레슨을 하고. 깨어 있는 시간은 쉴 틈이 없었고 집에 와선 쓰러져 자기 바빴다.

"새 미술 학원 면접 있다믄서? 우째 이렇게 금방 와? 차는?"

"가다가 퍼져서 수리 맡겼어."

"그려? 그러니 중고차도 나름이지. 하필 고런 똥차를 골라 갖고."

가게 안으로 들어가자마자 냉장고에서 생수를 꺼내 물부터 마셨다. 에어컨과 선풍기가 돌아가는데도 내게 손부채질을 해주던 할아버지는 단골손님이 오고 나서야 내 곁을 떴다.

"아이고, 우리 산호 할머니 또 오셨네."

"반찬이 똑 떨어졌지 뭐예요. 다른 데 아무리 먹어 봐도 우리 영주 할아버님만큼 손맛 좋은 분이 없어요."

"에헤이, 그거야 당연허지. 내가 이 일 짬밥이 얼만디. 오늘은 콩나물이 허벌나게 물이 좋아요."

칠십 줄에 들어선 할아버지는 본인의 이름처럼 아직 청춘이었다. 가게를 할 때보다 반찬 가게를 하는 요즘이 오히려 생기가 넘쳐 보여 다행이고 또 감사했다.

"우리 영주 씨는 갈수록 이뻐지네? 참, 우리 산호 그림 봐줘서 고마워! 매번 공짜로."

"에이, 그게 공짠가. 돈 받잖아요."

"한 달에 5만 원이 돈이야."

"그럼요. 돈이죠."

산호는 올해 중학교 3학년생으로 조실부모하고 할머니와 함께 살았다. 그림은 허벌나게 잘 그리는데 미술 학원에 갈 형편은 안 된다는 소식을 할아버지에게 들은 내가 일주일에 한 번, 시간이 나면 두 번 그림을 봐주고 있다.

받아도 그만, 안 받아도 그만인 5만 원을 레슨비랍시고 받는 것은 산호 할머니와 산호를 위해서였다. 고작 그림 조금 봐주는 대가로 마음의 빚을 지우게 하고 싶지 않았다.

그럼에도 미안해하는 산호 할머니가 고마움의 의미로 없는 돈을 쪼개 매번 우리 집 반찬을 사 간다는 것을 나는 알고 있다. 할아버지가 서비스랍시고 본품 양만큼의 반찬을 덤으로 주는 것도.

이 사람들은 죽을 때까지 부자가 될 수 없다.

산호 할머니에게 인사를 하고 가게를 나와 이층집으로 향했다. 처음엔 누가 봐도 을씨년스러웠던 집은 할아버지의 손길이 닿은 후론 여느 가정집보다 아늑하고 포근해졌다. 외모는 산적같이 생긴 할아버지가 나와는 달리 아기자기한 걸 좋아했다.

중문 앞의 병아리 매트를 주저 없이 밟고 거실로 들어서 방으로 직행했다. 옷도 갈아입지 않은 채 침대에 쓰러지듯 누웠다. 쏟아지는 햇빛에 건너편 벽에 걸린 그림 속 홍매화가 붉게 타올랐다.

그날, 민 화백은 기어이 그림을 돌려받지 않았고, 나는 팔지 않았다. 팔 방법도 몰랐고, 알았다고 해도 팔 수 없었다.

눈이 부셨지만 일어나 커튼을 칠 힘이 없어 그대로 눈을 감았다.

우진이 떠올랐다. 헤어지기 전 봤던 열아홉 소년의 모습이 아니라 오늘 본 서른셋 남자의 얼굴이었다. 싸늘하긴 했지만 그늘은 찾아볼 수 없었던 그때와 달리, 오늘 우진은 해가 뜨기 전 새벽녘처럼 어두웠다.

"정우진 선수는 동승자인 최모 씨 외 세 사람을 구하고 현재는 회복 중으로, 다행히도 부상의 정도가 약하여 선수 생활을 하는 데는 지장이 없을 것으로…."

우진이 사고가 났다는 걸, 한밤중이 되고 나서야 알았다. 호주에 있어야 할 우진의 사고 소식을 슈퍼 계산대 텔레비전에서 들은 나는 계산까지 끝낸 생수를 그대로 둔 채 짐도 풀지 않은 새집으로 돌아왔다. 처음으로 제대로 생긴 내 방에 처박혀 넋을 놓은 채 몇 시간을 멍청히 앉아 있었다.

일주일이나 남은 훈련을 두고 우진이 한국으로 돌아올 만한 이유는 하나뿐이었다.

나 때문이었다.

하필 그때 떠난 나 때문에.

소식을 전해 들은 할아버지가 민 화백을 통해 기적처럼 멀쩡한 우진의 상태를 내게 알렸으나 나는 여전히 죄책감을 저버릴 수 없었다. 우진이 걱정됐다. 가장 좋아하는 물속에서 지옥을 겪어야 했을지도 모르는 우진이.

이듬해 여름, 스물이 된 우진이 포디움의 가장 높은 곳에 올라 금메달을 들고 웃었다.

나는 웃을 수 없었다.

- - -

 도저히 깨어날 수 없을 것 같은 꿈에서 나를 건져 낸 건 벨 소리였다. 눈을 감은 채 잠긴 목소리로 전화를 받자 낯선 음성이 신분을 확인했다.
 - 홍영주 선생님 전화 맞습니까?
 "네."
 - 여기 C 대학 미대인데요. 다름 아니라.
 계절 학기를 맡아야 할 강사가 개인 사정으로 강의를 할 수 없게 됐다고 했다. 그래서 홍영주 선생님이 맡아 주시면 정말 감사할 것 같다고, 그녀는 내 의사를 물었다. 어제 면접을 공친 바람에 일자리 구하는 게 한시가 바빴던 나는 고민 없이 하겠다고 했다.
 - 개강은 6월 30일인데, 수업 준비하시려면 그 전에 들르셔야 할 거예요.
 통화를 끝냈을 땐 꿈에서 완전히 벗어난 후였다. 나는 선풍기는커녕 문이란 문은 죄다 닫아 놓은 바람에 땀 범벅인 옷을 벗어 침대 시트와 함께 세탁기에 넣어 버리곤 욕실로 향했다.
 식탁엔 정갈한 아침이 차려져 있었다. 가게 일로 바쁠 텐데도 할아버지는 늘 내 아침을 챙기고 나갔다. 입맛은 없었지만 억지로 밀어 넣곤 나갈 준비를 했다. 겨우 서너 시간을 잔 것처럼 피로했으나 17시간이 넘게 누워 있었다.
 오전 9시. 집에 있기엔 아까울 만큼 화창한 날씨였다.

 오전의 경찰서는 분주했다. 나는 안내판을 보고도 위치를 알 수 없어 한참을 헤맨 후에야 교통과를 찾았다.

　우진과 마주치고 싶지 않아 일부러 일찍 나왔건만, 담당 경찰은 온 김에 사건 당사자끼리 합의까지 하고 가라며 내가 박아 버린 우진과 날 박은 아저씨까지 모두 호출했다. 둘 중 하나는 스케줄이 바빠 못 올 만도 한데, 두 사람 모두 오케이를 한 모양이었다.

　"30분이면 온답니다. 여기 앉아서 잠깐만 기다려 주세요."

　비타민 음료를 따 건네는 경찰의 눈엔 짙은 다크서클이 내려앉아 있었다. 나 말고 그쪽이 먹어야 할 것 같다는 걱정은 머그 컵에 비타민 음료 세 개를 따라 한 번에 마셔 버리는 모습을 보고 쏙 들어갔다.

　먼저 도착한 이는 내 뒤 범퍼를 박은 아저씨였다. 초췌한 몰골의 아저씨는 무조건 내 과실을 주장했고, 싸울 기력이 없는 나는 아저씨가 쏟아 내는 말들을 듣고만 있었다.

　"백번 양보해서, 내가 그쪽 차 물어 주고, 그쪽이 앞차 물어 주면 끝나는 일이잖아. 뭘 복잡하게 과실이 몇 퍼센트니 뭐니, 머리가 아파 죽겠어."

　우리 두 사람의 차를 팔아도 우진의 차 사이드 미러 값도 안 나온다는 걸 미리 알고 하는 말이었다.

　"4576 차주분, 여기서 이런다고 해결될 일이 아니에요. 1918 차주분 오시면 그때…."

　"그러니까, 언제 오냐고, 그 새끼는. 바쁜 사람을 잡아 놓고 말이야."

　눈에 보이는 게 없는지 담배를 꺼내 문 아저씨가 라이터로 불을 붙이려던 순간이었다. 긴 손가락이 다가와 담배를 낚아채더니 쓰레기통에 처박았다.

"누구야, 어떤 우라질 새끼가."

"바쁘니까 빨리 끝내죠."

닿는 것도 싫다는 듯 손을 터는 동작에 경멸이 묻어났다. 멀거니 손의 주인을 보고 있는 나와 흥분해 얼굴이 터질 것 같은 아저씨를 경찰이 불렀다.

"오셨네요, 1918 차주분. 다들 이쪽으로 앉으세요."

떨어져 앉기 위해 가장 늦게 움직였지만 결국 우진의 옆이었다. 긴 다리를 꼬고 팔짱을 낀 우진은 모델처럼 산뜻했고 좋은 냄새가 났다.

나는 떨어져 봤자 거기서 거기인 의자를 움직여 거리를 벌렸다. 앞을 향하고 있던 우진이 고개를 돌려 날 봤다. 굳게 다물려 있던 입술이 벌어지더니 바람 빠지는 소리가 났다. 헛웃음이었다.

당당하던 아저씨는 CCTV와 블랙박스, 목격자 진술 결과 과실 대부분이 자신에게 있다는 걸 알고는 급속도로 침울해졌다.

"그게 내가 깜빡 잊고 이번 연도 보험 갱신을 안 해서."

법으로 해결이 안 되자 아저씨는 성장 과정을 비롯해 구구절절한 집안 사연까지 읊으며 동정을 요구했고, 개 짖는 소리보다 무료하게 그 얘길 듣고 있던 우진은 도중에 말을 끊었다.

"그만 들을게요."

"진짜, 진짜 내가 잘못했어. 밤이고 낮이고 일을 하다 보니까 밤낮없이 잠이 쏟아져서는."

"말씀 안 하셨습니까? 제 차는 제가 해결한다고."

우진에게 내밀었으나 눈길조차 닿지 않은 비타민 음료를 본인이 따 마신 경찰이 빈 병을 책상에 내려놓으며 멋쩍게 웃었다.
"아, 제일 먼저 말씀드린다는 게 제가 정신이 없어서…. 여기 차주분께서 본인 차와 그 소화전은 알아서 처리하시겠다고."

불같이 화를 낸 사람은 아저씨였다.

요즘 공무원들 대체 일을 어떻게 하는 거야? 책상 앞에 앉아서 철 밥통처럼 돈만 꼬박꼬박 받아 처먹고 말이야. 그럼 그렇지, 이렇게 고상하신 분이 선처를 안 해 줄 리가 없다고, 생긴 걸 보라고 하나님 아버지 뺨친다고 우진은 좋아하지도 않을 신까지 갖다 붙이면서 그를 칭찬했다.

그 뒤는 일사천리였다. 우리는 합의서에 각자의 사인을 하고 일어섰다.

"그럼 네 차는 내가 수리해 줄게. 그쯤이야 이 아저씨가 해 줄 수 있지."

몇억에서 몇십만 원으로 급감한 수리비는 아저씨를 춤추게 했다. 나는 됐다고 거절했다. 살 때부터 여기저기 고장 나 있던 고물 차 고쳐 쓴다고 잘 굴러갈까 싶었다. 출퇴근 때 사람들과 부대낄 걸 생각하면 그거라도 있는 게 낫지 않나 싶었지만, 당분간 운전은 하고 싶지 않았다.

"아니, 그래도. 이러면 내가 너무 미안하잖아."

"어차피 폐차할 거니까 오고 간 차비나 주세요, 그럼."

우진과 아저씨, 경찰까지 전부 날 쳐다봤다. 그깟 고물차 폐차하는 게 뭐라고 다들 과민 반응이었다.

"제 차 어딨죠? 제가 그때 경황이 없어서…."

"아, 그게 1918 차주분께서 같이 카센터에…."

경찰에게 물었을 때 우진이 끼어들었다.

"편리한 성격이야, 쓸모없어지면 뭐든 버리고 보나 봐."

"…뭐?"

그는 멍청한 소리를 내는 내 앞으로 성큼성큼 걸어와 섰고, 나는 뒷걸음치려 했지만 의자에 발이 걸려 퇴로가 막혔다. 붕대를 감아 불편해 보이는 손이 들고 있는 차 키의 곰돌이 키링이 익숙했다. 내 것이었다.

반사적으로 손을 뻗어 잡으려 했지만 우진이 빨랐다. 그는 비어 있는 내 손이 아닌 내 셔츠의 가슴 주머니 속에 차 키를 쑤셔 넣더니 속삭였다.

"앞에 갖다 놨으니까 처리는 알아서 해."

우진이 떠난 후에도 풀리지 않는 내 표정을 살피던 담당 경찰은 변명처럼 사과를 했다.

"제가 그것도 말씀드린다는 게 정신이 없어도 너무 없어서."

"사람이 일을 하다 보면 그럴 수도 있지! 우리 대한민국 경찰 분들이 할 일이 얼마나 많은데!"

손 안 대고 코를 풀어 버린 아저씨는 이번엔 대한민국 경찰 칭찬을 했다. 나는 그 칭찬을 반쯤 듣다 밖으로 나왔다.

넓지도 않은 민원인용 주차장 여기저기를 아무리 살펴도 내 차는 보이질 않아 헤매다, 뒤늦게 차 키를 주머니에서 꺼내 들었다. 무언가 이상했다. 키 링은 내 것이 맞았지만 키는 내 것이 아니었다. 의아함에 리모컨을 누른 나는 코앞에서 라이트를 깜빡이고 있는 푸른 차를 보고는 굳었다.

새 차였다. 무서워서 운전이나 할 수 있을까 싶은 가격의 외제 차.

상황 판단이 안 돼 한참을 고사 지내듯 차 앞에 있다가 다시 경찰서로 돌아왔다. 깽판을 부릴 땐 언제고 아저씨는 의자 하나에 자리를 잡고 앉아 찾아온 민원인들을 손수 케어 중이었다. 나를 본 아저씨가 반갑게 아는 체하는 걸 애써 못 본 척하며 담당 경찰에게 향했다.

"또 무슨 일로?"

"정우진, 아니 1918 차주 연락처 혹시 아십니까?"

"아, 그거야, 잠깐만요. 여기."

그는 복잡한 책상 구석에서 명함을 찾아 건넸다.

> WJ ARTPICK 대표 정우진.

검은 바탕에 심플하게 박힌 직함과 이름에서 눈을 떼지 못하는 날 이해한다는 듯 경찰은 덧붙였다.

"전 수영 국대 정우진 선수 맞죠? 부모님이 그 뭐더라? 그 사이트 대표인? 어쩐지 너무 쿨하더라, 평생 돈 걱정은 안 할 사람이니까, 뭐."

감히 우진의 휴대폰에 전화를 걸 용기가 없었던 나는 명함 속 연락처 중 회사로 전화를 했다. 열 번을 걸었고, 열 번 모두 상대방은 전화를 받지 않았다. 날짜를 확인하고서야 오늘이 토요일이라는 걸 알았다.

차는 경찰서 주차장에 두는 게 가장 안전할 테지만, 주차 시간에 제약이 있었다. 하는 수 없이 끌고 나와 집으로 향했다. 시트에 비닐도 벗기지 않은 새 차였다.

어제는 고물차를 끌고 나가 빈손으로 오더니 오늘은 뻔쩍뻔쩍한 외제 차를 끌고 나타난 날 보고 할아버지가 가게에서 다급히 나왔다.

"이게 웬, 뭐여, 뭔 일이여?"

"어제 내 차 박은 차주가 미안하다고 며칠 리스해 줬어."

"어젠 그냥 퍼졌다믄서?"

"그렇게 됐어."

"또 봐, 또, 이 할아비한테 그짓부렁 하는 거."

"응, 거짓말이야. 어쨌든 돌려줄 거니까, 신경 안 써도 돼."

가게 앞에 주차를 해 두고 집에 도착했을 땐 온몸이 녹초였다. 혹시나 오다가 재수 없게 사고가 나 차가 망가질까 봐 전전긍긍하며 운전했다.

거실 안으로 들어가지도 못한 채 현관에 쓰러지듯 누웠다. 찬 바닥에 뺨을 가져다 대니 그나마 살 것 같았다. 내게 억대의 찻값을 물어내게 하지는 못할망정 새 차를 가져다 안긴 우진을 도무지 이해할 수 없었다. 하긴 예전에도 그를 이해하긴 힘들었었다.

"편리한 성격이야, 쓸모없어지면 뭐든 버리고 보나 봐."

너도 날 이해할 순 없었겠지. 주는 거라곤 없이 네 곁에 붙어 진드기처럼 빨아먹기만 하다가, 결국 나까지 먹힐 상황이 되자 말도 없이 비겁하게 도망쳐 버린 나를.

"혹시, 정우진 선수 아녜요? 그 수영 금메달리스트, 스무 살에 갑자기 은퇴했던."

나를 만나지 않았다면,
너는 여전히 물속에서 빛났을까.

- - -

 월요일 아침 일찍 우진의 사무실로 전화를 했고, 그의 비서가 전화를 받았다. 10시쯤이면 출근하실 거라며 용건을 묻는 그에게 내 상황을 간략히 설명했다.
 - 그러니까 요점은 가지고 계신 대표님 차를 회사 주차장으로 반납하시겠다는….
"네. 차 키는 안내 데스크에 맡기도록 하겠습니다."
 - 성함과 연락처 남겨 주시면 대표님께 전해 드리겠습니다.
"아뇨."
 - 네?
"그러실 필요 없어요. 차 얘기만 전해 주시면 알 거예요."
 - 하지만.
"귀찮게 해 드려 죄송합니다. 끊겠습니다."
 마음이 급했다. 10시 전에 우진의 회사에 차를 가져다 놓으려면 당장 출발해야 했다. 젖은 머리를 말리지도 않은 채 주차장으로 가 차에 올라탔다. 허투루 비싼 건 아닌지 차는 소음이나 진동이 없었고 속력을 내도 체감이 되지 않을 정도로 승차감이 좋았다.
 예술품 투자 전문 회사인 WJ ARTPICK은 시내에서 조금 벗어난 교외에 위치해 있었다. 기하학적으로 기울어진 5층의 사다리꼴 건물은 미술관을 방불케 했다. 예상만큼 차는 밀리지 않았다. 회사에 도착했을 땐 아직 9시였다.

지하 주차장에 차를 대어 놓곤 안내 데스크에 키를 맡겼다. 비서가 미리 얘기해 둔 덕분인지 같은 설명을 두 번 하지 않아도 되어 다행이었다. 긴장이 풀려 로비를 나오던 길이었다. 엘리베이터에서 내리는 낯익은 실루엣에 나는 왔던 길을 되돌아가야만 했다. 10시에 출근한다는 우진이 벌써 회사에 나와 있었다.

그는 곧장 안내 데스크로 가더니 직원에게 뭔가를 물었다. 대답이 마음에 안 들었는지 머리칼을 쓸어 올리는 손길이 짜증스러웠다.

나는 당장 집으로 돌아가는 걸 포기했다. 안내 데스크를 통과하지 않고는 정문으로 갈 수 없었다. 우진이 알아서 사라져 주길 기다리는 방법밖에 없었는데, 키를 건네받은 그가 내가 있는 통로로 오면서 원치 않은 숨바꼭질을 또 하게 됐다. 하필, 화장실이었다.

화장실 가장 구석 칸으로 들어가 문을 잠그고 섰다. 화장실은 여느 호텔보다 고급스러웠고 누워도 될 만큼 청결했지만, 여기서 이러고 있다는 사실 자체가 자괴감이 들었다. 언제까지 도망치며 살 거냐고, 우진과 마주칠 때마다 이렇게 숨을 거냐고, 스스로를 비난했지만 자꾸만 뒷걸음질 치게 되는 건 어쩔 수 없었다.

정작 우진은 날 전혀 신경 쓰지 않을지도 모르는데.

출근 시간이 지나서인지 화장실을 드나드는 사람은 드물었다. 10여 분을 벌서듯 그렇게 있다가 이쯤이면 괜찮겠지 싶어 한

숨을 쉬며 밖으로 나왔다. 세면대에 서서 열이 오른 뺨에 찬물을 끼얹던 나는 젖은 얼굴을 손등으로 닦아 내다 말고 손을 멈췄다. 거울 너머 벽에 우진이 서 있었다.

너무 놀라 물이 흐르는 수전을 잠글 생각도 못 한 채 얼어 있었다. 우진이 다가오더니 수전을 돌려 물을 잠갔다. 물소리마저 사라진 화장실은 고요해졌다.

날 마주 보고 선 우진의 손에는 차 키가 들려 있었다. 상처가 나으려면 멀었는지 손등부터 셔츠 소매에 가려진 팔목 안쪽까지 아직 붕대가 감긴 채였다.

"난 저런 비싼 차 필요 없어."

아무것도 묻지 않은 우진에게 나는 변명하듯 겨우 말했다. 그는 그 말 한마디를 하면서 긴장에 굳어진 내 얼굴을 잠시 보더니 손에 든 키를 세면대 옆 쓰레기통에 처박았다. 돌아서는 너른 등엔 미련이라고 보이질 않았다.

나는 뒤늦게 걸어가 그를 붙잡았다.

"뭐 하는 짓이야?"

"신경 꺼. 이게 내 처리 방식이니까."

우진은 제 팔을 움켜잡은 내 손을 붙잡아 떼어 내곤 화장실을 나갔다. 주름 하나 없는 슈트 재킷에 젖은 내 손자국이 덩그러니 남았다. 나는 멀거니 그가 서 있던 자리를 응시하다가 밖으로 향했다.

우진의 말대로 차는 그의 물건이고, 어떻게 하든 내가 상관할 바 아니었다. 하지만 머리는 이해하는 걸 마음은 이해하질 못했다.

결국 갔던 길을 되돌아와 고민 끝에 쓰레기통을 뒤졌다. 아침나절 청소를 했는지 쓰레기통 안에는 페이퍼 타월 몇 개가 전부였고, 반짝거리는 차 키는 금방 눈에 띄었다.

손을 씻고는 주인을 잘못 만나 개고생 중인 차 키를 챙겨 손에 들었다. 앞도 보지 않고 화장실을 나오다 마침 안으로 들어오던 사람과 부딪혔다. 손에 들고 있던 차 키가 떨어져 저만치 튕겨 나갔다.

"죄송합니다."

얼굴도 보지 않은 채 사과를 하곤 차 키를 찾아 몸을 굽히던 나는 팔이 잡혀 다시 일으켜 세워졌다. 과거엔 누구보다 익숙했지만 이젠 타인보다 낯선 눈동자가 거기 있었다.

"왜? 그건 버리자니 아까워?"

말투는 날이 서 있었지만 낮은 목소리는 고저 없이 평온했다. 이 얼굴을 이만큼 가까이서 본 건 정말이지 오랜만이었다. 생각지 못한 위기 상황을 회피하기 위해 머리는 지난 기억을 뒤지기 시작했고, 하필 며칠 전 뒤차 아저씨가 했던 말을 떠올렸다. 하나님 아버지 뺨치는 얼굴.

내가 처음으로 좋아한, 얼굴.

상황에 맞지 않게 비집고 나온 빈 웃음에 우진의 눈가가 이지러졌다. 나는 아프도록 날 움켜쥔 그의 손아귀에서 팔을 비틀어 빼내고는 차 키를 주워 들었다.

"그래, 아까워. 버릴 거면 그냥 내가 쓸게."

평정을 가장한 채 지나치려 했지만 이번엔 어깨가 잡혀 저지당했다. 뿌리치려 했을 땐 이미 벽에 처박힌 후였다. 허벅지를 짓누르는 다리와 팔목을 감싸 쥔 커다란 손. 의지를 잃고 체념한 시야로 검게 가라앉은 눈동자가 보였다.

입맞춤은 스치듯 찰나였다. 얼어붙은 뇌가 호흡하는 방법을 잊어 숨을 멈춘 내 입술을 우진은 깨물듯 씹어 내더니 미련 없이 떨어졌다.

"이건 찻값."

거저 주긴 나도 아까워서. 덧붙이는 입술에 피가 맺혀 있었다.

가까스로 걸어 나오긴 했지만 제정신은 아니었다. 아무 생각 없이 로비를 통해 건물 밖으로 나갔다가 주차장에 있는 차가 떠올라 다시 들어가 엘리베이터를 탔다. 이 와중에도 차 생각이 났다는 게 어이가 없었지만 웃음은 나오지 않았다.

정작 차 앞에 도착하고서는 선뜻 타지 못하고 망설였다. 그게 얼마나 비싼 물건이고 얼마나 좋은 것이든 우진의 말대로 신경 끄고 상관하지 않는 게 더 이상 그와 엮이지 않는 가장 좋은 방법이었다. 그런데 왜 난….

베일 듯이 차갑던 음성과는 달리 입술은 데일 것처럼 뜨거웠다. 반항한다면서도 입술은 물지 못했다. 못 한 게 아니라 안 한 거였다. 10년이 훌쩍 지났으니 이젠 잊을 만도 한데,

"왜? 그건 버리자니 아까워?"

아직도 넌.

"거저 주긴 나도 아까워서."

"저기, 괜찮으세요? 아까부터 그러고 계시길래, 혹시 어디가

아프신 거면 저희 회사 의무실에라도….”

 어느새 주저앉은 내 머리 위로 상냥한 음성이 떨어졌다. 나는 힘없이 고개를 들었고, 익숙한 얼굴과 조우했다.

 “…홍영주? 영주 너 맞지?”

 박채원이었다.

 엘리베이터만 타고 올라가면 있는 1층의 카페테리아를 두고 채원은 날 차에 태워 회사 밖으로 데리고 나왔다. 옅은 화장기가 있는 얼굴은 완연한 여자의 모습을 하고 있었지만, 반갑다며 내게 재잘거리는 목소리는 여전히 아이처럼 천진했다.

 “이게 얼마 만이니? 그동안 잘 지냈어?”

 “응. 너는?”

 “나야 당연히 잘 지냈지. 왜 그렇게 갑자기 떠난 거야? 너 전학 갔대서 다들 얼마나 놀랐다고.”

 “사정이 좀 있었어.”

 “무슨 사정?”

 무심코 묻고는 아차 싶어 입을 다문 그녀는 내 눈치를 봤다. 미안, 내가 너무 캐물었지. 나는 그녀가 미안해할까 봐 서둘러 대답했다.

 “아니야. 집에 일이 좀 있었어.”

 우리는 우진의 회사에서 30분이나 걸리는 카페에 마주 앉았다. 이쯤 되면 그의 회사보단 우리 집에 더 가까울 만한 거리였다.

 “뭐 마실래? 영주야, 오늘은 내가 살게.”

 “아니야. 내가 낼게.”

 “야, 나 돈 되게 많이 벌어. 오랜만에 본 친구한테 돈 자랑 좀 하자.”

나는 아메리카노를, 채원은 라테를 골랐다. 고심하던 그녀는 메뉴판에서 디저트 몇 개를 골라 더 주문했다. 끝날 만하면 자꾸 테이블에 올라오는 빵과 케이크에 멈칫하자 채원은 선심 쓴다는 듯 내 접시 위에 케이크 두 조각을 올려놓았다.

"이것만 먹어. 나머진 내가 먹어 줄게."

입맛이 없다고 말하지 못했던 건 날 보는 그녀의 눈이 걱정과 호의로 점철되어 있었기 때문이었다.

아직도 그림은 그리느냐, 남자 친구는 있느냐, 어디 사느냐, 반 시간의 신상 조회와 잡담 끝에 채원은 둘러둘러 우진의 이야기를 꺼냈다.

"거기서 마주친 거 보고 눈치챘겠지만 나 우진이 회사에서 일해. 혹시 너도 우진이, 만났어?"

나는 먹어도 먹어도 줄지 않는 케이크를 조금 떠서 입에 넣고는 고개를 끄덕였다.

"어. 우연히."

"원래도 성격 안 좋았는데, 더 안 좋아졌지?"

그렇다는 긍정도, 아니라는 부정도 하지 못해 그저 웃었다. 채원은 그런 날 잠자코 보더니 넌지시 물었다.

"너한테 못되게 안 굴어?"

멈칫해 쳐다보자 채원이 덧붙였다.

"착한 영주 네가 이해해. 죽고 못 살던 너는 사라졌지, 물에 빠져 죽다 살아났지. 그때 우진이 꽤 오래 안 좋았어. 그거 알아? 차라리 난리 치면 괜찮은데, 아무렇지도 않아 하면 더 걱정되는 거."

쥐고 있던 컵을 놓칠 뻔한 걸 겨우 쥐었다. 나는 사고 이후

우진의 상태가 생각보다 훨씬 나빴다는 사실만큼이나 그녀가 우진과 내 사이를 알고 있었다는 것에 마음에 덜컥했다. 아직 표정이 굳은 날 눈치채지 못한 채원이 뭔가를 깨달았다는 듯 중얼거렸다.

"요 며칠 정우진 이상하게 저기압이라 뭔 일인가 했더니, 만났었구나."

"…미안. 우진이한테도 그렇고 너한테도."

"또 그런다, 또. 내가 그랬지. 여장부는 그렇게 아무 데나 사과 남발하는 거 아니라고."

채원은 엄한 목소리를 만들어 내더니 언젠가처럼 날 혼냈다.

"우진이한테라면 몰라도 나한텐 미안해할 거 없어. 사람 감정이 마음대로 되는 것도 아니고, 둘이 좋아 만난 건데 뭐가 미안해. 눈치라곤 쥐뿔도 없었던 내가 미안하지."

"언제, 알았어?"

"내가 음악실에서 정우진 그 비싼 주둥이에 기습 뽀뽀했던 날."

타르트 한 조각이 찍힌 포크가 정확히 내 가슴을 향했다.

"너 도망치고 나서도 우진이가 너 있던 자리 거기만 보고 있더라. 그래서 알았지. 우진이가 요즘 얼빠져 있는 이유가 너 때문이라는 걸. 그리고 그날, 너랑 우연히 만나서 막걸리 마셨던 날. 나 다 알고 있었어, 너희들 사귀는 거. 우진이한테 들어서 이미 알고 있었는데 모른 척 너 떠본 거야, 죄책감 느끼게 하려고. 나 되게 못됐지. 그러니까 그 못된 년한테 사과하지 마."

어떤 대답을 해야 할지 몰라 나는 입을 다문 채 얌전히 그 얘기를 듣고만 있었다. 여태 맺힌 한을 단번에 풀려는 사람처럼 말을 쏟아 내던 채원은 다음 순간 나와 눈을 맞추더니 웃었다.

"나 그 마음 열아홉 그때 접었거든? 왜 그렇게 절절했는지 이젠 기억도 안 나니까, 너도 그 일은 잊어. 나도 잊었으니까. 그나저나, 너 입술 터졌어. 안 아파?"

해치우지 못한 디저트는 포장해 내 손에 쥐여 준 채 채원은 날 차에 태웠다. 그녀는 날 집까지 바래다주겠다고 했으나 내가 마다했다. 우리는 회사 주차장에서 헤어졌다.

채원이 탄 엘리베이터가 지하를 떠난 후에야 나는 우진이 내게 버린 차 앞에 섰다. 이왕 미움받는 거 정떨어지는 짓만 해서 아주 기억에서 지워 버리고 싶은 존재가 되는 게 나을까 싶었는데, 그냥 눈에 보이지 않는 게 그를 위해 내가 할 수 있는 최선이란 생각이 들었다.

이대로 버리면 타인의 손에 들어갈 가능성이 있는 차 키는 버리지도, 그렇다고 다시 안내 데스크로 가 되돌려 줄 엄두는 더더욱 내지 못한 채 주머니에 넣고 주차장을 나왔다. 주차된 차는 우진이 발견하면 어떻게든 하겠지. 더 이상 신경 쓰지 않기로 했다.

대중교통이 드나드는 곳은 아니라 하는 수 없이 택시를 불러 타고 학교로 향했다. 계절 학기 강의를 위해선 미리 준비해야 할 일이 많았다. 미술 대학 학장실에는 방학이라 학장은 없고, 조교만 근무 중이었다. 그녀는 날 미대 구석의 한 사무실로 안내했다.

"여기 쓰시면 될 거예요. 사용한 지가 엄청 오래돼서 청소는 하셔야 하는데."

문을 열자 펼쳐진 장관에 그녀는 설명을 멈춘 채 입을 벌렸고, 나는 내가 알아서 하겠다는 말로 그녀를 진정시켜 돌려보내곤 안으로 들어섰다.

먼지투성이 사무실은 연구실이라기보단 창고에 가까웠다. 어디선가 바퀴벌레가 나타날 것 같은 불안감이 들었지만 애써 지운 채 블라인드를 올리고 창을 열어젖혔다. 컴컴한 사무실 안으로 햇살이 쏟아졌다.

2시간이 넘도록 치운다고 치웠는데도 상태는 전혀 호전되지 않았다. 이건 하루 만에 처리할 수 있는 범주가 아님을 인정하고 오늘은 여기까지만 하기로 했다.

체력을 완전히 소진한 터라 먼지가 쌓인 책상만 대충 물티슈로 닦아 내곤 엎드렸다. 누가 쓰다 버린 건지 책상 한구석에 놓인 접이식 거울에 흐리게 내 모습이 비쳤다. 채원이 지적한 아랫입술은 피가 멈췄지만 여전히 부어 있었다.

"그만큼 세게 문 것 같진 않았는데."

바보 같은 소릴 지껄이고 있자니 벨이 울렸다. 급박하게 잡힌 회식을 알리는 조교의 전화였다. 처음이라 꼭 참석하시는 게 좋다고, 정교수도 아닌 날 꼬박꼬박 교수라고 부르며 은경 씨는 당부했다.

그녀가 말한 저녁 7시까지는 아직 6시간이나 남아 있었다. 나는 수업 자료를 챙겨 들고는 학교를 나왔다. 기약도 없는 계약직이지만 이 꼴로 사람들을 만날 순 없었다.

회식 장소는 모 일식집이었다. 주최자는 학장 구봉림 교수였고 참가자는 미대 비정규직 강사들이었다. 구석 자리에 적당히 앉아 젓가락을 들었다.

몇 대째 내려오는 초밥 장인인 주인이 만들었다는 초밥은 결혼식 뷔페의 초밥과 별다를 바도 없었다. 하고많은 가게를 놔두고 학장이 왜 여기만 고집하는지는 그날 알게 됐다. 그는 학장의 동창이었다. 학연과 지연이 통하지 않는 곳은 화장실밖에 없었다.

"우리 홍 교수도 정교수 해야지. 유학은 안 갔다 왔지만서도 한때는 신동이었는데. 놀고먹으며 작품 활동 하는 건 있는 인간들이나 하는 거고, 우리 같은 소시민들은 일단 후학 양성으로 먹고살 길부터 일단 마련을 한 다음에."

평교수에서 학장까지 진급했고 이제 총장을 노리고 있다는 그는 봉사 활동의 일환으로 열아홉이었던 내 그림을 잠깐 봐줬었다.

"사람 일이라는 게 정말 모른다니까. 그 홍영주를 여기서 이렇게 또 만날 줄 어떻게 알았겠어. 땅덩어리도 이렇게 넓고, 학교도 이렇게 많은데. 참, 그놈도 있지. 정우진."

생각지도 못한 이의 입에서 나온 이름 석 자에 마시던 소주가 목에 걸렸다.

"헤엄만 칠 줄 알던 어린놈이 우리 업계의 큰손이 될 줄 누가 알았겠냐고. 요즘 그놈 회사 안 거치면 그림 팔지도 못해요. 그래서인지 어린놈의 새끼가 말이야, 거만해선. 그러고 보면 팔자는 타고나나 봐. 근데 우리 영주, 아니 홍 교수는 그걸 못 타고났잖아."

다들 동조는 못 하고 내 눈치만 봤다. 애꿎은 사람들을 체하게 할 것 같아서 성의 없이 대꾸해 줬다.

"그러게요. 노력해도 팔자 좋은 인간 못 이긴다더니."

"내 말이 그 말이야. 그러니까 논문 몇 편 쓰고 여기 눌러앉아. 내가 홍 교수 팔자 정돈 고쳐 줄 수 있는 사람이란 말이지."

나는 반박하는 대신 힘없이 웃었다. 학장은 굳이 멀리서 다가와 내 빈 잔에 술을 채웠다. 취한 학장은 잔이 넘치도록 술을 따랐고, 나는 젖은 옷을 닦는다는 핑계로 일어섰다.

거머리 같은 학장은 취해 정신 줄을 놓고서도 우리를 놔주질 않았다. 3차를 가자고 버티는 그를 동료 강사들과 함께 부축해 억지로 차에 태워 보낸 시간은 자정, 회식을 시작한 지 5시간 만이었다.

버스에 올라타고 나서야 긴장이 풀렸고, 뒤늦게 취기가 올랐다. 집으로 가는 도중에 휴대폰으로 메시지가 자꾸 오길래 확인했더니 입시 미술 레슨 문의였다.

대학에서 버는 돈이래야 한 달에 백이 좀 넘었다. 그마저도 경력이라고 시급을 몇 푼 올려 받아 그 정도였다.

학원 강사 벌이가 훨씬 좋지만 굳이 매번 학교를 택하는 이유는 허울뿐인 교수 타이틀이 레슨 시 몸값을 올리는 데 도움이 되기 때문이었다. 사람들은 명예를 좋아했고, 나는 돈이 필요했다.

일주일에 한 번, 두 시간에 50. 한 달 4주 200. 괜찮아요, 쌤?

얼굴을 알지도 못하는 나를 친근하게 부르는 상대의 프로필엔 긴 머리를 구불구불하게 만 10대 여자애 사진이 떠 있었다.

정해나.

어쩐지 익숙한 이름이었지만 취한 머리는 2시간에 50이라는 거액의 레슨비에 마비된 나머지 다른 걸 따지려 들지 않았다. 알았다는 사인을 전송하자마자 상대는 계좌 번호를 요구했고, 나는 홀린 듯 계좌를 적어 보냈다. 돈은 첫날 시범 레슨 후에 받겠다는 메시지를 한 박자 늦게 전송하기 무섭게 알림이 떴다.

타행 입금 정해나 2,000,000원
정해나: 이번 주 토요일 4시. 레슨 가능해요?

돈까지 미리 받았는데 불가능할 이유 따윈 하나도 없었다. 나는 바로 답을 보냈다.

가능해요.

별다른 일 없이 일주일은 지나갔다. 도중에 수업 준비를 위해 학교에 몇 번 들르고, 야간에 미술 학원에서 강사 대타를 뛴 것 말고는 옥탑 창고에 처박혀 그림이나 그리며 두문불출했다. 우진과의 재회로 받았던 충격도 서서히 옅어지고 있던 나날이었다.
오늘부터 레슨하기로 한 정해나는 메시지로 주소를 보내 왔다. 주소를 확인하자니 200만 원을 서슴없이 송금한 그녀의 태도가 이해됐다.
"부자 동네 사네."
초행이라 헤맬 경우를 계산해 일찍 출발했다. 혹 재료와 도구가 없을 걸 준비해 가져가려니 어쩔 수 없이 택시를 탈 수밖에 없었다. 든 자린 몰라도 난 자린 안다더니, 고물 차라도 막상 없어지니 아쉬웠다.

 택시는 거대한 주택 앞에서 멈췄다. 끝이 보이지 않은 담 안으로 해를 찾아 솟아난 향나무가 머리를 내밀고 있었다. 잘 관리된 기와는 궁궐을 연상케 할 만큼 섬세했다. 고등학생 아이를 둔 부모가 살기엔 고풍스러운 집이었다.

 벨을 누르고 신분을 밝히기도 전에 문이 열렸다. 언젠가 가 봤던 우진의 집보다 훨씬 넓은 정원을 지나쳐 집 안으로 들어섰다. 겉모습과는 달리 철저히 현대적인 디자인으로 세팅된 거실, 그 안쪽 부엌에서 아주머니 한 분이 나와 날 맞았다.

 "미술 선생님이시죠? 잠깐만 기다리세요. 해나 곧 내려올, 저기 오네요."

 "아줌마, 나 진짜 괜찮아? 머리 펼까? 머리만 한 바가지라 상대적으로 얼굴이 커 보이는 것 같지 않…. 누구세요?"

 정해나는 메시지 앱 프로필 사진에서보다 훨씬 앳된 얼굴이었다. 오전에 주소를 전송해 놓고선 오후가 되자 날 잊어버린 그녀는 내가 멘 화구통과 화구 상자를 보고 나서야 아차 하는 표정을 했다.

 "쌤? 미술 쌤? 진짜? 난 남잔 줄 알았는데."

 레슨을 구하는 게시물에 성별을 분명 '여'라고 명시해 놓았었기 때문에 나는 그녀의 이 반응이 너무 당황스러웠다.

 "마음에 들지 않으시면 그만두셔도 됩니다. 돈은 지금 바로 돌려드릴…."

 "아니, 아뇨, 아뇨. 레슨해요, 해. 제 방은 2층이니까, 올라가요. 아줌마, 주스 두 잔, 과일도. 쌤은 무슨 과일 좋아해요? 나는 사과 좋아하는데."

어정쩡하게 선 내 팔을 붙잡은 정해나가 2층으로 올라갔다. 하얗고 갸름한 얼굴이 묘하게 낯익어서 나는 무례한 줄도 모르고 자꾸 그녀를 쳐다봤다. 어디서 마주쳤었나.

당연히 미술 전공생일 거라 여겼던 내 예상과는 다르게 정해나는 미술의 미읓 자를 겨우 아는 미술 초보였다. 방 한편에서 꺼내 놓은 이젤과 미술 도구는 내 것을 훌쩍 뛰어넘는 고가였고, 한눈에 봐도 몇 번 다루지 않은 새 제품이었다.

수준을 알아보기 위해 스케치를 해 보라는 내 앞에서 그녀는 자신 있게 연필을 들었다. 피사체는 창가에 놓인 아그리파였다. 처음엔 그럴듯해 보이던 아그리파는 스케치가 거듭될수록 프레스기에 잘못 눌린 불량 쓰레받기처럼 점점 찌그러져만 갔고, 나는 어쩐지 나를 원망하는 것만 같은 아그리파의 눈빛에 자꾸만 굳어지는 얼굴을 풀고 미소를 만드느라 갖은 애를 쓰고 있었다. 노크 소리가 들리더니 아주머니가 과일과 주스를 가져왔다.

"드시고 하세요. 해나야, 할머니 오셨어."

그 말을 듣자마자 정해나는 뛰쳐나갔다. 외출 후 돌아온 인간을 반기는 강아지처럼 신난 몸짓이었다. 이 집의 주인이 할머니임을 알게 되자, 모든 게 수긍됐다. 거실 곳곳에 있던 장식용 도자기, 소나무 분재 같은 것들이. 나는 일어나 정해나를 따라나갔다.

"할머니 오늘 늦는다며?"

"우리 손녀 보려고 이 할미가 힘 좀 냈지? 근데, 저분은?"

"미술 선생님이야. 나 오늘부터 미술 레슨 받기로 했잖아."

"이 할머니한테 배우라니까, 기어이."

"아이, 가족한테는 뭐 배우는 거 아니라니까. 할머니, 그나저나 꼰대는?"

계단을 내려가며 본 할머니의 뒷모습이 어쩐지 낯익어 나는 우뚝 섰다.

"꼰대라니, 오빠한테."

"자꾸 꼰대처럼 간섭하니까 그렇지. 그림도 그래, 언제는 죽어도 못 배우게 하더니 갑자기 무슨 바람이 불어선."

순간 알 수 없는 불안감이 날 집어삼켰다. 그 원인을 곧 집안으로 들어선 정해나의 오빠를 보고 알았다.

"레슨 받게 해 달라고, 단식 투쟁 한 게 누구였지."

"그거야…."

정해나. 정우진. 전혀 접점이 없다고 생각했던 두 사람은 한 선상에 놓고 보니 무척 닮아 있었다. 단정한 이마, 매끄러운 입술. 조금은 신경질적으로 보이는 눈매까지.

불만스레 항의하는 정해나를 한 번 내려다보는 걸로 입 다물게 한 우진은 그제야 날 봤다. 마주친 눈은 당황한 것 같기도, 그렇지 않은 것 같기도 했는데, 사실 그때의 나는 그걸 구분할 수 있을 만큼 제정신이 아니었다.

손님을 놔두고 제 오빠와 말씨름 중인 정해나를 민 화백이 나무랐다.

"앞으로 계속 뵐 분인데 이 할머니랑 오빠한테 소개부터 제대로 해 줘야지. 선생님을 예의 없이 저렇게 세워 두고."

돌아서 날 향하는 민 화백보다 우진이 빨랐다.

"소개 같은 거 필요 없어요."

"응?"

"할머니도 아는 사람이니까."

민 화백의 의아한 시선이 날 향했다. 그제야 내 얼굴을 확인한 그녀의 눈동자가 놀라움에 커졌다.

"…영주야? 홍영주! 이게 얼마 만이니?"

손주를 버리고 도망쳐 버린 내가 뭐가 예쁘다고 민 화백은 계단을 올라와 손까지 끌어 잡으며 반가워했다. 나는 밀랍처럼 굳어 버린 얼굴에 애써 미소를 띠며 그녀에게 안겼다. 쏟아지는 우진의 시선을 피할 방법이 없어 눈을 감았다. 그래 봤자, 벗어날 순 없는데도.

08. NO Swimming

 영원 같던 인사는 레슨 중에 뛰쳐나왔다는 해나의 볼멘소리 덕분에 끝이 났다. 해나는 흐름이 끊기면 안 된다는 이유를 들먹이며 급박하게 날 2층으로 데려갔고, 나는 말 잘 듣는 아이처럼 그녀의 뒤를 따랐다.
 나머지 시간을 어떻게 보냈는지 모르겠다. 나는 수업 중에 종종 딴생각에 빠졌고, 해나는 그럴 때마다 그리고 있던 사과에 곰팡이가 피게 만들어 날 집중하게 했다.
 정신을 차리고 선을 긋는 걸 다시 가르쳐 주고, 명암을 넣는 걸 고쳐 주면서도 우진과 닮은 해나의 얼굴에 자꾸만 눈길이 갔다.
 그걸로도 모자라 눈이 마주치자 화들짝 놀라 미안하다고 사과하는 머저리 짓을 하기도 했는데, 해나는 화를 내기는커녕 제가 더 미안하다며 맞사과를 해 날 더욱 미안하게 했다.
 "근데 진짜 우리 오빠 친구였어요?"
 "어, 응."

"우리 오빠 어땠어요? 그때는 수영 국대로 날렸다던데. 인기 많았어요?"

"어. 많았어."

"그럼 그때도 재수 없었겠네."

"어?"

"왜 우리 오빠 같은 재수탱이랑 친구 했어요?"

"그게…."

"뭐야, 그럼. 친구 찾으려고 날…."

"어?"

"아니에요. 말이 헛나왔어요. 근데 쌤, 나 이번엔 진짜 잘 칠했죠?"

천진난만하게 묻는 눈망울에 대고 나는 보는 내가 모네가 된 것 같다는 헛소리를 했다. 다행히 해나는 그게 무슨 뜻인지 이해하지 못한 채 '진짜? 역시 난 타고났나 봐.' 하고 좋아했다. 죄책감에 바보처럼 웃고 있을 때 일부러 반쯤 열어 둔 문을 누가 노크했다.

"모네는 말년에 장님이 됐어. 정해나."

셔츠 단추를 두어 개 풀어 평소보다 흐트러진 우진이 문에 기대선 채 말했다.

"그게 그거 아니야? 내가 우리 쌤 눈이 멀 정도로 잘 그렸다는 거잖아."

"그쯤 하고 둘 다 내려와. 저녁 먹게."

"모네라니!"

두 사람은 서로의 말은 듣지 않고 제 말만 했다. 이런 쪽으로는 지독하게 닮은 남매였다.

가방과 화구 박스를 챙겨 든 나는 우진을 따라 밖으로 나왔다. 모네라는 말에 감명을 받았는지 해나는 열심이었다. 점점 썩어 문드러져 가는 캔버스 속 사과를 뒤로한 채 방문을 꼭 닫고 돌아서자 우진이 날 보고 서 있었다.

"난 그만 갈게."

"할머니가 기다려."

"해나한테는 미안하지만 레슨은…."

"당사자한테 얘기해."

우진은 턱으로 해나의 방을 가리켰다. 더는 말을 섞고 싶지 않다는 듯 계단으로 내려서는 등이 매몰찼다.

결국 나는 내 의견 둘 중 어느 하나도 관철시키지 못한 채 저녁 식사 자리에 초대되었다. 짧은 시간에 준비했다는 걸 믿을 수 없을 정도로 다양한 음식들이 너른 식탁에 올라와 있었다. 의자는 다섯이었으나 빈자리는 우진의 옆뿐이었다. 해나가 제 옆 의자에 자랑스러운 듯 사과를 그린 캔버스를 놓아뒀기 때문이었다.

"사과가 아주 잘 썩었네."

캔버스 속 사과를 보며 우진이 한마디 했다. 해나는 듣는 척도 하지 않고 내게 손짓했다.

"쌤, 어서 앉아요. 나 너무 열심히 그려서 배고파 뒈지기 직전."

해나의 재촉을 듣고 나서야 자리에 앉았다. 기분 탓인가. 수영을 그만둔 우진에게서 여전히 물 냄새가 나는 것 같았.

그동안 어떻게 지냈는지, 요즘은 뭘 하는지, 결혼은 했는지, 민 화백은 여러 가지를 내게 물었지만, '그때 그 일'이나 '그 그림'과 관련 있는 질문은 단 하나도 하질 않았다.

"쌤 같은 사람이 어떻게 남자 친구도 없어요? 남자들 눈이 다 삐었나 봐. 아니다, 쌤이 싫다고 다 차 버렸죠?"

악의 없이 한 해나의 말에 수저질하던 우진과 내 손이 동시에 멈췄다.

"정해나."

"우리 민석희 화백님 또 오버하신다. 궁금하니까 그러지. 울 쌤 완전 대박 멋있는데 남자 친구 없다니까."

"미안해, 영주야. 다 네가 좋아서 그러는 거니 이해하렴."

괜찮다고 손사래 치자니 우진이 피식 웃었다.

"순 돌인 줄 알았더니."

옆에 앉은 내게만 들릴 만한 혼잣말이었다.

민 화백은 많이 먹으라며 이것저것 내 앞으로 그릇을 가져다 줬고, 나는 그걸 먹는 척하느라 바빴다. 젓가락질할 때마다 우진의 시선이 따라붙었다.

도무지 끝이 날 것 같지 않던 식사가 드디어 마무리되고 디저트 타임이 시작됐다. 다들 소파로 자리를 옮겼고, 어쩌다 보니 나는 또 우진의 곁이었다.

먹는 걸 즐기지 않긴 하지만 지금처럼 음식들이 보기 싫었던 적도 없었다. 선물로 받았다는 최고급 과일과 케이크는 르누아르가 그린 딸기처럼 예뻤지만, 이미 내 위는 한계치까지 차 있었다. 그럼에도 성의를 생각해 마지못해 포크를 쥐고 과일 하나를 찍으려는 순간, 때마침 같이 움직이던 우진과 손등이 부딪쳤다.

놀란 내 손에서 포크가 떨어졌다. 당황한 날 본 민 화백이 웃으며 가사 일을 도와주시는 아주머니에게 새 포크를 가져다 달라고 했다. 우진이 허리를 굽혀 바닥의 포크를 주워 들었다.
"그보다 더한 짓까지 한 사이에, 서운하게."
그새 도착한 새 포크에 멜론을 찍어 내게 건네며 우진이 속삭였다. 나는 얌전히 포크를 받아 들곤 멜론을 씹어 삼켰다. 설탕이라도 바른 듯한 단맛에 혀가 마비되는 것 같았다.

9시가 다 되어서야 그 집에서 탈출할 수 있었다. 택시를 부르겠다고 휴대폰을 드는 해나를 민 화백이 막았다.
"뭐 하러. 우진아, 네가 데려다줘."
괜찮다고 했지만 우진은 이미 일어나 있었다.
"택시 잡기 힘들 거야. 버스 정류장은 한참을 내려가야 하고. 조심히 가렴."
현관으로 나서는 내 등을 두드리며 민 화백은 인사했다. 다음 주에 보자고 웃으며 손을 흔드는 해나에게 차마 레슨을 그만두겠다고 말할 수가 없었다. 얼굴을 보고 말하는 것보단 나중에 메시지로 연락하는 게 나을 것 같아 웃으며 그러자, 거짓말했다. 열일곱 여자애를 상대로도 나는 이렇게 비겁했다.
우진과 차고에 단둘이 남고 나서야 데려다줄 필요가 없다는 말을 다시 전했다. 그는 들은 척도 하지 않았다. 나 역시 무시한 채 갈 길을 가고 싶었으나 차고 입구의 굳게 닫힌 철문이 앞을 가로막았다.
방법은 세 가지였다. 우진의 차를 타고 나가거나, 평생 여기 갇혀 있거나, 아니면 돌아가 해나나 민 화백에게 이 상황을 이르거나.
우진이 키의 버튼을 눌러 차의 잠금장치를 풀었다. 나는 셋

중 실현 가능성이 없는 두 가지를 포기한 채 차에 올라탔다. 운전석에 탄 우진이 시동을 걸자 절대 열릴 것 같지 않은 차고 문이 서서히 열리기 시작했다.

"집 주소."

"근처 정류장에서 내려 줘."

"두 번 말하게 하지 마."

앵무새처럼 반복해 봤자 얻을 수 있는 건 없다는 걸 잘 알게 된 나는 집 주소를 내줬다. 달리고 있던 차가 급하게 유턴해 방향을 바꿨다. 차 안에선 약하게 튼 에어컨 소리 외에는 아무것도 나지 않았다.

나는 관심도 없는 창밖 풍경에 시선을 둔 채 거기에만 집중하려 애썼다. 쉽진 않았다. 자석의 N극을 만난 S극처럼 온 신경이 우진의 일거수일투족에 예민하게 반응하고 있었다.

거리엔 차가 없었고 우진이 속도를 낸 탓에 금세 가게 앞에 도착했다. 오늘은 토요일, 일주일에 한 번 할아버지의 반찬 가게가 쉬는 날이었다. 불이 꺼진 가게 안을 잠시 넋 놓고 보고 있던 나는 안전벨트를 풀어 주러 다가온 우진을 뒤늦게 알아채고 놀라 고개를 돌려 피했고, 그는 행동을 멈춘 채 날 내려다봤다.

"넌 변한 게 없어, 그때나 지금이나. 개처럼 꼬리를 흔들며 다가와 놓고선 가까이 가면 고양이처럼 발톱을 세우고 도망가."

우진이 점점 가까이 다가왔다. 화를 억누르듯 잠긴 목소리, 차갑게 타오르는 두 눈 안에 갇힌 나는 움직이지 못한 채 얼어 있었다.

"한 번만 더 그러면 발톱을 죄다 뽑아 버릴 거야."

목이라도 물어뜯을 것 같은 눈빛과는 달리 단정한 손은 내 안전벨트만을 풀고 물러섰다. 버튼을 눌러 잠긴 문을 여는 낮은 목소리에 자조가 섞여 있었다.

"혼자 피 보는 건 이제 질색이거든."

집으로 돌아온 나는 곧장 화장실에 들어가 변기를 부여잡고 먹은 걸 전부 게워 냈다. 거실에서 텔레비전을 보던 할아버지가 놀라 다가왔다.

"아이고, 어디서 뭘 먹고 들어온 겨? 한동안 뜸하더니! 괜찮은 겨? 병원 가 봐야 하는 거 아니여?"

토하고 나니 속은 괜찮아졌으나 잠은 오지 않았다. 우진 때문이었다. 이 거지 같은 우연한 만남 때문에 고통받고 있는 건 내가 아니라 우진이라는 생각. 내가 보이지 않아야 우진이 평온해질 거라는 생각. 그러니 내가 해 줄 수 있는 건 우진의 앞에서 사라지는 것뿐이라는 생각.

헤엄을 칠 수 없어 깊은 바다를 하염없이 허우적거리는 악몽을 꾸고 일어나니 메시지 하나가 와 있었다.

쌤, 나 좋다는 사람은 많지만 나는 쌤이 제일 좋아요. 앞으로도 계속 나 칭찬해 줘야 돼요. 쌤을 모네로 만든 천재 제자, 해나가.

- - -

계절 학기가 시작됐다. 어차피 필수도 아닌 교양 과목에, 교수도 아닌 강사. 아이들의 집중을 바라긴 무리였다. 새 선생을 맞이해 묘하게 들떠 있던 아이들은 내가 입을 뗀 지 10분 만에 매너리즘에 빠진 중년 직장인 같은 표정으로 변했다.

수업을 듣는 아이들은 소수뿐, 대부분은 졸거나 딴짓을 하다가 썩어 가는 박제 상어가 1,200만 달러에 팔렸다는 이야기에선 잠시 눈을 반짝이곤 다시 원래대로 돌아가곤 했다. 자존심이 상하거나 기분 나쁘진 않았다. 어차피 나도 돈 때문에 하는 일이었으니까.

수업 정리를 하고 학교를 나왔을 때는 점심때가 훌쩍 지난 오후였다. 먹기는 귀찮은데 움직이려면 열량이 필요해서 학교 근처 샌드위치 전문점에서 샌드위치를 포장해 나와 정류장으로 가던 길이었다. 시간 확인을 위해서 본 휴대폰은 배터리가 반이나 나가 있었다. 꼭두새벽부터 전화와 메시지 폭탄을 보내는 해나 때문이었다.

해나에게서 메시지를 받은 건 닷새 전, 더는 레슨을 못 하겠단 답을 한 이후론 내내 이 상태였다. 처음엔 전화를 받아서 갖은 이유를 대 가며 설득도 했지만 고집불통이었다.

레슨비를 돌려주겠다고 계좌를 알려 달라는 내 말을 무시한 채 제 할 말만 했는데, 오늘도 마찬가지였다. 가공할 만한 잡담으로 내 휴대폰 메시지 앱을 마비시켜 놓은 해나는 마지막에 이르러서야 내가 무시할 수 없는 얘기를 꺼냈다.

레슨비 직접 돌려받을래요. 어디서 만날까요? 쌤.

나는 현금 지급기에서 200만 원을 뽑아 해나를 만나러 갔다. 그러나 카페에서 만난 그녀는 돈을 받긴커녕, 레슨비가 모자라서 그런 거라면 더블로 줄 수 있다는 제안으로 날 붙잡으려 했다.

"돈 때문이 아니야."

"그럼 뭐 때문인데요?"

"얘기했잖아. 학교 스케줄 때문에."

"거짓말! 차라리 우리 오빠 때문이라면 몰라."

화가 난 해나가 막 던진 말에 가슴이 철렁했다. 그걸 알 리 없는 그녀는 주변을 한 번 둘러보더니 눈을 가늘게 뜨고 기밀을 얘기하듯 물었다.

"혹시, 우리 오빠가 고등학교 때 쌤 괴롭혔어요? 학교 폭력, 일진 뭐 그런 거?"

뜬금없는 추리에 긴장이 풀린 나는 웃으며 고개를 저었지만, 그 웃음은 얼마 가지 못했다.

"진짜 아니에요? 난 쌤이 우리 오빠만 보면 너무 긴장하길래."

"내가?"

"친구 사이라기엔 좀 그래 보여서."

우진이 돌 취급 했던 해나는 오빠를 닮아 예리한 구석이 있었다. 나는 굳어지는 표정을 애써 정리했다. 어린애한테 들킬 만큼 감정을 컨트롤하지 못한 스스로가 원망스러웠다. 그런 내가 우진은 얼마나 우스웠을까.

"어쨌든 난 그런 줄 알고, 쌤한테 딜 하러 왔죠. 오빠 없는 시간에 맞춰서 레슨하자고 하려구."

"해나야. 나는…."

"오빠 같이 안 살아요. 따로 살아. 부모님도 따로 살고. 나만 할머니랑 거기 살아요. 그래도 걸리는 거면, 쌤 학교에서 할까요? 레슨비 더 드릴게요. 네?"

아이처럼 조르는 해나를 나는 끝내 거절하지 못했다. 그녀의 눈에서 어릴 적 우진을 보았기 때문이었다. 거절이란 제 생에 없던, 모든 게 제 세상이었던 열아홉 우진.

레슨은 우리 집에서, 우진에겐 레슨을 그만뒀다는 거짓말을 하는 걸로 우리의 거래는 성사됐다. 해나는 생각지도 못한 선물을 받은 아이처럼 기뻐하며 날 끌어안았다.

"고마워요, 쌤. 나 진짜 쌤이 너무 좋아요"

막무가내의 포옹에 잠시 굳어 있던 나는 한 박자 늦게 등을 두드리며 응수했다.

"내가 더 고마워."

헤어지기 전 살 게 있다며 약국에 들른 해나는 내게 봉투를 안기고 택시를 탔다. 일련의 동작들이 너무 재빨라서 뭐냐고 물을 새도 없었다. 그녀가 탄 택시 회사와 번호를 체크한 후에야 봉투를 열어 봤다. 비타민, 자양 강장제, 피로 회복제, 철분제, 각종 영양제였다.

우리 쌤 오래오래 건강해서 나 레슨 대학 가기 전까지 해 달라구. 처음 봤을 때보다 쌤 좀 병약해진 것 같아요!

친절하게 이유를 설명해 주는 해나의 귀여운 메시지를 보며 나는 웃지 못했다.

우진과는 한동안 마주치지 않았다. 그게 내가 그를 피했기 때문이 아니라 그가 날 내버려 뒀기 때문이라는 건 아주 나중에야 알았다.

동호 오빠를 만난 건, 오전 강의를 끝내고 연구실로 돌아오던 미대 복도에서였다. 화구 거래 문제로 조교실에 들렀다 나오던 그는 창밖 화단에 핀 푸른 수국에 시선을 빼앗기고 선 나와 부딪쳤다. 떨어진 물건을 주워 든 것도, 서로를 알아본 것도 동시였다.

"영주야."

"오빠?"

잃어버린 가족을 만난 것처럼 오빠는 감격하며 날 끌어안았다. 잦은 포옹에 익숙해진 나는 해나 때보다 자연스럽게 반응할 수 있었다. 13년 만이었다.

우리는 전엔 창고였으나 지금은 나름대로 사무실 같아진 내 연구실에서 마주 앉아 얘기를 나눴다.

"대체 어떻게 된 거야? 말도 없이 그러고 사라져서 내가 얼마나 걱정한 줄 알아?"

"미안해. 미리 말 못 해서."

어차피 알게 될지도 모르고, 굳이 숨길 필요도 없는 일이라 전부 얘기했다. 기생충 같은 아버지 때문에 이사한 것. 할아버지는 근처에서 반찬 가게를 하고 있다는 것. 이곳 대학에서 시간 강사 자리를 맡게 되었다는 것까지. 단 하나, 우진에 관련된 건 빼고.

동호 오빠는 할 말을 헤아리는 표정으로 입을 다문 채 한동안 말이 없었다. 슬픈 동화를 들은 아이처럼 그렁그렁한 눈을 보고 있자니 웃음이 터졌다.

"지금 웃음이 나와? 바보야."

"다 지난 일인데, 뭐."

분위기를 바꾸기 위해 오빠의 아버지이자 화방 주인인 아저씨 안부를 물었다.

"무슨 바람이 불었는지 시골에 내려가선 꽃 농사를 짓겠대. 농사는 아무나 짓나? 덕분에 화방은 폐업이야. 여기 떨이하러 왔었어."

점심때가 가까워 같이 식사를 할 뻔했지만, 갑자기 걸려 온 전화로 무산됐다.

- 홍 교수, 지금 학교지?

"네."

- 그럼 당장 여기로 와. 월강.

"제가 선약이…."

- 홍 교수 앞날이 걸린 문제야! 얼른 튀어와.

학장은 제 할 말만 하고는 통화를 종료했고, 내 대답만으로 상황을 유추한 오빠는 괜찮다며 일어섰다.

"차 가지고 왔는데, 데려다줄까?"

월강은 학교에서 10분 정도 떨어진 번화가에 있는 중식당이었다. 오빠에게 시간만 빼앗아 미안하다는 사과와 다음엔 밥을 사겠다는 약속을 한 뒤 차에서 내렸다.

종업원의 안내를 받아 올라간 2층 룸에는 학장만 덩그러니 앉아 있었다. 앞날이 문제라고 급박하게 소리 지르더니 그는 휴대폰으로 고스톱을 치느라 내가 들어온 줄도 몰랐다.

"학장님."

"어? 아이고 우리, 뭐야. 홍 교수였어? 난 또! 놀랐잖아. 왔으면 기척을 내야지."

기척은 충분히 냈으며 학장님이 듣지 못했을 뿐이라는 반박은 굳이 하지 않은 채 테이블을 돌아 자리에 앉았다.

"하실 말씀이라는 게."

"그게, 말이지. 잠깐만."

학장은 내 말을 끊고 다시 고스톱을 치기 시작했고, 의지를 상실한 나는 붉은색 벽지에 화려하게 장식된 금박 무늬를 멀거니 바라보는 걸로 시간을 때웠다. 돈을 몽땅 잃었는지 벗겨진 이마가 새빨개질 만큼 화를 내고 나서야 학장은 휴대폰 액정을 껐다.

"근데, 이 싸가지는 왜 이렇게 안 와? 1시간도 전에 온다더니. 아무리 봐도 이사장님하고는 하나도 닮은 구석이 없는데, 그런 놈이 어떻게 그 핏줄에서 나왔는지."

아무래도 내 앞날을 결정하실 분은 1시간 전에 온다던 그 싸가지인 모양이었다. 참다못한 학장이 전화를 했고, 그 싸가지는 받지 않았다.

"요즘 어린 새끼들은 이렇게 어른 공경을 안 해."

학장이 신경질적으로 휴대폰을 끄고 막 나온 전채 요리에 젓가락을 댔을 때였다. 문이 열리더니 드디어 그 싸가지가 나타났다.

"늦어서 죄송합니다, 어린 새끼가."

나는 들고 있던 찻잔을 놓치지 않고 내려놓기 위해 있는 힘을 다해야 했다. 당황한 학장은 일어나 인사하며 정 대표에게 한 말이 아니라고 변명했고, 학장의 너스레에 정신을 차린 나는 뒤늦게 고개를 숙였다.

"이쪽이 내가 말했던 홍 교수."

"얘기 많이 들었어요. 정우진입니다."

악수를 청하며 내민 손이 단정했다.

"뭐 해? 안 잡고."

학장이 재촉한 후에야 나는 손을 내밀어 우진과 악수했다. 찰나였지만 손이 아플 만큼의 악력이 날 쥐었다 놓았다.

생각지 못한 우진과의 만남에 나는 고장 난 로봇처럼 삐걱거리며 실수를 연발했다. 젓가락을 놓치거나, 대화를 따라잡지 못하는 일은 아무것도 아니었다.

"오늘 왜 그래? 홍 교수. 정신 빠진 사람처럼."

"죄송합니다."

중간중간 들리는 대화로 알게 됐다. 내가 다니고 있는 이 대학 재단 이사장이 민 화백이고, 연로한 할머니를 대신해 손자인 우진이 그 일을 도맡아 하고 있다는 걸.

허탈한 나머지 웃음이 비집고 나왔다. 우진에게서 멀어지려고 갖은 애를 써 봤자, 결국 또 그의 영역 안이었다. 그는 내가 이곳에 다닌다는 걸 알았을까. 아니면, 혹시 그 전부터.

감히 이사장 대행을 앞에 두고 딴생각에 빠진 나를 학장이 팔을 두드려 깨웠다. 우진은 통화를 위해 잠깐 자리를 비운 상태였다. 학장은 혹시나 그 싸가지가 듣기라도 할까 엄청나게 작은 목소리로 날 나무랐다.

"홍 교수, 정신 차려. 아니꼬워도 저놈한테 잘 보여야 나중에 정교수 티오 나면 비벼 볼 수라도 있어. 저놈 눈 밖에 나면 아웃이야, 아웃. 내가 어떻게 마련한 자린데."

정교수고 뭐고 하던 강사마저 때려치워야 할지 모르는 상황이었지만, 알겠다고 맞장구쳤다.

요리와 함께 고량주가 세팅됐다. 우진은 40도가 넘는 술을 눈 한 번 찌푸리지 않고 마셨다. 죄 없는 학장에게 불똥이 튈까, 나는 거절하지 못하고 마셨다. 식도를 태울 것처럼 화한 술은 결국 기침을 하게 했다.

"홍 교수님은 술을 못 하시나 봅니다."

"네."

우진은 새삼스러운 눈으로 날 봤다. 가까이서 꽂히는 노골적인 그 시선을 무시하기 위해, 나는 잔에 남아 있던 술을 마저 마셨다.

잡다한 이야기들이 테이블을 오갔다. 우진의 주 사업인 미술품 거래에 관심을 보이던 학장은 곧 장학금으로 화제를 돌렸다.

"이번에 재단에서 우리 미대 애들 유학을 보내 준다고 들었네만."

"국내에서 썩기엔 아까운 인재들이라."

"비용이 만만치 않을 텐데. 솔직히 실력으로 고르자면 걔네들보다는 우리 홍 교수가 백배 낫지."

"그런가요?"

"정 대표 몰라? 홍 교수 그림으로 날렸잖아. 내 입으로 이런 말 하긴 뭐하지만 고3 때는 잠깐 내 애제자이기도 했지. 홍 교수 어릴 때 지금처럼 장학 제도가 좋아서 유학이라도 갔으면…. 잠깐, 그 정 대표도 해우 고등학교 나오지 않았어? 홍 교수도 여기로 이사 오기 전에 거기 다녔던데?"

타는 목을 축이려 잔에 급히 따르던 차가 테이블로 넘쳐흘렀다. 하필 우진이 있는 방향이었다. 수습할 새도 없이 차는 우진의 셔츠와 바지를 적셨다. 온 방에 퍼진 재스민 향기에 순간 정신이 아찔했다.

"죄송합니다."

벌써 몇 번째 하는지 모를 사과를 반복했다. 벨로 호출해도 오지 않는 종업원을 부르기 위해 학장은 룸을 나섰고 나는 급한 대로 냅킨으로 우진의 옷을 닦아 내기 시작했다. 정신이 반은 나가 있던 터라 내 손이 어디에 있는지도 몰랐다. 우진이 말하기 전까지.

"더 아래."

목에서 부서지는 숨에 거리가 너무 가깝다는 걸 깨달았다. 내 손이 그의 허벅지에 가 있다는 것도.

당황해 손을 거두려는 내 팔목을 우진이 붙잡았다.

"닦던 거 마저 닦아."

"나머진 대표님이 닦으세요."

"무슨 추접한 생각을 하는지 모르겠는데, 거기 말고 여기."

그는 의자를 약간 뒤로 빼곤 눈으로 아래를 가리켰다. 그의 시선 끝에는 구두가 있었다.

"더러운 건 질색이라."

그건 그것대로, 이건 이것대로 당혹스러웠다. 구두코에 맺힌 물방울 몇 개를 노려보는 채로 미동도 하지 않은 날 우진이 재촉했다.

"이쪽이 더 맘에 들어?"

그는 꼬고 있던 다리를 친절하게 벌려 이쪽이 어딘지 알려 줬다. 나는 논쟁을 포기한 채 무릎을 굽혀 바닥에 앉았다. 집요한 시선이 머리부터 날 집어삼키기 시작했다.

양쪽 구두의 물기를 다 닦아 냈을 때쯤에야 돌아온 학장과 종업원은 테이블 아래에 있는 날 보곤 당황해했다.

"아니, 대체 거기서 뭐 해? 홍 교수."

"제가 닦겠습니다, 손님."

일어나기 무섭게 종업원이 다가와 물걸레와 수건으로 바닥과 테이블 위를 빠르게 닦아 냈다. 정리를 끝낸 종업원이 룸을 나가자 학장이 서둘러 입을 열었다. 본인이 자리를 비운 사이 룸을 장악한 이 불편한 공기를 얼른 없애 버리려는 것처럼.

"2학기에 전공 수업이 더 있거든, 현대 미술사. 그걸 홍 교수가 맡으면 어떨까 싶은데. 다른 학교에서 이미 몇 번 강의한 적도 있고, 애들 평가도 좋고."

"그거야, 학장님이 알아서 하실 일이죠."

"그치? 이런 학내 문제는 당연히 내가 알아서 해야지."

학장은 기분이 좋아진 듯 웃더니 비어 있는 우진의 술잔과 내 잔에 술을 따랐다.

"자 그럼, 우거지! 우리 우아하고 거룩하고 지성 있는 미대를 위해서 건배."

잔을 들고 건배사를 하는 학장을 귀찮은 듯 보던 우진은 그래도 시늉을 해 주더니 잔을 비웠다.

마시지도 못하는 술을 나 역시 한 번에 털어 넣었다. 발톱을 세우면 죄다 뽑아 버리겠단 우진의 말이 왜 그때 떠올랐는지 잘 모르겠다. 다만, 궁금했다. 내가 널 할퀴면 넌 정말 내 발톱을 뽑아 버릴지.

식사가 끝나고 일어서기 무섭게 술기운에 휘청거리는 나를 우진이 잡아챘다. 팔목을 틀어쥔 손이 뜨거웠다. 언젠가 나를 붙잡았던 그 손처럼.

우진을 보내고 학교로 돌아오는 길. 학장은 숙취 해소 음료를 손수 사 쥐여 줬다. 원래 그렇게까지 싹퉁머리 없는 자식은 아닌데, 오늘은 무슨 기분 나쁜 일이 있었던 모양이라고, 그렇다고 홍 교수한테 화풀이해도 된단 말은 아니지만 어쨌든 착한 홍 교수가 이해하라는 말도 덧붙였다.

나는 괜찮단 말 대신 알겠다고 말했다. 괜찮지 않았고, 엿같은 거짓말도 오늘은 더 이상 하고 싶지 않았다.

연구실로 돌아와 쓰러지듯 책상에 엎어졌다. 눈을 떴을 땐 걷힌 블라인드 너머의 하늘이 어느덧 검게 물들어 있었다. 짐을 챙겨 나서며 휴대폰을 확인했다. 동호 오빠에게 메시지가 와 있었다.

사 준다고 했던 밥, 금요일에 사 주라.

알겠다고 메시지를 보냈고, 답은 금방 왔다.

6시에 봐. 데리러 가기 전에 연락할게.

- - -

수업도 레슨도 없는 금요일, 우진을 만난 이후로 내내 설쳤던 잠을 몰아 자느라 오후가 되어서야 일어났다. 다행히 약속 시간 전이었다.

샤워한 후 옷을 챙겨 입고 나왔더니 할아버지가 미처 끄지 않은 텔레비전에선 오후 뉴스가 한창이었다. 리모컨을 눌러 전원을 끄려던 나는 화면에 뜬 익숙한 얼굴에 동작을 멈췄다.

> WJ ARTPICK, 현대 미술전 개최. 국내 미술품 거래 시장 활성화에 주축 되나.

　우진은 슈트를 입은 채 차가운 얼굴로 기자들 앞에 앉아 있었다. 그 얼굴에 열아홉, 포디움에 올라 웃던 어린 우진의 얼굴이 겹쳐 보였다. 넋을 놓고 있자니 휴대폰이 울렸다. 동호 오빠였다. 자꾸만 뒤를 잡아채는 우진에게서 가까스로 시선을 뗀 나는 텔레비전을 끄고 집을 나섰다.
　밥을 사 달라고 해 놓고선 결국 이번에도 계산까지 한 오빠는 같이 갈 데가 있다고 했다. 시내를 벗어난 차는 도로를 달려 교외로 빠져나갔다. 나는 묘하게 익숙한 풍경에 기시감을 느꼈는데 그게 단순한 감이 아니라 진짜 와 봤기 때문이라는 걸 곧 알게 됐다.
　"여기는 왜…."
　"실은 나 여기 오프닝 파티 초대받았거든. 인맥 쌓아 그림 팔려면 꼭 참석은 해야 하는데, 너도 같이 가면 좋을 것 같아서. 미리 말 안 해서 미안해. 알면 네가 안 간다고 할까 봐."
　차는 WJ ARTPICK의 주차장으로 미끄러져 들어갔다. 당장이라도 도망치고 싶은 마음이 굴뚝같았다. 무슨 핑계를 대서든 집으로 돌아갈 생각이었는데, 눈에 띄게 화색이 도는 오빠를 보는 순간 그럴 수가 없어졌다.
　"처음 전화 연락받았을 때 꿈인 줄 알았어. 좋아서 까무러칠 뻔했다니까."

파티가 있는 갤러리는 본 건물의 오른쪽에 미니어처처럼 달린 작은 건물이었다. 클래식이 흐르는 내부는 정갈했고, 벌써 많은 사람이 와 있었다. 들어가자 사람들과 대화 중이던 여자가 나와 인사했다.

"오셨어요, 최 작가님. 잘 지내셨어요?"

"저야 늘 잘 지내죠."

동호 오빠 옆에 선 나를 본 채원은 놀란 표정을 감추지 못했다. 나는 비교적 침착하게 그녀에게 인사할 수 있었다.

"또 보네, 채원아."

"그러게. 또 봐도 반가워, 영주야."

"두 사람 아는 사이예요?"

"고등학교 동창이야."

"최 작가님, 죄송한데 저 영주 잠깐만 빌려 가도 될까요? 둘이서 얘기할 게 있어서."

"네, 네. 그러세요."

동호 오빠에게 인사한 채원은 나를 데리고 계단을 올랐다. 복층에 위치한 이 공간은 자재와 인테리어 물품들을 쌓아 놓다시피 한 창고 자리라 사람들 눈을 피하기 딱이었다.

"깜짝 놀랐잖아. 연락은 하고 오지."

"미안. 나도 몰랐어."

"사과하지 말라니까 거 되게 말 안 듣네."

습관처럼 또 나오는 미안하다는 말을 서둘러 삼키는 날 채원은 장난스레 흘겼다.

"왜 왔는지 안 물어?"

"올 일이 있으니까 왔겠지. 온 김에 그림 구경 실컷 하고, 와

인도 실컷 마시고, 사람들도 실컷 만나고 가. 애들만 가르치는 데 낭비하기엔 네 실력이 아깝잖아."

인맥 때문에 우리가 사는 그림이 있는데 진짜 내 발가락도 울고 갈 수준이라고, 채원은 귓속말로 농담했다.

"그나저나, 괜찮겠어? 좀 있으면 우진이 올 텐데."

눈빛이 걱정스러웠다. 어떻게 그렇게 잘 아는지 모르겠지만 채원은 내가 우진을 불편해하고 있다는 걸 일찌감치 눈치채고 있는 것 같았다. 나는 웃으며 고갤 끄덕였다.

"괜찮아."

"다행이네."

"채원아."

자리를 오래 비워 둘 수 없다며 가 봐야겠다는 그녀를 불러 세웠다. 무슨 일이냐고 묻기 전에 먼저 이야기했다.

"나 이제 우진이 그만 피하려고."

"응?"

"피한다고 피해 봤는데 소용이 없더라."

그 말은 오랫동안 준비라도 했던 것처럼 자연스럽게 흘러나왔다. 실은 하면서 스스로도 놀라는 중이었다. 내 속마음이 이랬었나 하고.

채원은 아무 말 없이 한동안 나를 보기만 하더니 성큼성큼 다가왔다. 따뜻하고 부드러운 팔이 물러서기 직전의 날 서둘러 끌어안았다. 등을 토닥이는 다정한 손길. 요 근래 타인과 하는 세 번째 포옹이었다.

"네 일인데 왜 나한테 보고를 해. 네 마음 가는 대로 해. 근데 영주야."

"어?"

"너 되게 좋은 냄새 난다. 무슨 향수 써? 살냄새라는 말은 사양이야."

음흉한 표정으로 채원은 내 목에 얼굴을 대고 킁킁거렸고. 그제야 나는 긴장이 풀려 조금 웃었다. 벨이 울렸다. 전화를 받은 그녀는 이제 정말 가 봐야겠다고 급하게 자리를 떠났다.

아무도 없는 공간엔 또 나 혼자였다. 그런데도 나는 그곳을 떠나지 못한 채 서 있었다. 난간 너머로 아래를 내려다봤다. 어둡고 엉망인 이곳과는 달리 그림이 걸린 갤러리는 환한 조명 아래에서 우아하게 빛났다. 내 그림도 저런 곳에 걸리길 바랐던 날이 내게도 있었는데.

"그럼 술래잡기는 그만하는 거야?"

우진은 어슴푸레한 조명 아래에 그림처럼 있었다.

"잘됐네. 지겨워질 참이었는데."

09. 탱고

　채원은 내게 그만 사과하라고 했지만, 그녀에게도 우진은 예외였다.
　13년 전 그날 그렇게 우진을 떠나고 나서, 나 때문에 돌아오던 우진이 그 사고를 겪고 나서부턴 늘 미안했다. 그러고 보니 아직 사과조차 제대로 하지 못했다. 마주치면 피하고, 도망치기만 바빴지. 나는 너와 재회하고 나서도 여전히 비겁했구나.
　"미안해."
　여전히 도망치고 싶은 마음을 억누르고 그 자리에 선 채 나는 말했다. 입에 붙은 사과를 또다시 반복하는 날 우진은 잠자코 보고 있었다.
　"그때는 그게 최선이라고 생각했어."
　하고 싶은 말은 훨씬 많았지만 삼켰다. 구구절절 이야기해 봤자 전부 자기변호에 변명일 뿐이었다.
　침묵이 내려앉았다. 조명이 어둡고 거리가 있었던 탓에 우진이 어떤 표정을 하고 있는지는 알 수 없었다.

"끝이야?"

도무지 깨어질 것 같지 않은 정적을 우진이 깨뜨렸다.

생각지도 못한 질문에 담긴 의미를 생각하느라 제때 답을 하지 못한 나는, 물끄러미 날 보기만 하던 우진이 내게로 다가오는 걸 깨닫고 나서야 입을 열었다.

"어, 끝이야. 피하진 않겠지만 눈에 띄지도 않을게. 그러니까 너도 끝내."

"뭘?"

"나한테 네 인생 낭비하는 거."

진심이었다. 지금처럼 평정을 가장한 악에 받친 목소리가 아니라, 무릎 꿇고 빌고 싶었다는 것만 빼고.

우진의 얼굴을 마주하면 내가 무너질까 봐, 모른 척 무시한 채 지나치려 했지만 몇 걸음도 떼지 않아 팔이 붙잡혔다.

"넌 늘 나한테 불가능한 것만 바라네."

어느새 코앞까지 다가와 입술부터 부딪치는 그를 나는 처음엔 가까스로 피할 수 있었지만, 두 번짼 피하지 못했다.

갈증에 허덕이는 짐승처럼 거친 입맞춤은 우진이 아직도 날 원하는 걸지도 모른다는 착각을 하게 만들었다. 미워하고 원망하고 싶은 거지, 아직도 날 사랑해서 이러는 게 아니라고. 헛된 희망에 부푸는 마음을 억눌렀지만 그와 겹쳐진 몸은 우습게도 벌써 들뜨고 있었다.

힘든 일이라고는 해 본 적 없는 단아한 손이 내 블라우스 단추를 풀어 젖혔다. 핏줄이 도드라진 오른 손등에는 아직 상흔이 남아 있었다. 우진을 재회하던 날, 깨진 유리창을 망설임 없이 뚫고 들어오던 커다란 손이 떠올랐다. 날 살리기도, 죽이기도 하는 손. 그 손이 이번엔 날 흥분시켰다.

　우진 이후로 단 한 번도 남자를 사귄 적은 없었지만 이렇다 할 성욕 같은 건 느끼진 않고 살았다. 마치 우진을 만나기 전 어렸던 나처럼.

　거짓말처럼 재회했을 때만 해도 별다르지 않았었는데, 그와 닿고, 입술을 섞고, 몸이 뒤엉키는 순간 감각은 쉽게 기억해 냈다. 우진과의 키스가 얼마나 황홀한지. 그의 손이 닿은 곳마다 꽃처럼 퍼지던 열기와 긴장으로 떨리던 몸 같은 것들.

　다리 사이를 짓누르는 힘, 블라우스 안을 파고드는 손에 신음을 삼키다 말고 나는 빈 웃음을 흘렸다. 다 무너져 가는 성도 나처럼 쉽게 함락되지 않은 거란 생각이 들어서였다. 어쩌면 나는 처음부터 이럴 생각이었는지도 모르겠다. 그래서 우진을 필사적으로 피하지도, 밀어내지도 않았을지도.

　자아가 없는 인형처럼 우진이 혀를 섞으면 섞는 대로 만지면 만지는 대로 몸을 떨고, 신음을 죽이고, 주저앉지 않기 위해 버티고 있던 나는 다음 순간, 그의 목을 끌어당겨 먼저 키스했다. 이성 따위 날려 버린 채 욕망만 남은 짐승처럼 그의 혀를 붙잡고, 허리를 붙이며 그에게 매달렸다.

　올려다본 우진의 얼굴이 굳어졌다. 나는 아쉬운 듯 그에게서 떨어지곤 침으로 질척이는 입술로 개처럼 헐떡대며 그의 가슴에 가시를 박았다.

　"네가 원하는 게 이런 것 같아서. 싫어?"

　억지로 입술을 끌어 올려 웃는 날 내려다보는 우진은 말이 없었다. 우리의 숨소리가 가득했던 복도에는 갤러리에서 흘러나오는 음악 소리만 희미하게 울리고 있었다.

둘 중 하나는 떠나야 여기서 벗어날 수 있는데, 우진이 그러지 않는다면 내가 해야 했다. 나는 벽에 기댄 몸부터 일으킨 채 그의 가슴을 밀었다. 웬일로 물러서나 싶었던 우진은 내 손을 붙잡아 채더니 다시 벽 쪽으로 처박았다. 본능적으로 반항하며 몸을 뒤틀던 나는 다음 순간, 발버둥을 멈췄다.

긴 손가락이 구겨진 블라우스를 아래로 털어 내리고, 단추를 잠그고, 엉망이 된 셔츠 깃을 제자리로 눌러 정리했다. 목 끝까지 잠긴 내 블라우스 단추를 다시 한번 확인하고 나서야 우진은 돌아섰다.

"난 열아홉 때부터 너랑 섹스하는 꿈을 꿨어."

한참 동안 소식이 없는 내가 걱정이 되었던지 동호 오빠가 날 찾으러 왔다. 그때까지도 멍청히 그곳에 주저앉아 있던 나는 뒤늦게 일어나 사과했다.

"미안."

"아니야, 근데 너 얼굴이 왜 그래? 채원 씨랑 무슨 일 있었어?"

"일은 무슨. 나가자."

자리를 비운 사이 오프닝 파티는 중반에 이르러 있었다. 멀리 보이는 우진은 잘난 얼굴로 우아하게 와인을 마시며 사람들과 대화 중이었다.

"저 남자가 여기 대표, 정우진이야."

신이 난 오빠가 설명했다.

"직접 본 건 처음인데, 잘생겼네. 남자가 봐도 반하겠다."

나는 웃음으로 답을 때운 후 세팅된 와인 잔 중 하나를 들었다. 제정신으로는 여기서 더 버틸 수 없을 것 같았다.

이 사람은 누구고, 저건 누구 그림이고, 오빠의 말에 적당히 대꾸해 주며 자리를 이동하다 보니 어느덧 우진과 가까워져 있었다. 자연스럽게 반대쪽으로 방향을 바꾸려고 했지만 우진이 다가오는 바람에 멈춰 설 수밖에 없었다.

"최동호 작가님?"

먼저 말을 건 건 우진이었다. 생각지도 못한 대표의 알은체에 동호 오빠는 긴장했으나 기쁜 기색이 역력했다.

"안녕하세요, 대표님."

"처음 뵙겠습니다. 정우진입니다."

말투는 정중하고 표정은 상냥했다. 좀 전에 나와 함께 있던 사람이라곤 생각지 못할 만큼.

"다들 작가님 작품에 관심이 많아요."

"다 대표님께서 잘 봐 주신 덕이죠."

화기애애한 대화를 나누는 두 사람 사이에서 나 홀로 얼어붙어 있었다. 적당한 틈을 봐 자리를 피하려는데, 우진이 내 이름을 부르는 바람에 발이 묶였다.

"어디 가, 홍영주."

어렵기만 한 대표가 친근하게 부른 내 이름에 동호 오빠가 놀라 입을 벌렸다.

"두 사람도 아는 사이예요?"

"그 이상이죠."

채원과 같은 고등학교 동창이라고 설명하려던 나는 우진의 대답에 밀려 입을 다물었다.

"그래요? 영주야, 왜 미리 얘기 안 했어?"

"부담스러웠을 거예요. 다들 그러니까."

"아, 하긴."

동호 오빠는 수긍한 듯 고개를 끄덕이곤 부러운 듯 나를 봤다. 누구에게나 살갑고 가끔은 눈치라곤 없는 오빠의 성격이 오늘만큼 원망스러운 적도 없었다.

동호 오빠는 우진과 대화하느라 내가 단 한마디도 하지 않았다는 사실을 눈치채지 못했고, 나는 새 와인을 가져오겠다는 핑계로 드디어 그들에게서 벗어났다.

갤러리 한쪽의 테이블에는 케이터링 업체에서 준비한 핑거 푸드들이 줄을 맞춰 늘어서 있었다. 한입 크기의 앙증맞은 음식들은 손을 대기 아까울 만큼 예뻤다. 나는 두 잔째 와인을 마시고, 식용 꽃이 올라간 크래커 하나를 깨물었다. 아무런 맛도 느껴지지 않았다. 당연했다. 뭔가를 느낄 만한 여유가 지금의 내겐 없었다.

바이올린과 비올라, 첼로를 든 사람들이 각각의 악기를 챙겨 자리를 뜰 준비를 하고 있었다. 그 뒤에서 통화하며 바쁘게 걸어온 채원이 우진에게로 향했다. 대화 상대를 잃은 동호 오빠가 내게 다가와 상황을 설명했다.

"도슨트 펑크 났대."

"어?"

"배탈이 났다나 봐."

미술에 관심 있는 사람이라면 누구나 알 만한 유명 작가들의 작품이라 팸플릿의 설명만으로도 관람하기는 충분했다. 나는 팸플릿에서 봤던 낯익은 이름을 떠올리고 웃었다. 도슨트, S대 미술 대학 학장 서양화가, 구봉림. 성공할 팔자가 아닌 건 학장도 마찬가지였다.

뒤늦게 오르는 취기에 테이블에 기대서 있자니 동호 오빠가 옆구리를 쿡 찌르며 속삭였다.
 "영주 네가 한번 해 보는 건 어때?"
 "말도 안 되는 소리 마. 내가 무슨…."
 "해."
 등 뒤에서 들리는 음성에 돌아봤더니 분명 저만치에 있었던 우진이 어느새 내 곁에 서 있었다. 놀라 비틀거리는 내 손에서 그는 빈 와인 잔부터 낚아채 테이블에 올렸다.
 "해, 네가."
 "못 해."
 "사지 멀쩡한데 왜 못 해."
 "못 해."
 우리의 대치 상황을 보다 못한 동호 오빠가 내 편을 들었다.
 "그게 사실 영주가 조금 취하기도 했고…."
 "최 작가님."
 "네?"
 "뭘 모를 땐 빠져 계시죠."
 우진의 말에 순간 오빠는 벙쪄 얼굴이 새빨개졌다. 나에게는 몰라도 상관없는 사람에게까지 무례한 건 참을 수 없었다. 나는 우두커니 선 오빠를 이끌고 돌아섰다. 겨우 한 발짝을 떼었을 때, 우진이 말했다.
 "최 작가님 나머지 그림도 저희가 사죠."
 오빠가 걸음을 멈추고 돌아봤다.
 "단, 홍영주가 내 제안을 허락한다는 전제하에."

- - - -

몰려드는 사람들 앞에 선 것까진 어렴풋이 기억난다. 괜찮다고, 내 그림은 내가 알아서 파는 거지, 네가 도와줄 일은 아니라고 손사래 치는 동호 오빠를 설득하는 게 꽤 힘들었다는 것도.

내 일에 나보다 더 들뜬 채원이 내 소개를 했을 때, 흩어져 있던 사람들의 이목이 집중됐다. 우진은 사람들과 다소 떨어진 갤러리 구석 기둥에 기대선 채 날 보고 있었다. 숨쉬기가 힘들어진 건 그때부터였다. 당황하기 무섭게 차오르는 숨을 고르기 위해 애썼지만 쉽지 않았다.

나의 첫 공황 발작은 열아홉, 우진의 사고를 접한 지 사흘째가 되던 어느 날, 버스 정류장에서였다. 금요일 퇴근 시간, 교통 체증으로 버스가 제시간에 도착하지 않는 바람에 정류장은 사람들로 발 디딜 틈 없이 가득 찼다.

건너편 고층 빌딩에 걸린 전광판 영상이 공익 광고로 바뀌었다. 국가 대표 선수들이 돌아가며 찍은 광고였는데 늘 그 마지막은 우진이었다. 화면 속 우진의 웃는 얼굴을 마주하고 있자니 어째서인지 자꾸만 숨이 차올랐다.

그저 기분 탓이라 여겼지만 곧 그게 아니란 걸 깨달았다. 귓가를 울리는 이명과 멀어지는 시야. 정신을 차렸을 땐 병원 응급실이었고, 얼굴이 백지장이 된 할아버지가 내 손을 잡은 채 울고 있었다.

"정신이 든 겨? 아이고, 영주야. 우리 영주."

자초지종을 들은 의사는 한 단어로 내 병명을 정리했다. 공황장애. 사고가 난 사람은 우진인데, 어째서 내게 그따위 게 생긴 건지 알 수 없었다.

"최근에 스트레스를 많이 받는 상황이 있었나 봐요."

의사의 말에 할아버지가 날 봤다. 죄책감과 안쓰러움이 점철된 시선을 마주한 채 나는 거짓을 말했다.

"입시 때문에 좀 힘들었어요."

할아버지를 걱정시키고 싶지 않아 병원을 꾸준히 다니고, 약을 먹어도 큰 차도를 보이지 않던 내 증상은 우진이 은퇴하고, 매체에서 그의 얼굴을 보기 힘들어질수록 거짓말처럼 호전되어 갔다. 완전히 나은 거라고 착각했다. 그와 재회하기 전까진.

채원의 비명과 사람들이 웅성거리던 소리. 세상이 기운 게 아니라 내가 기울고 있다는 걸 그제야 알아챈 나는, 흐려지는 시야 너머로 어울리지 않게 굳어 가던 우진의 얼굴을 보곤 쓰게 웃었다.
그러게. 나한테 시간 낭비하지 말라니까.
내 이름을 부르며 달려오는 동호 오빠를 언뜻 봤던 것도 같다. 그런데 그 이상은 도무지 모르겠다. 내가, 어떻게 갤러리를 나와 이곳 우진의 사무실 소파에 누워 있게 된 건지.
무거운 눈꺼풀을 억지로 들어 올리자 그새 익숙해진 뒷모습이 시야에 들어왔다. 우진이었다.

　차 사고로 우진과 처음 재회하던 날의 나는 도망치기 바빴지만, 오늘의 나는 도망은커녕 그럴 생각조차 하지 못했다. 자는 척 상황을 회피하지도 않았다. 그저 누군가와 통화를 마치고 내게로 돌아오는 우진을 멀거니 바라보고만 있었다. 마지막으로 본 동호 오빠는 어디 가고 어째서 우진과 함께 이곳에 있는가를 생각하면서.

　"잘했어. 덕분에 이번 파티는 망했어."

　깨어난 나를 내려다보며 우진은 칭찬했다. 표정이 통화 중일 때보다 눈에 띄게 나아져 있었다. 그때, 수영장에서 죽었다 살아난 내가 처음 봤던 너도 딱 그런 표정이었는데.

　이마로 흘러 내려온 내 머리칼을 쓸어 넘기는 손길이 다정했다. 미안하다고, 이번에도 내가 잘못했다고, 사과하고 싶었는데 벌어진 입술에서는 아무런 소리도 나오지 않았다.

　조도가 낮은 스탠드의 조명 불빛과 흐트러진 상태인데도 여전히 근사한 우진의 얼굴이 서서히 멀어져 갔다. 쏟아지는 잠을 이기지 못해 결국 눈을 감은 내 귓가로 그의 목소리가 자장가처럼 내려앉았다.

　"잘 자, 홍영주."

- - -

　그날은 폭우가 쏟아졌었다. 가짜 그림을 들고 사라진 아버지는 소식을 끊었고, 우진은 이틀 뒤 전지훈련을 준비하느라, 할아버지는 이삿짐을 챙기느라 바빴다.

늦은 오후가 되어서야 학교 미술실에서 나와 버스를 탔다. 넋을 놓고 앉아 있다가 내리고 나서야 이곳은 우리 집과는 거리가 떨어진 민 화백, 우진의 집 근처 정류장이라는 걸 깨달았다.

이사가 코앞이었다. 이제 우진을 볼 수 있는 날도 정말 얼마 남지 않았다.

뭐에 홀린 사람처럼 우진의 집 앞까지 걸어갔지만, 그뿐이었다. 철옹성처럼 굳게 닫힌 대문을 한동안 보기만 하던 나는 그대로 발길을 돌렸다. 훈련 중인 우진이 집에 있을 리도 없었고, 있다 해도 지금 기분으론 아무렇게 않게 우진을 대할 수는 없을 것 같았다.

정류장에 도착하기 전에 김규찬과 우연히 만났다. 김규찬은 요즘 거래에 성실하지 않은 나를 상도덕이 없다며 힐난하더니, 내 표정을 보곤 잠깐 말을 멈췄다.

"무슨 일 있냐? 우진이랑 싸웠어?"

이젠 내 안부를 물으면서도 우진의 이야기가 나왔다. 불과 몇 달 전엔 눈길조차 주지 않던 우진과 내 사이가 이렇게나 가까워진 게 새삼 꿈처럼 느껴졌다.

"장사 접을 거야."

"아니, 갑자기 장사는, 왜. 로또 됐어? 그런 거야?"

"이참에 너도 담배 끊어."

"우진이가 하지 말래? 맞지? 하여튼 또라이 새끼, 지가 뭔데 여친 상거래까지 간섭이야. 다른 놈 만나는 거 거슬리면 왜, 수갑 채워서 데리고 다니지. 아이 영주야, 그래도 나는 우진이 절친인데 나 정도는 그냥 거래…. 저거 봐, 저거 봐. 또 또 자기 할 말만 하고 가는 거. 정우진 나쁜 버릇 닮지 말라니까!"

비는 정류장에 도착하자마자 쏟아지기 시작했다. 점점 거세지는 바람을 이기지 못한 가로수의 가지에서 푸른 잎이 떨어져 내렸다.

휴대폰이 진동했다. 할아버지였다. 비도 오는데 집에 안 오냐고, 우산 없으면 데리러 가겠다는 할아버지를 지금은 미술실이고 우진과 만나 저녁을 먹고 가겠단 거짓말로 안심시켰다. 전화를 끊은 지 얼마 되지 않아 다시 액정이 깜빡였다. 이번엔 다른 사람이었다.

정우진.

입 싼 김규찬이 그사이 우진에게 내 소식을 가져다 나른 게 분명했다. 나는 촉새 김규찬이 고마운 한편 미웠다. 우진이 내게 연락을 하게 만든 건 고마운데, 막상 온 연락을 받을 엄두가 나지 않으니 미웠다.

휴대폰을 무음으로 바꿔 놓은 채 마침 도착한 버스에 무작정 올라탔다. 에어컨이 약하게 켜진 버스 차창엔 바깥과의 온도 차로 김이 어렸다. 손바닥으로 창을 문질러 그 사이로 창밖 풍경을 멍청히 구경하는 사이, 어느덧 회차지였다.

다행히도 비는 그쳐 있었다. 기사님께 인사를 하고 아무 생각 없이 내리고 보니 전혀 모르는 동네였다. 다시 돌아갈까 하고 돌아봤더니 버스는 이미 떠난 후. 회차지엔 주황색 차단봉만 바람에 흔들리고 있었다.

하늘이 여전히 어두컴컴하다 했다. 잠시 소강상태가 되었던 비는 자의로 바보짓을 한 나를 나무라듯 다시 쏟아지기 시작했다. 나는 근처의 문을 닫은 가게의 차양 아래로 도망치듯 들어갔다.

화구 상자는 옆에 내려놓은 채 바닥에 쪼그려 앉았다. 시간 확인을 위해 휴대폰을 꺼내 봤더니 이제 막 7시 반. 메시지와 부재중 전화가 많이도 들어와 있었다. 모두 우진이었다.

답을 해야 하나 말아야 하나, 전화를 해야 하나 말아야 하나. 빗방울이 튀어 오르는 액정을 보며 고민하는 사이, 휴대폰이 재차 진동하기 시작했다. 화면에 우진의 이름이 떴다. 한참을 망설이던 나는 젖은 손을 닦아 내곤 전화를 받았다.

- 너 지금 어디야?

"모르겠어."

우진은 1시간이나 지나서 내 앞에 나타났다. 택시에서 내린 그는 트레이닝복 차림이었는데 온몸이 물에 빠진 사람처럼 쫄딱 젖어 있었다.

"대체 여기서 뭐 하는 거야!"

"훈련하다 온 거야?"

"지금 그게 궁금해? 넌 전화를 안 받지. 할아버지는 나한테 네 안부를 묻지. 내가 얼마나…."

"나랑 잘래?"

맞고 선 비를 피하지도 않고 소리치던 우진이 입을 다물었다. 나는 추위에 덜덜 떨리는 목소리로 다시 말했다.

"나랑 자자, 우진아."

우진은 그때부터 단 한마디도 하지 않은 채 나를 택시에 태우곤 제집으로 데려갔다. 현관으로 들어선 나를 개 한 마리와 사람 셋이 반겼다. 자리를 비운 민 화백 대신 머물고 있는 우진의 부모님과 여동생이었다.

"어머, 웬일이니. 영주야, 비는 왜 이렇게 맞았어?"

"할아버님께는 내가 말씀드릴 테니까 오늘은 자고 가."

우두커니 선 내 손을 고사리손이 끌어다 잡았다. 따뜻하고 보드라운 촉감에 내려다보자 우진의 어린 여동생이 어설프게 내 이름을 따라 불렀다. 과분한 환대에 목이 멘 나는 아무 말도 하지 못했다. 주저앉은 채 우동이에게 입술을 공격당하고 있던 우진이 그런 날 올려다보며 웃었다.

"그래, 자고 가."

그날 밤, 나는 우진의 방에서, 우진은 손님방에서 잤다. 샤워를 하고 우진의 옷을 빌려 입은 나는 우진의 침대에 누워 우진의 이불을 덮었다. 사방에서 풍기는 우진의 향기에도 피로는 잠을 불렀다.

자기 전 할아버지와 통화했다. 우진이 놈도 사내놈이니께 절대 방심은 하지 말라는 할아버지의 서슬 퍼런 경고를 듣고 조금 웃었다.

불을 켠 채로 잠에 빠져들었고, 잠결에 우진이 들어와 전등을 끄는 기척이 느껴졌다. 깊은 수면에 빠지기 전 들리던 우진의 목소리와 조심스레 이마에 닿던 입술의 온기.

"잘 자, 홍영주."

그게 마지막이라고 생각했어.

- - -

꿈에서 깨어났을 땐 여전히 사무실 안이었고, 우진은 맞은편 소파에 앉아 잠든 채였다. 유리 송곳처럼 날 선 눈동자를 감춘 그는 강아지처럼 순해 보였다.

일어나 앉으려다 손목에 뭔가 거슬려 보니 링거 바늘이 꽂혀 있었다. 테이핑을 제거하고 바늘을 빼려는 나를 어느새 일어난 우진이 말렸다.

"기다려."

성큼 걸어와 곁에 앉은 우진이 탁자에 있던 트레이에서 소독솜을 꺼냈다. 바늘을 빼고 상처에 솜을 누른 다음 반창고까지 덧댄 후에야 우진은 일어났다.

그는 내가 소파에서 내려서길 기다렸다가 먼저 돌아서 밖으로 향했다. 알아서 가겠다는 나를 무시한 우진이 엘리베이터에 들어서 지하 1층을 눌렀다. 주차장이었다.

말다툼할 기운이 없었던 나는 우진을 따라가 그의 차에 올라탔다. 더운 날씨임에도 그는 에어컨을 틀지 않은 채 창을 열었다. 옆자리에 탄 환자 때문이었다.

"오빠는?"

뒤늦게 생각이 나 물었다. 우진은 동문서답을 했다.

"무슨 관계야?"

"아는 오빠야."

대화는 거기서 끝났다. 더 캐물어 봤자 원하는 답을 얻지 못할 걸 아는 나는 입을 다물었고, 우진 역시 더는 궁금하지 않다는 듯 질문을 멈췄다.

차는 사거리에서 좌회전했다. 나는 어둠이 짙게 내린 밤하늘만 쳐다보고 있다가 의아해 그를 쳐다봤다.

"어디 가는 거야?"

"우리 집."

"내려 줘."

내 완곡한 의사 표현을 우진은 듣는 척도 하지 않았다.

어렸을 때였다면 안전벨트를 풀고 뛰어내리는 시늉이라도 했을 텐데. 머리가 크고 찌든 나는 우진이 내가 그러도록 놔둘 리 없다는 걸 너무나도 잘 알았다. 포기한 채 그에게서 시선을 거두곤 눈을 감았다. 도착한 후에 진짜 우리 집으로 돌아가도 늦지 않다고 판단했다.

차는 익숙한 도로로 진입했다. 고급 단독 주택들이 즐비한 곳. 멀리 보이는 집의 외양이 익숙했다. 민 화백과 해나가 사는 집이었다. 독립해 나가 산다는 우진의 빌라가 아니라.

자동으로 입을 벌린 차고 안으로 차가 들어섰다. 시동을 끈 채 앞장서는 우진의 뒤를 따라나섰다. 계단을 오르자 너른 정원이 모습을 드러냈다. 우진은 곧장 현관으로 향했다. 어쩐지 피로가 느껴지는 뒷모습에서 눈을 떼지 못하던 나는 대문 쪽으로 걸음을 옮겼다.

"피하지 않겠다며?"

돌아보지 않았지만 그가 어떤 얼굴을 하고 있을지는 뻔했다.

"피하지 않겠다고 했지, 너와 같이 있겠단 말은 안 했어."

"그래? 그럼 마음대로 해. 난 내 마음대로 할게. 거기서 한 발짝만 더 떼면 최동호 손가락을 부러뜨릴 거야."

순간 멈췄던 걸음을, 나는 다시 떼지 못했다.

그제야 고개를 돌려 자신을 보는 나를 향해 우진은 딱 한 걸음 다가왔다.

"한 걸음에 하나씩."

주머니에 손을 꽂은 채 삐딱하게 서서, 색종이를 가위로 자르겠다는 말을 하듯 무감정한 얼굴로.

"작고한 화가들의 그림은 값이 오르지. 불구가 된 화가 그림은 어떨지 궁금하지 않아?"

서늘한 눈이 굳은 내 얼굴을 거쳐 소매 끝 내 손가락을 향해 내려왔다.

그때 내 표정이 어땠을까.

나는 그때 네 그 표정을 보면서 그런 생각을 했다. 아무 관계 없는 동호 오빠는 핑계일 뿐, 실은 내 손가락을 부러뜨리고 싶었던 건 아닐까. 넌 수영을 그만뒀는데, 여태 그림을 그리고 있는 내가 원망스럽지 않을까.

"농담이야. 내가 깡패 새끼도 아니고."

우진은 장난스레 웃었지만 나는 차마 따라 웃지 못한 채 서 있었다. 대꾸 없는 내가 이상한 듯 우진이 내게로 다가오려 했으나, 그보다는 다른 사람이 더 빨랐다.

"쌤! 쌤! 왜 이제 와요! 얼마나 기다렸는데!"

언제 뛰어나왔는지 모를 해나였다.

대답할 겨를도 없이 내 손을 잡은 해나가 날 끌고 갔다. 머리엔 왕관, 귀엔 유치원생이나 할 법한 핑크색 보석 귀걸이를 하고 있었다. 대체 이게 무슨 상황인지 당황해 우진이 있는 뒤를 돌아본 나는 찰나 우뚝 섰다.

우진은 여전히 그 자리에 선 채 우리를 지켜보고 있었는데, 착각인가. 입가에 희미하게 미소를 띤 채였다.

집 안으로 들어간 나는 또 한 번 놀랐다. 생각지도 못한 사람이 거기 있었기 때문이다.

"…할아버지?"

"이제 오냐? 너는 우진이랑 만난다고 왜 진작에 얘기를 안 한 겨?"

"얘기 안 할 만하니까 안 했겠지. 영주 나이가 몇인데, 춘근이 너는."

"그럼 석희 너라도 나헌테 언질을 줬어야. 우진이 아니었으면 평생 모를 뻔했잖어."

"뭘 또 평생이야."

할아버지는 민 화백과 함께 거실 소파에 앉아 있었는데 머리엔 알록달록한 고깔을 쓰고 있었다. 나는 도무지 이 상황이 이해가 안 됐다. 이해를 시켜 준 건, 주방으로 가 생수를 들이켜고 있는 우진이 아니라 내게 자신과 같은 디자인의 다른 색 왕관을 씌우는 해나였다.

"오늘 울 할머니 생일이거든요. 맞다, 쌤 할아버지랑 울 할머니랑 완전 절친이라면서요. 왜 이야기 안 했어요? 왜 정우진은 알고 있는데 나만 몰라, 짜증 나게. 앞으로 정우진이 아는 건 나한테도 알려 줘요. 네?"

그제야 현수막과 풍선 등으로 요란하게 장식된 벽이 눈에 들어왔다. 거실로 돌아와 소파에 앉은 우진의 머리에 해나가 고깔을 씌웠다. 우진은 귀찮은 기색이 역력했으나 해나를 내치지는 않았다.

"배고파. 얼른 파티 하고 밥 먹어요, 우리."

노트북 하나가 케이크와 음식들이 있는 탁자에 등장한다 싶었더니 화상 통화였다. 일 관계로 외국에 나와 있다는 우진의 부모님이 화면에 떠올랐다.

– 세상에 이게 누구니, 영주야? 아버님?

생각지도 못한 해후에 모두가 반가워했다. 나 역시 반가웠지만 그만큼 마음이 안 좋았다. 우진의 가족이 내게 잘해 줄수록, 나와 내 아버지가 그들에게 잘못한 것들이 수면 위로 떠올라 날 괴롭혔다.

파티는 신속하고 정확하게 끝났다. 할아버지의 선물 삼십육 첩 반찬들과, 해나의 선물 초상화가 전달됐다. 오빠는 뭐 없냐는 해나의 재촉에 우진은 심드렁한 목소리로 날 턱짓했다.

"내 선물은 여기 있잖아. 근데 그 그림은 뭐야, 외계인이야?"
"할머니거든?"

너무 많은 일이 한꺼번에 일어나서, 오후에 우진과 있었던 일은 까맣게 잊어버렸다. 이렇게 앉아 있자니 꼭 그때로 돌아간 것 같아 기분이 이상했다. 우진을 떠나기 전이었던 열여덟 여름 그때로.

날 갤러리에서 만났고, 쓰러졌단 이야기를 우진은 할아버지에게 따로 하지는 않았다. 다행이었다. 알아 봤자 걱정만 더할 테니까.

케이크를 잘라 먹는 중에 전화가 왔다. 동호 오빠였다. 통화를 핑계로 휴대폰을 들고 정원으로 나왔다. 7월 초, 종일 해의 열기에 데워진 밤공기는 미지근했다.

민 화백의 취향인 듯 정원 한구석에 마련된 돌 벤치에 앉아서 전화를 받았다. 괜찮냐고 걱정스레 묻는 오빠를 너무 멀쩡해 탈이라는 말로 달래고 통화를 끝내자마자 이번엔 채원의 이름이 휴대폰 액정에 떴다.

- 어때? 괜찮아?
"어, 당연히 괜찮지. 걱정 안 해도 돼."

- 우진이 그 자식은 쓸데없이 왜 너한테 그런 걸 시켜선!

내가 구 학장의 대타를 한다고 하자 누구보다 기뻐했던 채원은 이제 누구보다 앞장서서 우진을 욕했다.

- 다행이다. 푹 쉬어. 밥 잘 챙겨 먹고.

"고마워."

- 그 말 나 말고 우진이한테 해 주라. 병 주고 약 준 거긴 하지만 우진이가 고생했어. 첫사랑이 여든 가나 봐.

전화를 끊은 지 한참이 지났지만 나는 여전히 정원에 앉아 있었다. 머리가 복잡했다. 넌 대체 무슨 생각으로 할아버지까지 네 공간에 끌어들인 걸까.

재회한 할아버지와 민 화백은 다시 예전처럼 교류하게 될 것이다. 그럼 난 좋든 싫든 너의 이야기를 계속 전해 듣고, 너와 어떤 식으로든 엮이게 되겠지. 넌 정말 그걸 바라는 걸까.

내가 너한테 어떻게 했는데, 너는.

"첫사랑이 여든 가나 봐."

어쩌면 아무 의미 없을지도 모르는 채원의 농담에 의미를 두고 싶어 하는 스스로가 어처구니없었다. 사람은 자기가 보고 싶은 대로 세상을 본다는데, 지금의 내가 보고 싶은 우진은 바라는 것 하나 없이 맹목적으로 날 좋아하기만 하던 그때의 우진인가, 싶어 기가 막혔다.

그런 짓을 해 놓고도 나는.

"전화받으러 나간다더니, 왜 혼자 고독을 씹고 있어요? 쌤."

인기척이 들려 봤더니 언제 나왔는지 모를 해나가 곁에 서 있었다. 나는 웃음으로 대답을 대신하다가 이어진 말에 멈칫했다.

"혹시 우리 꼰대 피해서 이러고 있는 거예요?"

긍정도, 그렇다고 부정도 하지 못하는 내 옆에 앉으며 해나는 덧붙였다.

"솔직히 말해 봐요. 우리 꼰대랑 그냥 친구 사이 아니었죠?"

머리엔 아직도 왕관을 쓰고 있었다. 아이들이나 가지고 놀 법한 싸구려 플라스틱 왕관은 자주색 보석으로 장식되어 있었는데 해나의 흰 피부와 절묘하게 어울렸다. 아마 우진에게도 어울리겠지.

상황을 회피한답시고 하는 상상은 해나의 독촉에 깨어져 나갔다.

"봐 봐. 날 또 그렇게 쳐다보잖아."

"내가 어떻게 쳐다보는데?"

"그윽하게요. 아련하게. 요렇게."

표정까지 연기하는 해나 때문에 나온 웃음은 그리 오래가지 못했다.

"쌤 울 꼰대랑 아는 사이 아니었음, 나 사랑하는 줄 착각할 뻔."

타인이 보는 내가, 내가 보는 나보다 정확할 때가 있다. 그래서 가슴이 내려앉았다. 당황해 아무 말 못 하는 날 그리 놀랍지 않다는 눈으로 보던 해나가 호들갑 떨며 속삭였다.

"진짜야? 진짜예요? 진짜 울 오빠랑 그렇고 그런 사이….”

"정해나."

조용한 정원에 울려 퍼지는 목소리에 해나와 나는 동시에 뒤를 돌아봤다. 우진이 거기 있었다.

"아이, 깜짝이야. 언제부터 그러고 있었어?"
"할머니가 찾아."
"날? 왜?"
"몰라. 가 봐."
"딱 중요한 지점이었는데!"
 투덜거리며 정원을 벗어나 현관으로 가던 해나가 걸음을 멈추더니 우리를 향해 소리쳤다.
"쌤 때문에 정우진 오늘 할머니 생일도 잊어버렸었대요!"
 우진이 돌아보기도 전에 혀를 내밀고 도망가는 걸음이 날 랬다.
 집 안으로 해나가 사라지자 정원엔 우진과 나 단둘이 남았다. 내가 열여덟, 민 화백의 초상화를 그리던 그 시절에는 이런 일이 잦았다. 그림을 그리다 보면 어느덧 저녁이었고, 작업실에서 나오면 시간 맞춰 우진이 거실이나 정원에서 날 기다리고 있었다.
 민 화백이 스케줄 때문에 자리를 비우면 둘이서 저녁을 먹거나, 저녁을 먹고 나면 우진이 날 집까지 데려다줬었다. 버스를 타고 갈 때면 훈련에 지친 우진이 잠드는 경우도 종종 있었는데, 그럴 때면 내게 기대 잠든 우진을 훔쳐보는 것도 낙이었다.
 미적으로 완벽한 얼굴을 감상하는 것도 좋았지만, 우진의 이런 무방비한 모습을 아는 건 나뿐이라는 생각에 마음이 들떴었다. 다른 누구에게도 보여 주지 않은 내게만 보여 주는 네 모습.
 눈이 마주쳤다. 전과는 달리 시선을 피하지 않는 날 우진은 무슨 생각을 하는지 모를 눈으로 한참 동안 내려다보더니 말했다.
 "도망치지 말 걸 그랬지? 어차피 제자린데."
 장난스러운 음성과는 달리, 입가엔 쓴웃음이 걸려 있었다.

 유리창 두드리는 소리가 나서 뒤를 돌아봤더니 해나가 테라스에 얼굴을 뭉개지도록 붙인 채 귀신처럼 서 있었다. 흠칫하는 날 보고 해나는 아이처럼 좋아하더니 소리쳤다.
 "데이트 그만하고 들어오셔. 할아버지 할머니 기다리잖아. 악덕 손주들이네!"
 우진은 이미 자리를 뜬 후였다. 점점 멀어지는 우진의 뒷모습을 보던 나는 일어나 그 뒤를 따라가기 시작했다.
 "아이고, 우리 영주. 우리 예쁜 영주. 하나밖에 없는 내 영주. 내 새끼. 내 강생이. 내 괭이."
 거실에 다시 나타난 날 본 할아버지가 일어나 나를 껴안았다. 얼굴이 포도주처럼 새빨갛게 달아올라 있었고, 발음은 자꾸만 꼬부라졌다. 할아버지는 완전히 취해 있었다.
 "못 본 사이, 우리 춘근이가 술이 많이 약해졌네."
 할아버지의 주량을 탓하는 민 화백도 취하긴 마찬가지인 것 같았다. 뺨이 발그레했고, 자꾸만 웃음을 흘렸다.
 "이 할아비가 자식새끼 잘못 키운 업보를 아무 죄 없는 우리 영주가 받아설랑. 하늘도 무심허시지. 애 엄마는 왜 그렇게 일찍 데려가서는. 데려갈라믄 기석이 그 후레자식을 데려갈 것이지."
 흐느끼던 할아버지가 통곡하기 시작했다. 아니 너는 왜 남의 생일 파티에서 재수 없게 울고 지랄이냐고 퉁을 주던 민 화백이 당황한 내 얼굴을 보는가 싶더니 갑자기 눈물을 훔쳤다.

"영주가 그렇게 고생을 많이 했어?"

 "암, 하고말고. 고 어린 게 친구들헌테 애미 애비 없는 고아란 놀림을 듣고 따돌림을 받아도 고자질 한 번 한 적 없어. 딱 한 번 애들을 다 쥐어패고 지도 마빡이 깨져서 온 적이 있는데, 그게 네 할아버지 병신 소릴 들었을 때여. 영주야, 나 다 안다. 네가 중학교 때 미술 학원 간다고 해 놓고, 밤까지 저기 분식집이든 철물점이든 닥치는 대로 심부름하믄서 일헌 거. 알믄서 말 안 했다. 우리 가게 물건 빼돌려서 친구들한테 장사하는 것도 이 할아비 다 알았어. 그것도 아는디 말 안 했어. 내가 그거 아는 거 알믄 안 그래도 무거븐 네 마음, 그거 더 무거워질까 벼. 다칠까 벼."

 훌쩍거리는 소리가 나서 보니 날 보는 해나의 눈이 촉촉했다. 가난은 흠도 아니었지만 자랑도 아니었다. 내가 한 개고생도 마찬가지였다.

 "친구 하나 데리고 오는 법 없던 영주 니가, 우진이랑 같이 왔을 때, 그때 이 할아비가 얼마나 좋았는지 너는 모르제? 어지간해선 웃는 법 없던 니가 우진이 만나고 오는 날엔…."

 "우린 이만 갈게."

 이야기의 흐름이 생각지 않은 방향으로 흐르는 걸 원치 않았던 나는 서둘러 할아버지를 부축해 일어섰다. 그러나 취해 몸을 못 가누는 할아버지는 무거웠고, 그 무게를 감당하기에 내 체력은 쓰레기였다. 소파에서 일어서지도 못해 주저앉으려는 내 팔을 우진이 붙잡았다.

 "그러지 말고, 자고 가."

 민 화백이 말했다. 소파 아래로 썰물에 쓸려가듯 미끄러져 내리는 할아버지를 안아 부축하던 우진이 행동을 멈췄다.

"남는 게 방이고, 이제 밤인데. 자고 가. 봐. 춘근이는 벌써 잔다, 영주야."

"그래요. 자고 가요, 쌤!"

"괜찮…."

거절하려는 나를 우진이 막았다.

"자고 가."

기절하듯 잠들어 버린 할아버지는 우진이 부축해 2층 손님방으로 옮겼다. 우진이 나간 뒤에야 나는 할아버지의 양말을 벗겨 주고, 베개를 바로 하고, 이불을 제대로 덮어 주었다.

방 밖으로 나왔을 땐 우진은 그새 자러 갔는지 보이지 않았고, 언제부터 기다리고 있었는지 모를 해나가 신이 나 날 제 방으로 안내했다.

"쌤은 나랑 자요. 다른 방 있긴 한데, 그래도 나랑 같이 자요. 잠깐만요. 갈아입을 옷이…. 어, 이거 입으면 딱 맞겠다."

방에 달린 욕실에서 씻고 해나의 무지막지한 배려로 주인이 양보한 침대에 누운 지 한참이었으나 잠은 오지 않았다. 여러모로 피곤했는지 밤새 나와 이야기하자던 해나는 침대 아래 바닥에서 이불을 차 내고 대자로 뻗은 채 일찌감치 꿈나라로 떠나 있었다.

"나도 술을 좀 마실 걸 그랬나."

뒤척이면 해나가 깰까 봐 피라미드의 파라오처럼 정자세로 천장을 보고 있자니 그때가 떠올랐다. 우진의 방에서 세상모르고 잠들었던 열여덟 여름 그날.

그때는 몰랐는데 나이를 먹고 난 지금에야 알겠다. 아무 말 없이 날 받아 준 우진의 부모님의 배려가 얼마나 고마운 것이었는지, 나랑 자자는 헛소리를 하던 날 웃으며 데려가 재우던 우진이 어떤 마음이었을지.

그때 나는 정말 나밖에 몰랐었다. 지금도, 나밖에 모르는 건 여전하지만.

잠이 오기는커녕 갈수록 명료해지는 정신에 어찌해야 하나, 한숨만 쉬고 있던 찰나. 휴대폰이 진동했다. 메시지. 구 학장이었다.

나 대신 홍 교수가 도슨트 맡았다며? 근데 망쳤다면서? 홍 교수, 왜 그랬어. 그 엄청난 기회를.

새벽 1시였다. 남 생각하지 않고 본인 생각만 하기엔 나 버금가는 구 학장이 보낸 메시지에는 우는 이모티콘이 덧붙여져 있었다. 왠지 웃고 있는 것 같은 건, 내 심성이 삐뚤어진 탓이겠지.

휴대폰 진동에 해나가 몸을 뒤척이는 게 불안해서, 휴대폰을 든 채 침대 밖으로 내려섰다. 그사이 이불을 둘둘 말고 있어 어디가 어딘지 제대로 구분이 안 되는 해나의 배를 밟을 뻔한 걸 가까스로 모면하고 방 밖으로 나오는 데 성공했다.

사람들이 사라진 집은 지독한 어둠과 적막이 깔려 있었다. 나는 텅 빈 거실을 지나쳐 정원으로 나왔다. 답장은 그제야 보냈다.

몸이 좀 안 좋았어요. 학장님도 몸조리 잘하시길 바랍니다.

그래, 우리 홍 교수도 주말 잘 쉬고 다음 주에 보자고.

우진은 조금 전 내가 앉아 있던 돌 벤치에 앉아 있었다. 곁에는 아까 민 화백이 마시다 만 와인 병을 친구 삼아 앉혀 놓고.

바람이 찼다. 그럼에도 나는 추위를 느끼지 못하고 서 있었다. 날 등지고 앉은 우진의 뒷모습에서 눈을 뗄 수가 없었다.

스무 살 여름, 포디움에서 메달을 꺼내 보이며 웃던 너는 혼자가 아니었는데, 나는 꼭 네가 혼자인 것처럼 느껴졌다. 널 배신했다는 미안함 때문이었을까. 아니면 나 때문에 네가 겪어야 했을 사고에 대한 죄책감 때문일지도 몰랐다.

"도망치지 말 걸 그랬지? 어차피 제자린데."

돌아서지도, 그렇다고 다가가지도 못한 채 꽤 오랜 시간이 흘렀다. 체온이 내려간 손끝과 발끝이 차가워질 무렵이었다.

"나랑 잘래?"

우진이 말했다. 오래전 민 화백의 집에서 마주쳤던 날, 맛이라곤 없어 보이던 프로틴 주스를 권할 때처럼 대수롭지 않은 표정이었다.

"나랑 자자, 영주야."

10. Climax

    수영을 그만둔 내가 미술품 거래에 뛰어든 계기는 우연이었다.
    그런 일을 겪고도 아무렇지 않게 예전과 같이 밥을 먹고, 자고, 운동하고, 웃는 나를 가족 모두가 걱정했다.
    그들의 걱정을 덜어 주려고 만난 아버지의 지인 정신과 의사는 상담의 처음이자 끝은 네 마음을 여는 것이라고 날 달랬으나, 이미 평범한 일상을 보내고 있는 나로서는 굳이 마음을 열어 가며 상담받을 가치를 느끼지 못했다.
    하루는 할머니가 갤러리에 가면서 날 데려갔다. 정말이지 귀찮고 번거로웠지만 못 이긴 척 따라간 그곳에서 할머니는 네가 마음에 드는 그림을 딱 한 점만 고르라고 했다.
    어떤 물감이 쓰였니 예술적 가치니 하는 건 미술에 미음 자도 모르는 내게는 시장판 개소리와 동급이었고, 이것저것 따질 만큼 미술에 관심도 없었다. 지루한 음악이 흐르는 갤러리에 걸린 지루한 그림들을 보고 있자니, 자꾸만 떠올랐다.

홍영주가.

한시라도 빨리 그곳을 벗어나고 싶었고, 그래서 개중 가장 눈길이 가는 그림을 골라 나왔다. 작가는 이제야 갤러리와 계약한 신인이었고, 그림값은 개중 가장 쌌다. 이듬해 그 그림의 가격은 처음 가격의 스무 배로 치솟았다.

직선조차 제대로 그리지 못할 정도로 그림에 소질 없는 내가 그림을 보는 눈을 타고났다는 걸 그때 알았다. 그리고 다른 것도 깨달았다. 우리나라의 모든 미술품이 거쳐 가야만 하는 그 길목에 서 있으면 언젠가 홍영주를 만나게 될지도 모른다는 아주 중요한 사실을.

미술품 거래에 뛰어들게 한 그림은 그게 최초였지만, 사실 내가 미술에 관심을 갖게 한 그림은 따로 있었다. 열여덟, 수영에만 빠져 있던 내가 처음으로 눈길을 준 그림. 국내에서 가장 큰 사생 대회에서 대상을 받았다던, 그래서 교내 중앙 현관에 아주 오랫동안 걸려 있던 그림.

캔버스 가득 온통 붉은 빛뿐이던.

지각임이 확실한 늦은 등교에도 무심코 지나치던 걸음을 멈춰 세운 나는 그림 아래 명찰을 확인했다.

> 홍영주. 〈파도〉

그로부터 일주일 뒤, 홍영주를 강당에서 처음 봤다.

- - -

"언제부터 그런 거야?"

"뭘."

"스트레스받으면 기절하는 거."

내 아래에서 내가 아닌 내 어깨 너머의 천장을 보고 있던 홍영주가 그제야 날 쳐다봤다.

정확히는 내가 그 극도의 스트레스 상황을 유발하는 원인이냐고 물어야 했지만 그러지 않았다. 이미 알고 있는 문제를 들춰 확인 사살을 당할 만큼 나는 멍청이가 아니었다.

"좀 됐어. 걱정할 정도는 아니야."

듣는 사람도 없는데 속삭이듯 말한 홍영주는 다시 내 어깨 너머로 시선을 돌렸다. 뜬금없이 섹스하자는 말에도 별 놀라운 기색 없이 순종적으로 날 따라온 홍영주는 시선만큼은 순종적이지 않았다.

재회한 이후부터는 쭉 그랬다. 예전에는 날 피해도 시선만큼은 피하지 않았는데, 요즘 날 보는 홍영주의 시선은 늘 반 이상이 잘려 나가 있다. 제대로 보지 않고 있단 소리다.

내 무엇이 홍영주가 날 피하게 만드는 건지 알고 있었다. 그럼에도 날 따라올 수밖에 없는 이유가 무엇인지도 잘 알았다.

홍영주는 내게 죄책감을 느끼고 있었다. 내 키스를 거부하지 않는 것도, 섹스를 거부하지 않는 것도, 그러니까 날 밀어내지 않는 건 전부 죄책감 때문이었다. 자신 때문에 내가 그 사고를 겪었다고 자책하고 있는 게 분명했다.

알고 있지만 굳이 정정해 주진 않는다.

그걸 이용해서라도 널 곁에 두고 싶으니까.

나는 무엇에 한 번 꽂히면 질리는 법이 없었다. 수영이 그랬고, 이후엔 그림이 그랬고, 홍영주가 그랬다.

그따위로 내 뒤통수를 치고 떠난 홍영주에게 배신감을 느꼈고, 미웠고, 원망스러웠지만, 그 모두가 애정의 발로였다.

10년이 훌쩍 지났으니 이젠 지워졌겠거니 했는데 아니었다. 나는 여전히 홍영주가 미웠고, 원망스러웠고, 배신감을 느꼈다.

그러니 죄책감을 느껴, 영주야,

내게 미안해해.

애써 평정을 가장하던 얼굴은 내 손이 맨몸에 닿자 금세 얼어붙었다. 하얀 베개 위로 쏟아지는 까만 머리카락에서 애써 눈을 뗀 나는 여전히 날 피하고 있는 홍영주의 턱을 잡아 굳이 날 보게 하고 물었다.

"무서워?"

"아니."

아무렇지 않은 듯 꾸며 낸 목소리와는 달리 마주한 눈동자는 어쩐지 울 것 같았다. 무시한 채 허벅지를 움켜쥐어 벌리고 얇은 티셔츠를 끌어 올렸다. 호흡이 불안정한 탓인지 들썩이던 배가 순간 뻣뻣하게 굳었다.

네 몸 위로 올라타, 솜털이 솟아난 네 목덜미에 입술을 붙인 순간, 내가 이 순간을 얼마나 고대했는가를 깨달았다.

홍영주가 날 버리고 떠난 후에도 나는 가끔 홍영주와 섹스하는 상상을 하곤 했다. 내 앞에서 야한 얼굴로 신음하는 홍영주나 아이처럼 울며 매달리는 홍영주. 하지만 그건 말 그대로 상상일 뿐이었다.

처음 보는 홍영주의 알몸은 내 비루한 상상 따위와는 비교도 되지 않을 만큼 예뻤다.

지난달 32억에 유명 조각가의 누드상을 낙찰한 변태 컬렉터는 경매장 뒷자리에서 내가 본 중 가장 완벽한 가슴이라 그걸 샀다고 말했다. 다른 사람들이 듣건 말건 유두와 가슴의 비율이 환상적이라고 연거푸 말하는 그 새끼를 내가 본 중 가장 좆변태 새끼라고 속으로 욕했었는데, 지금의 나도 별다르지 않았다.

내 눈과 손에 홍영주의 몸이 닿을 때마다, 마음에 드는 미술품을 발견했을 때처럼 전율이 일었다. 손바닥에 겨우 들어차는 가슴도, 말라빠진 허벅지도, 여전히 상처투성이인 손가락 끝까지.

전부 갖고 싶었다. 그 변태 새끼의 말마따나 수백억을 들여서라도.

집 안에 있는 다른 누군가에게 들키기라도 할까 봐 입술을 물고 소리를 삼키고 있는 홍영주를 보고 있자면, 어째서인지 전혀 상관없는 어린 홍영주의 모습이 떠올랐다.

마지막 식사 자리에서 나의 부모님에게 제 회사 투자 유치를 요구하던 제 아버지를 보던 홍영주의 식은 눈. 그 감정 없는 눈동자 아래 얼마나 어마어마한 분노가 쌓여 있는지, 식탁 아래에서 손톱이 박히도록 꽉 쥔 주먹을 보고 나서야 알았다. 네 그림에 어째서 그렇게 붉은색이 많이 쓰이는 건지도.

홍영주는 아주 잘 참는다. 좀처럼 제 감정을 얼굴에 드러내는 법이 없다. 사람을 잘 믿지 않는다. 그래서 나는 홍영주가 내게 짜증을 냈을 때, 내 앞에서 무언가 싫은 표정을 숨기지 않을 때, 싸우려 들 때, 무척 기뻤었다.

그리고 다시 만난 홍영주는 이젠 내 앞에서 표정을 숨기려 든다. 참는다. 싸우려 하지 않는다.

네 그 눈 밑바닥에 무엇이 있는지 예전에는 속속들이 안다고 생각했는데, 시선을 피하는 네 눈을 억지로 마주한 후에도 나는 확신하지 못한다.

그 일을 겪고도 나는 머저리처럼 여전히 네가 좋은데, 너는 어떨까.

아직도 내가.

좋을까.

삽입하기 무섭게 숨도 제대로 쉬지 못하는 홍영주를 보자마자 깨달았다. 넌 단 한 번도 남자를 받아들여 본 적이 없구나. 불모지를 정복하는 쾌락을 처음 맛보고 살육에 미친 왕처럼 온몸이 열에 들떴다.

흥분을 참을 필요성을 느끼지 못한 나는 더 거칠게 홍영주를 몰아붙였다. 더 깊이 몰아쳐 들어갈 때마다 홍영주는 참았던 신음을 터뜨리며 울먹였다. 그 어떤 상황에서도 결코 울지 않던 홍영주가 우는 걸, 그날 처음 봤다.

처음 재회했을 때보다 조금 더 마른 것 같은 홍영주는 팔목도, 발목도 한 줌이었다. 위에서 움직이면서 혹시나 눌러 압사시키거나 힘을 너무 준 나머지 가는 팔다리를 부러뜨리진 않을까, 걱정될 만큼. 나는 홍영주를 일으켜 내 위에 앉게 했다. 넋이 반쯤 나간 것 같은 홍영주는 별다른 거부 반응 없이 내 뜻을 따랐다.

그날 나는 홍영주를 몇 번이나 안았다. 한계라고 밀어내는 손을 붙들고 한 번, 정신을 놓으려는 걸 깨워서 한 번, 기껏 씻겨서 침대에 눕힌 뒤에 또 한 번. 홍영주는 창백한 얼굴을 눈물로 온통 적시면서도 내게 매달려 신음했다.

그만하라고 애원하는 널 무시하고 밀어붙였던 건, 몸의 쾌락보다는 다른 이유가 컸다.

"우진아."

네가 부르는 내 이름이 좋아서.

다시 만난 너는 단 한 번도 내 이름을 불러 준 적이 없다. 너는 모르겠지만.

첫 섹스는 어렵지 않았지만, 그 뒤는 더 쉬웠다. 그 이후로도 나는 홍영주와 잤다. 내가 생각해도 난 발정 난 짐승 같았다.

피곤해 죽으려는 홍영주를 데려와 안거나 약하게 거부하는 걸 힘으로 눌러서 강제로 한 적도 있었다. 장소는 사무실이거나, 차 안, 어디든 내 맘이 내키는 곳이었다. 딱 하나 홍영주의 집을 빼고. 나는 항상 홍영주를 가게 앞까지만 데려다주고 돌아갔다.

가끔 그때를 떠올린다.

"나랑 잘래?"

소나기가 쏟아지던 날, 문을 닫은 가게 차양 아래에서 젖은 얼굴로 내게 섹스하자고 말하던 열여덟 홍영주.

"나랑 자자, 우진아."

날 떠나기 전 마지막 적선이었을까.
그럼 지금도 적선인가.

이제 8월.
내가 지독히도 싫어하게 된 여름이 다가온다.

"도망치지 말 걸 그랬지? 어차피 제자린데"

아무리 헤엄쳐도 벗어날 수 없었던 건 결국 나였다.

3장.
내 사랑은 파랑

Say yes all blue

11. 오랜 방학

일어났을 땐 우진의 빌라였다. 우진과 자고 나면 우진이 곁에 있을 때도, 없을 때도 있는데 오늘은 후자였다. 우진과 자기 시작하던 처음에는 우진의 얼굴을 어떻게 봐야 할지 몰라서, 우진이 곁에 없길 바라는 나날이 많았으나 이젠 그 반대였다.

인간의 욕망은 다른 감정을 잡아먹고 자란다. 자책과 죄책감, 수치와 민망함은 우진을 보고 싶은 욕망에 죄다 잡아먹힌 지 오래였다. 사람은 쉽게 변하질 않고, 여전히 이기적인 나는 내가 우진의 곁에 있어 봤자 그에게 좋을 게 없다는 걸 알면서도 아직도 모른 척 그 곁에 머물러 있다.

사랑하는 연인처럼 우진은 날 갈구하듯 안지만, 사랑한다고 말하지 않는다. 사랑하냐고 묻지도 않는다. 하지만 우진과 자게 된 지 얼마 되지 않아 나는 알게 됐다. 우진은 여전히 날 놓지 못하고 있었다.

열여덟 어렸던 내가 어떤 마음으로 우진을 떠났었는지, 나 때문에 우진이 어떤 일을 겪었는지도 잊은 채 감히 사랑한다고 말하고 싶었던 욕망을 접게 만든 것은 전화 한 통이었다.

  - 홍기석 님 자녀분 되시죠? 여기 구청 복지과인데요.

  그는 안타까운 목소리로 아버지가 지금 병원에 입원해 있다고, 혼자서는 생활이 어려운 상태라고, 무슨 사정인지는 자세히 모르지만 그래도 아버지인데 와서 한 번 보는 게 어떻겠냐고 이야기했다.

  다른 병도 아닌 술을 너무 처마셔서 생긴 술병이고, 그놈의 한탕주의를 버리지 못해 후처와도 이혼한 지 오래이며, 병원비를 낼 돈도 없다는 자초지종은 침묵하는 내게 동정심이라고 얻을까 싶어 꺼낸 말이었겠지만 헛웃음만 났다.

  - 홍기석 씨 본인은 가족 같은 거 없다고 혼자라 하시는데 저희는 일단 서류상 가족이 있으면 연락해 보는 게 우선이라.

  "가족 아닙니다."

  - 네?

  "끊겠습니다. 더는 연락하지 마세요. 저희 할아버지에게도 연락하지 마시고요."

  아무렇지 않은 척 냉정하게 전화를 끊었지만, 전력 질주라도 한 것처럼 가슴이 뛰었다. 설마 벌써 연락한 건 아니겠지. 다급히 할아버지의 번호를 누르는 손끝이 잘게 경련했다.

  - 어, 영주야? 뭐 두고 가기라도 한 겨? 웬 전화여?

  평온하기 짝이 없는 그 음성을 듣고 나서야 마음이 좀 놓였다.

  "아냐, 그냥. 오늘은 일찍 들어갈 거라고. 저녁 같이 먹게."

  - 오늘은 우진이랑 데이트 안 혀?

  "데이트는 무슨. 우리 그런 사이 아니라니까."

  - 우진이도 데리고 오등가. 데이트가 별건가. 같이 밥 먹으면

그게 데이트제.

우진과 나는 우리 관계에 대해 그 어떤 말도 하지 않았지만 우리의 주변 사람들은 당황스러울 만큼 우리의 변화를 빨리 눈치채고 있었다. 할아버지와 민 화백, 해나와 채원이. 심지어는 동호 오빠까지.

동호 오빠는 내가 자주 넋을 놓고 있다고 했다. 채원은 우진이 안 하던 실수를 자꾸 한다고 했다. 해나는 제 오빠가 작년 여름보다 올여름 훨씬 인간 같다고 했다. 민 화백은 아주 자연스럽게 우진과 나를 엮어 이야기했다.

"또 같이 들어와? 아주 신혼부부가 따로 없다니까."

그럴 때면 우진은 부정 없이 웃어넘겼다. 나 혼자 당황해 부정도 긍정도 하지 못했는데, 그럴 때면 옆얼굴로 우진의 시선이 따라붙는 게 느껴졌다. 눈이 마주치면, 우진은 웃었다. 열여덟, 가끔 바보짓을 하던 날 볼 때와 같은 표정이었다. 무방비하고, 소년 같은.

그때와 다른 건, 그 끝이 꼭 쓴웃음이라는 것.

내 인생의 유일한 단맛이 우진이었다면, 우진의 인생에서 유일한 쓴맛은 나였다. 입에 계속 물고 있어 봤자 혀만 아릴 뿐인 날, 우진은 여전히 뱉지 못한다.

그걸 알면서도 나는 자꾸만, 네 곁에 머물고 싶어진다.

너랑 함께했던 열여덟 여름이, 나한테는 가장 행복한 순간이었으니까.

그리고,

"일어났어?"

지금도 그래.

 이미 자리를 비웠을 거라 생각한 우진이 열린 방문 사이로 모습을 드러냈다. 아침부터 운동을 다녀온 모양인지 머리칼이 젖어 있었고, 몸에선 샴푸와 샤워 젤 냄새가 진동했다.

 선수 생활을 그만뒀음에도 우진은 운동을 멈추지 않았다. 아침저녁으로 조깅에, 시간이 나면 피트니스 센터에서 또 몸을 혹사했다. 운동량으로만 따지면 그때와 비슷하면 비슷했지, 덜하진 않을 것 같았다.

 채원은 평소에도 운동은 했지만 지금만큼은 아니었다고 잔소리했으나 나는 거들지 못했다. 우진이 저렇게 가혹하리만큼 몸을 혹사하게 만드는 원인이 어쩌면 나에게 있을지도 모른다고 생각했다. 내가 안 그래도 모자란 잠까지 포기하며 그림에 몰두하는 이유가 우진이듯이.

"무슨 전화를 그렇게 받아?"

 멍청히 절 쳐다보고 있는 나와 눈을 맞춘 우진이 물었다. 처음에 나는 그 질문을 제대로 이해하지 못하고 있다가 뒤늦게 상기했다.

"가족 아닙니다."

 언제부터 듣고 있었던 걸까. 거짓말을 하려면 할 수 있었지만, 우진에게는 더 이상 그러고 싶지 않았다. 다행히 우진은 더 캐묻지 않고 돌아섰다.

"나와. 밥 먹게."

물만 묻히는 수준으로 씻고 밖으로 나갔더니 식탁에 아침이 차려져 있었다. 해나는 우진이 과일은 예술처럼 깎아도 요리는 사약 수준으로 못 한다고 악담했다. 그런 우진이 오늘 차린 아침은 우리 할아버지표 반찬에 레토르트 밥이었다. 어김없이 1인분인 상차림을 훑고 자리에 앉으며 물었다.

"넌? 안 먹어?"

"난 이거면 돼."

우진의 손에 들린 건, 정체불명의 액체였다. 그리고 예전의 경험으로 나는 저것이 각종 과일이나 채소에 프로틴 가루를 더한 생존용 주스라는 걸 안다. 고작 주스를 마시면서도 우진은 굳이 맞은편에 앉아 겸상을 해 줬다. 늘 그랬다. 단 한 번도 내가 끼니를 거르거나, 혼자 밥을 먹게 하지 않았다.

"민 화백님이 너 자꾸 마른다고 걱정하셔."

"모두가 널 걱정해."

이 나이를 먹고 여전히 솔직하지 못한 내게 우진은 늘 말문이 막히는 반박을 해 할 말을 잃게 만든다. 평소라면 이쯤에서 포기했지만, 오늘은 물러서지 않기로 했다.

"혹시 나랑 같이 먹기 싫은 거면…."

"아직도 날 잘 모르는 거야, 모르는 척하는 거야?"

오늘 우진은 한 번쯤은 져 주기로 한 모양이었다. 수납장에서 일회용 밥을 꺼내 성의 없이 전자레인지에 넣더니 역시나 무성의하게 덧붙였다.

"싫어하는 인간이랑 섹스할 정도로 비위가 좋진 않아."

갑작스러운 섹스 운운에 마시던 물이 목구멍에 걸렸다. 사레가 들릴 뻔한 걸 겨우 삼킨 채 빨개진 얼굴로 고개를 들자 우진이 어느새 맞은편에 수저를 가져와 앉으며 물었다.

"너는?"

"나?"

"너는 왜 나랑 자?"

좋아서.

아직도 네가 너무 좋아서.

라고 솔직하게 대답할 수 있다면 그건 홍영주가 아니었다. 정우진이었지.

우진도 그렇게 생각한 모양이었다. 대답을 기대하지 않았다는 듯 선택지를 제시하는 표정이 심드렁했다.

"내가 섹스 너무 잘해서?"

놀란 내 손에서 숟가락이 떨어져 나갔다. 내가 줍기도 전에 손에 대지도 않은 제 숟가락을 내게 건네며 우진이 말을 이었다.

"아니면…."

마주한 눈동자엔 웃음기라곤 없었다. 어울리지 않게 망설이는 기색으로 말을 멈춘 우진을 따라 나도 숨을 멈췄다.

방금까지 부산하던 분위기는 거짓인 양 내려앉은 적막을 식탁 위 진동 소리가 깨뜨렸다. 한 번, 두 번, 세 번. 짧게 끊어 한 번씩 진동하던 휴대폰은 그걸로도 상대가 소식이 없자 원을 그리며 길게 진동하기 시작했다.

끈질기게 날 향하던 우진의 시선이 드디어 휴대폰으로 떨어졌다.

박채원

액정에 뜬 이름을 확인한 우진이 휴대폰을 들고 일어섰다. 통화를 위해 테라스로 향하는 뒷모습을 보던 나는 충동적으로 우진을 불렀다.

"우진아."

우진은 기다렸다는 듯 걸음을 멈추고 날 돌아봤다.

눈이 마주치기 무섭게 이성을 잃고 튀어나오려던 고백은 곧 울린 내 휴대폰 벨 소리에 깨어져 나갔다.

아까 그 번호였다.

- 홍기석 님 자녀분 되시죠?

그날 이후로 잠에서 깨는 일이 잦아졌다. 이유 없이 불안했고, 초조해졌다. 우진과 처음 자고 난 이후론 별다르게 증상을 보이지 않던 공황도 자꾸만 머리를 쳐들었다.

우진과의 섹스로 혼절하듯 잠든 날도 마찬가지였다. 두어 시간이 지나면 어김없이 잠에서 깨어났는데, 깨어 있는 건 나뿐만이 아니었다. 우진도 늘 깨어 있었다. 처음엔 내가 잠꼬대를 하거나 뒤척여 우진이 일어난 건가 생각했지만, 내가 먼저 깨어나 있던 날 알았다.

우진은 평온히 잠들지 못하는 것 같았다. 넓은 침대에 몸을 말고 옹송그려 아픈 사람처럼 떨거나, 악몽을 꾸는 듯 잠꼬대를 할 때도 있었다. 그 이유가 무엇 때문인지 우진에게 묻지 않았지만 알 수 있었다.

내가 떠났던 날, 우진이 차 사고로 바다에 빠졌던 그 계절이 다가오고 있었다.

- - -

 대학 진학 시 순수 미술이 아닌 미술사를 전공으로 택하면서 그림을 팔아 돈을 버는 건 포기했다. 그러나 그림은 여전히 포기하지 못했다. 미술 학원 일에, 레슨에, 이제 계절 학기 시간 강사까지 하고 있는 내가 그림을 그릴 수 있는 시간이라곤 대개 한밤중이나 새벽이다.
 작업실로 쓰고 있는 옥탑의 창고는 예전 할아버지 가게의 다락방처럼 여름에는 더럽게 덥고, 겨울에는 더럽게 추웠다. 단 하나 좋은 점이라곤 지대가 높고 시야가 트여서, 시내와 하늘이 한눈에 들어온다는 것이다.
 동이 트는 새벽이면 온통 까맣던 밤하늘의 희붐한 빛이 서서히 남색으로, 남색에서 바다색으로, 바다색에서 다시 하늘색으로 변하는 경이로운 광경을 실시간으로 볼 수 있다. 그리고 요즘 나는 그 광경을 창고보다 우진의 집에서 더 자주 본다.
 오랜만에 우진을 만나지도, 일하지도 않는 날이었다. 가게의 휴일을 앞두고 어젯밤 근처 상인들과 회식을 한 할아버지는 오랜만에 늦잠 중이었다. 혹시나 깨울세라 까치발을 하고 현관으로 나왔다.
 계단을 올라 창고에 도착하자마자 창문부터 열어젖혔다. 우진과의 재회 이후로 정리를 제대로 하지 못하고 일을 벌여 놓기만 한 창고는 어수선하고 정신이 없었다.
 여기저기 널린 제각각인 크기의 캔버스를 한데 모아 치우기 시작했다. 그 그림은 내가 도구들을 모아 놓는 서랍 뒤, 우후죽순으로 겹쳐진 캔버스 제일 끝에 있었다. 할아버지가 반찬 나를 때나 쓰던 금색의 보자기로 뒤덮인 채.

그림을 그리는 걸 좋아하지만 인물화는 좋아하지 않았다. 내가 가장 처음 그렸던 인물화는 할아버지, 두 번째가 민 화백, 마지막이 여기, 우진이었다. 그마저도 채색을 반만 한 미완성작이었다.

계단을 오르는 기척에 열었던 보자기부터 황급히 뒤덮었다. 캔버스를 구석으로 치우려 하자마자 산호가 나타났다.

"쌤? 여기가 쌤 작업실이에요? 완전 멋지다."

생각지도 못한 손님, 해나와 함께.

요즘 너무 정신이 없어서 산호와 레슨을 잡아 놓은 걸 깜빡하고 있었다. 그런데 해나는 어떻게 연락도 없이 여기까지, 그것도 산호와 같이 오게 된 건지 알 수 없었다. 어리둥절한 내 표정을 읽은 듯 해나가 방문 선물이라기엔 지나치게 화려하고 거대한 과일 바구니를 내게 건네며 말했다.

"그냥요. 쌤이랑 할아버지 보고 싶어서. 근데 가게 앞에서 얘랑 딱 마주쳤지 뭐야. 근데 그건 뭐예요? 그림? 초상화인 것 같은데?"

"아무것도 아니야."

애써 아무렇지 않은 척 대답했지만 해나의 호기심만 자극한 모양이었다.

"에이, 아무것도 아닌 게 아닌 것 같은데."

"맞거든?"

"아닌 것 같거든요? 좀만 봐요. 무슨 그림이에요?"

차라리 그냥 보여 줬다면 덜 민망했을 거다. 옥신각신하다 얼결에 보자기가 벗겨졌고 그렇게 우진은 모습을 드러냈다. 해나는 거대한 캔버스 속, 푸른빛의 우진을 확인하고도 별다르게 놀라지 않았다.

"뭐야, 정우진이었잖아. 나는 또 누드라도 있는 줄 알았네."

못 볼 거라도 본 듯 떨어진 보자기를 뒤덮은 해나가 눈을 찌푸렸다.

"근데 쌤, 아무리 콩깍지가 씌어도 그렇지 너무 미화해서 그렸다."

"아는 사람이에요?"

여태 나이에 맞지 않은 어른스러운 태도로 우리를 관망만 하고 있던 산호가 물었다. 해나가 대답했다.

"어, 우리 오빠."

"친오빠요?"

"나도 양오빠였음 좋겠다. 좀 덜 보게."

"근데 우리 선생님이랑은 무슨 사이예요?"

"나?"

"아니, 이 사람이요."

"야, 넌 뭘 그런 걸 물어. 뻔하지. 당연히 사랑…."

나는 우진의 그림을 최대한 남의 눈에 띄지 않은 구석으로 치우려다 말고 돌아가 해나의 입을 막았다.

"산호야, 스케치는 해 왔어?"

"네."

답을 제대로 못 들어서인지 어쩐지 시무룩해 보이는 산호가 화통에서 종이를 꺼냈다. 그저 연필로 선만 그렸을 뿐인데도 본인의 그림과는 질적으로 다른 산호의 그림을 한참을 빤히 보던 해나가 말했다.

"야, 너. 천재 같아. 고흐."

"전 고흐 별로 안 좋아하거든요."

"그럼 고갱."

"고갱도 별로요."

"모네!"

캔버스 앞에 자리를 잡고 앉던 산호가 고개를 돌려 날 봤다. 나는 물통과 붓, 물감을 산호 곁에 정리하다 말고 웃었다. 모네는 내가 가장 좋아하는 화가였다.

재능을 타고난 산호와는 달리 해나는 재능은커녕, 여전히 저 주에서 벗어나지 못한 것 같았다. 아무리 그리고 그려도 그림은 늘지 않았고, 그나마 다행인 건 본인도 크게 개의치는 않아 한다는 거였다.

"진로를 바꿔야 할까 봐요. 그림은 그냥 취미로 할래."

"잘 생각했어."

"쌤, 은근히 촌철살인인 거 알죠? 나 벌써 몇 번 죽었는지 몰라."

"아이고, 이게 누구여. 내가 좋아하는 애기들이 다 왔구먼!"

그새 일어나 옥상으로 올라온 할아버지는 산호와 해나를 보고 무척 기뻐하더니 내려가 단호박 식혜를 가져왔다.

"이거 내가 했지만은 셋이 먹어도 다섯이 죽어 불 정도로 맛 있어. 다들 한 사발씩 조져 부려라. 근데 아침은 다들 먹었고?"

거짓말을 못 하는 해나가 아니라고 말했고, 그럼 아침부터 준비해야겠다며 할아버지는 아래층으로 내려갔다. 돕고 싶다며 산호가 그 뒤를 따랐다. 해나는 점점 멀어지는 산호의 동그란 뒤통수를 물끄러미 보더니 말했다.

"쟤 쌤 좋아하는 것 같은데."

놀란 나는 마시던 식혜를 뿜었다.

"에이, 드럽게. 쌤."

"네가 말도 안 되는 소릴 하니까 그렇지."

"말이 안 되다니. 우리 쌤은 왜 이렇게 눈치가 없나 몰라. 갑자기 우리 꼰대가 불쌍해지잖아요."

우진의 이야기가 나온 김에 묻고 싶은 게 있었다.

"우진이 말이야. 요즘 잠을 잘 못 자는 것 같던데."

"걱정 마요. 매년 그래요. 여름 극혐하거든요, 더위도 안 타면서. 그러고 보면 우리 쌤 취향도 참 특이해."

해나의 시선이 보자기로 뒤덮인 우진의 초상화에 가 있었다.

"어떻게 하고많은 남자를 두고, 정우진을 좋아해요?"

확인 사살에 나는 놀랐으나 이번엔 식혜를 뿜지 않았다. 긍정도 부정도 하지 않은 날 가만히 보던 해나가 소리 내 웃었다.

"어, 이번엔 아니라고 안 하네요? 우리 오빠 대체 어디가 좋아요?"

- - -

계절 학기가 끝나고, 8월이 시작됐다. 끊임없이 내게 연락하던 우진에게선 나흘째 소식이 없었다. 첫날엔 바쁘겠거니 했고, 이튿날엔 그럴 일이 있겠거니 했는데, 사흘이 지나고 나흘째가 되니 초조해졌다.

우진이 연락이 없다면 내가 연락하면 됐다. 그 간단한 일이 내겐 우진에게 고백하는 일만큼이나 어려웠다. 휴대폰 액정을 켜 놓고 우진의 이름을 누르길 수십 번이나 망설이다 포기한 게 벌써 수백 번이었다.

낭떠러지에 몰렸어도 잡을 지푸라기 하나쯤은 있다고, 다행스럽게도 오늘은 해나의 레슨이 있는 날이었다. 얼굴을 보기 무섭게 우진의 행방부터 묻자 해나가 어처구니가 없다는 듯 되물었다.

"정우진이 말 안 했어요? 지금 휴가 갔어요. 늘 거기 가 있거든요."

자화상을 그려 봤다며 보여 주는 원숭이 뺨치는 해나의 그림에도 집중할 수가 없었다. 온 정신이 우진이 있다는 그곳에 가 있었다.

고민은 종일이었지만 결정한 후에는 시간을 지체하고 싶지 않았다. 집에 도착하기 무섭게 짐을 챙겨 계단을 내려왔다. 손님맞이 중이던 할아버지가 내 모습을 보더니 가게에서 서둘러 나와 물었다.

"뭐여? 곧 저녁인데 어디 가는 겨?"

"잠깐, 운해에."

"거긴 왜!"

"도착하면 전화할게."

"조심히 다녀와!"

기차를 타고 나서야 실감이 났다. 그날, 이후로 단 한 번도 가 본 적 없었다. 이름에 눈길을 주기도 싫었다. 그러니까, 13년 만에 밟는 고향 땅이었다.

우진을 계기로 그곳을 떠난 나는 우진 때문에 이제야 다시 그곳으로 돌아간다. 모른 척하고, 무시하고, 아닌 척했지만 실은 아주 오래전부터 그랬다.

나는 늘 돌아가고 싶었다.

우진에게.

열여덟 안개비가 내리던 그날, 고물 트럭을 타고 가게를 등질 때부터.

돌아가고 싶었어. 네게.

버스를 갈아탔다. 창밖으로 보이는 풍경은 낯익기도, 낯설기도 했다. 회차지에 도착하고서야 노선이 바뀌었다는 걸 알았다. 버스 기사는 당황한 내게 가까운 버스 정류장과 몇 번 버스를 갈아타야 하는지 친절하게 알려 줬다.

그 버스를 탄 것은 충동적이었다. 지금 와 생각해 보면 나쁜 기억보다는 좋은 기억이 많았던 곳이었다.

늘 군것질거리로 가득 차 있던 가게의 낡은 진열대. 평상에 앉아 맡았던 바람 냄새. 닿을 듯 가까운 해에 반나절이면 마르던 빨래와 늘 날 마중 나와 있던 할아버지. 생전 처음 남의 집 문짝을 고치느라 고심하던 우진의 등.

아직도 그대로인지 궁금했다. 하지만 세상엔 궁금해하지 말아야 좋은 것도 있는 법이었다. 민 화백이 일부러 팔지 않았다는 가게는 해와 비에 바랜 간판도, 그 앞의 평상도, 촌스러운 페인트의 색깔까지 모두 그대로였다.

배부른 추억팔이는 얼마 가지 않았다. 나는 가게를 몇 미터 앞두고 그 자리에 못 박힌 듯 섰다.

가게 뒤쪽에서 나와 평상에 앉은 남자의 얼굴이 익숙했다.

"…영주? 영주야!"

서서히 뒷걸음질 치던 나는 턱 끝까지 차오르는 숨을 고를 생각도 못 한 채 도망치듯 뛰어 내려왔다. 정류장에 이르러 마침 도착한 버스를 타고 나서도 뛰어 대는 심장은 쉽게 진정되질 않았다.

 나이에 맞지 않게 세어 버린 머리카락과 잔뜩 늙어 버린 얼굴.

 그토록 지우고 싶어 했지만 지울 수 없었던 내 과거가 거기 있었다. 아버지의 이름으로.

 멍청히 종점까지 넋을 빼고 앉아 있다가, 버스를 또 갈아타야 했다. 도착했냐고, 왜 소식이 없냐는 할아버지의 전화를 받고 나서야 정신이 좀 들었다.

 - 가게는 가 본 겨?

 "어."

 - 석희가 안 팔았다든디. 그대로여?

 "응."

 - 근디 너 목소리가 왜 그러냐? 뭔 일 있어?

 "아냐. 버스를 좀 오래 탔더니 피곤해서."

 뻔히 보이는 내 거짓말을 할아버지는 속아 줬다.

 - 우진이도 거기 있다믄서. 이왕 간 거 휴가라 생각하고 푹 쉬다 와.

 "응. 미안해."

 - 뭐가 미안혀.

 "나만 놀러 와서."

 - 시답지도 소릴 하고 자빠졌네. 나는 거기는 아주 가라고 백억을 줘도 안 가. 질려 부려서. 저 물 건너 외국이믄 또 몰라.

아이고, 손님 오셨다. 끓는다잉?

그 인간이 이러다 뒈져 버리면, 할아버지는 날 원망할까. 그래도 알려 주진 않을 것이다. 날 위해서. 부모 같지도 않은 부모 때문에 시궁창에 함께 빨려 들어가는 건 사양이었다.

김규찬은 민 화백의 집 근처 도로에서 마주쳤다. 그때까지도 반쯤 넋을 놓고 있던 나는 횡단보도 신호가 바뀌었는지도 모르고 느리게 걷고 있었고, 놀란 운전자들에게서 세상의 모든 상욕을 듣고 있던 중이었다.

지나치게 화려해 촌스럽다시피 한 외제 스포츠카 창에서 머리를 내민 누군가가 내 편을 들었다.

"그거 얼마나 걸린다고, 좀 기다리면 누구 뒈져? 저기요? 괜찮아요? 어디 아픈…. 홍영주? 영주 맞지?"

"어?"

얼빠진 답을 하는 나를 차에서 내린 김규찬이 데려다 조수석에 태웠다.

"너 우진이랑 다시 만난다며?"

강산도 변한다는 10여 년 만에 만난 사이라기엔 이렇다 할 안부 인사도, 설명도 없이 김규찬이 대뜸 꺼낸 말이란 게 그거였다. 나는 황당해서 방금까지 날 괴롭히던 아버지의 존재까지 순간 잊어버린 채 김규찬을 쳐다봤다.

"뭐?"

"우진이랑 다시 만난다며."

"누가 그….'"

"누구겠어. 우진이지."

웃을 상황이 아닌데도, 웃음이 나왔다.

"우진이랑 같이 온 거 아니야? 왜 혼자 그러고 있어??"

"너는? 아직 여기 살아?"

"아니. 부모님 얼굴도 볼 겸, 휴가차 왔지. 너는?"

"우진이 어디서 봤어? 혹시 지금 어디 있는지 알아?"

김규찬은 고개를 끄덕이더니 곧장 휴대폰을 꺼내 전화를 걸었다. 말릴 새도 없었다. 신호가 얼마 가지 않아 익숙한 저음이 차의 스피커를 통해 흘러나왔다.

- 어.

"지금 어디야."

- 왜.

"네 애인이랑 같이 있거든?"

- 웃기고 있네.

"진짜야. 영주야, 한마디 해 봐."

수화기 너머 우진이 침묵했고, 김규찬이 재촉했다. 나는 그다지 힘든 일도 아니건만 힘들게 한마디를 꺼냈다.

"…우진아."

- 납골당.

김규찬은 납골당 앞까지 날 데려다주고 제 갈 길을 갔다. 시간 나면 나중에 다 같이 밥이나 한번 먹자는 이야기와 함께 휴대폰 번호를 갈취하고 난 후였다.

시에서 가장 큰 규모라는 납골당은 오래되어 세월의 흔적이 묻어 있긴 했지만 여전히 크고, 웅장했다.

내가 목격한 최초의 죽음은 엄마였다. 돈은 벌지 않고 밖으로 나도는 아버지 때문에 경제 활동을 해야 했던 엄마는 퇴근하다 교통사고를 당했다.

당시에 나는 겨우 여섯 살이었지만 똑똑히 기억했다. 횡단보도 건너편 나를 보고 미소 짓던 엄마의 얼굴과 공중으로 떠오르던 몸. 뛰쳐나가려는 날 붙잡던 어른들. 귀가 찢어질 듯한 소음과 타이어 타는 냄새. 아스팔트로 번져 가던 핏물.

이틀을 기절해 있었고 깨어났을 때 엄마는 이미 상중이었다. 장례식장에서 아버지의 멱살을 틀어쥐던 외할아버지의 새된 목소리가 기억난다. 이게 왜 내 탓이냐고, 제 명이 짧은 탓이지, 짐승 같은 목소리로 울부짖던 아버지의 목소리가 기억난다.

말리던 할아버지와 뒷덜미를 잡고 쓰러지던 외할아버지의 그 텅 빈 표정과 그 서슬에 함께 넘어간 외할머니의 눈동자가 돌아가던 것도. 사람들의 수군거림과 얼마 후 들이닥친 구급대까지.

납골당에서 한 줌의 가루로 변한 딸을 품에 안은 외할머니, 외할아버지는 그 길로 나를 포함한 친가 쪽과 연을 끊었다. 어린 마음이었지만 나는 조금도 그들을 원망하지 않았다. 나 같아도 내가 보고 싶지 않았을 것이다. 날 보면 엄마가 떠오르는 만큼, 아버지도 떠오를 테니까.

우진은 납골당 2층에 있었다. 계단 층계를 올려다보면 바로 보이는 곳이었다. 나는 따로 전화할 것 없이 계단을 올라 우진에게로 갔다. 기척을 느낀 우진이 뒤를 돌아보지도 않고 말했다.

"아직도 기억나. 물속에서 날 보던 그 눈빛."

그제야 우진이 선 곳이 그때의 사고로 목숨을 잃은 사람들의 자리라는 걸 알았다.

"알았을까. 내가 그 정우진이라는 걸. 그래서 그런 눈으로 쳐다봤을까. 이젠 살 수 있을 거라고 생각해서."

심장이 덜컹했다. 아주 짐작 못 했던 것도 아니면서 새삼스레 놀라 표정이 굳은 날 돌아본 우진이 쓰게 웃었다.

"갇힌 물 안에서만 활개 치는 애송이일 뿐이었는데."

"우진아."

"어쩐 일이야, 연락도 없이. 설마, 나 찾아서 온 거야?"

내가 선 모퉁이 쪽으로 걸음을 옮겨 다가오며 우진이 화제를 바꾸었다. 그 웃는 얼굴 아래 무엇이 있는지 너무나 잘 아는 내가 할 수 있는 건 그저 그 곁에 있는 것뿐이었다.

"어. 밥은? 먹었어?"

더는 도망치지 않고.

우진의 차를 타고 납골당을 벗어났다. 시내로 들어선 차는 우연히도 우리가 다니던 고등학교 앞을 지나쳤다. 밤이 내리기 시작한 학교에서 가장 빛나는 건, 여전히 수영장이었다.

"가게엔 가 봤어?"

창밖에서 시선을 떼지 못하는 내게 우진이 물었다. 별 뜻이라곤 없는 물음에도 괜히 찔린 나는 타이밍을 놓쳤다가 뒤늦게 대답했다.

"응."

우진과 눈을 맞추면 속을 들킬까 봐 우진이 날 보는 걸 알면서도 애써 모른 척했다. 다행히 우진은 더 이상 캐묻지 않았다. 늘 그렇듯, 내 속을 들여다보기라도 한 것처럼.

관광지도 아닌 데다 휴가철까지 겹친 탓인지 문을 연 식당이 드물었다. 우리는 30분을 헤맨 후에야 겨우 밥집을 찾아서 들어갔다. 기사 식당이었다.

밥때가 훨씬 지난 시간이라 홀은 텅 비어 있었다. 안으로 들어가자 빈자리에 앉아 텔레비전을 보고 있던 아주머니가 일어나며 물었다.

"우리 1시간 뒤엔 문 닫는디, 괜찮겄어요?"

"네. 식사만 하고 갈 거예요."

"오케이. 우리는 따로 메뉴는 없고 그냥 무조건 백반 통일이에요. 성님, 여기 백반 둘이요! 이짝으로 앉아요. 여기가 제일 시원하거든."

아주머니가 안내한 자리에 앉은 지 얼마 되지 않아 테이블만 한 철제 쟁반에 음식이 담겨 나왔다. 쟁반째로 밥이 차려졌다.

"오늘은 굴미역국이 포인트인디, 아주 국물이 끝내줘. 맛나게 들 먹어요."

우진은 그다지 식욕이 없어 보이는 얼굴이었지만, 군말 없이 수저를 들고 밥을 먹기 시작했다. 10대의 우진은 항상 배고파했던 것 같은데, 어른이 된 우진은 더 이상 배고파하지 않는다.

"홍춘근 씨한테는 말씀드리고 온 거야?"

"어."

"괜찮다셔?"

"뭐가."

"나랑 자는 거."

서비스라며 가지고 온 막걸리를 테이블에 내려놓던 아주머니가 동작을 멈췄다. 우진이 아주머니에게서 막걸리 병과 그릇을 받아 들더니 감사하다며 영업용 미소를 지었다. 아주머니는 그제야 같이 따라 웃더니 원래 자리로 돌아갔다. 나는 누가 들을세라 목소리를 낮춘 채 따졌다.

"누가 자고 간대?"

"아니라기엔 짐이 많던데?"

우진의 반박을 무시한 채 막걸리와 그릇 하나를 가져와 따라 마셨다. 내가 따라 주려고 하자 우진은 그릇을 뺐다.

"난 안 마셔."

다른 때 같으면 입에도 안 댔을 막걸리를 나는 연거푸 들이켰다. 우진과 함께 있는 게 적응되자 다시 떠오르기 시작했다. 아까 가게 앞에서 봤던 그 인간의 잔상이.

두 그릇까지 참아 주던 우진은 세 그릇째 내가 막걸리를 따르자 저지했다. 주방에서 익숙한 얼굴이 나타난 건 그때였다.

"아까부터 낯이 익다 했다? 영주 점방 손녀 영주, 맞제?"

할아버지의 경쟁 상대였던 아랫동네 슈퍼 할머니였다.

할아버지는 잘 지내냐는 안부부터 물은 할머니는 가게가 아무래도 장사가 안 돼서, 식당으로 업종을 바꾸었다는 묻지 않은 이야기까지 설명하더니 마지막으로 나와 우진의 얼굴을 번갈아 보며 물었다.

"남편?"

"아뇨."

"그럼, 결혼할 사이?"

"아니에요."

웃으며 고개를 젓는 내 부정에 할머니가 이번엔 우진을 툭 쳤다.

"다들 아니라 케 놓고는 나중에 애 낳아서 같이 오더라이? 딱 보니, 이만한 놈도 없겠구먼. 그체?"

"그러니까요."

할머니와 같이 산 탓인지 어른들에겐 늘 넉살이 좋은 우진이 웃으며 대꾸했다. 유해진 분위기는 서비스로 자반고등어 하나를 가져다주겠다며 일어서던 할머니가 마침 떠올랐다는 듯 꺼낸 한마디 때문에 순식간에 고요해졌다.

"맞다. 내 니 아버지 봤대이? 그저껜가, 밥도 먹으러 왔었는디. 글고 보니 혹시 니 아버지 만나러 온 거가?"

10년 전인가 니네 집 그렇게 이사 가고 찾아와 봤을 때는 얼굴에 기름이 좔좔 흐르더만, 어제 보니 뭔 피죽도 못 먹은 꼬라지를 해 가지고. 하기는, 사람이 착하게 살아야 복을 받제. 그 나이에 지 딸내미 할아비한테 맡겨 놓고 새장가 가는 걸로도 모자라 등골을 빼먹으라고 지랄을 하더니만. 내가 밥도 멕이기 싫었는데, 불쌍해가 팔아 줬다 아이가.

점점 침몰해 가는 마음을 따라 우진을 향해 있던 내 시선도 테이블로 가라앉았다. 나는 아무런 설명 없이 밥을 먹었고, 우진은 아무것도 묻지 않았다. 집으로 가는 길에 약국에 들러 소화제를 종류별로 사다 안겼을 뿐.

이젠 별장으로 쓰고 있다는 민 화백의 저택은 세월이 지났음에도 여전했다. 짙푸른 잔디도, 나이를 먹어 키가 더 큰 나무들도, 굳게 닫혀 요새 같은 대문도 똑같았다. 단 하나, 정원 저쪽에 티끌 하나 없이 관리되어 있던 수영장만이 물 없이 텅 빈 채 메말라 있었다.

길을 가다 말고 멈춰 선 내가 이상한지, 내 짐을 대신 들고 앞서가던 우진이 따라 멈춰서 날 불렀다.

"뭐 해?"

그제야 나는 시선을 거두고 우진을 따라갔다.

변함없기는 집 안도 마찬가지였다. 가구와 소품 몇 개가 바뀌었을 뿐, 분위기는 여전했다. 나는 통로에 걸린 그림 속 낯익은 우동이와, 새로 그린 듯 이젠 세상에 없는 나이 먹은 모습의 우동이를 훑어보다가 거실로 들어섰다.

그사이 내 짐을 들고 2층 계단을 올라갔다 내려온 우진이 주방으로 향했다. 그때까지도 나는 우두커니 선 채 새삼스레 거실을 둘러보다 이질적인 물건 하나를 발견했다.

그림이었다. 모든 소품이 비싼 이곳과는 어울리지 않는 싸구려 액자에 든 그림 하나가 벽 아래쪽 바닥에 기대 서 있었다. 거실 어디서든 눈에 보일 만큼 중앙에 위치하고 있는 그 그림에서 시선을 떼지 못한 것은, 그게 다름 아닌 내 그림이었기 때문이다.

사생 대회에 출품해 대상을 받았던, 고등학교 시절 내내 학교 중앙 현관에 걸려 있던 그림.

그린 나조차 잊어버리고 생각지 못한 이 그림이 어째서 여기 있는 건지. 혼란스러움을 감추지 못한 나를 우진의 목소리가 깨웠다.

"마음에 들어?"

돌아봤다. 우진은 마시던 물컵을 식탁에 내려놓더니 말했다.

"내가 처음으로 관심을 가진 그림인데."

"어떻게…."

"졸업식 날 달라니까 그냥 주던데, 교장이."

태평한 목소리였다.

"내 방 써. 내가 할머니 방 쓸 테니까."

나는 피곤한 듯 등을 돌린 채 반대쪽 통로 너머로 사라지는 우진을 멍청히 보고만 있다가 뒤늦게 계단을 올랐다. 몇 번 뒤를 돌아봤다. 우진은 벌써 사라진 채 없고, 그림만이 그 자리에 남아 있었다.

상을 받기엔 지극히 나쁜 감정만 쏟아 냈던, 악에 받쳐 그렸던 그림이었다. 대회에 나가면 늘 수상은 하긴 했지만 그다지 큰 개성이 없다는 평을 중학교 내내 들었던 내 그림은 어이없게도 아버지의 재혼 이후로, 캔버스를 감정 쓰레기통 취급 하면서 좋은 평가를 받기 시작했다.

흰색 대신 검은색을 쓰기 시작했다. 초록색 대신 보라색을 쓰기 시작했다. 파란색 대신 붉은 색을 쓰기 시작했다. 명도가 낮아지고 채도가 높아졌다. 애가 그릴 만한 그림이 아니라는 소리 들었다.

"졸작과 명작은 한 끗 차이다. 나는 그 차이가 재능이라고 생각한다. 홍영주의 그림은 물러섬이 없다. 망설임도 없다. 고작 서너 가지 색상만으로 사람을 압도시킨다. 어린애 특유의 무모함이 엿보이는 터치에선 노인의 절망 또한 느껴진다. 절제되어 있지만 흘러넘친다. 이성적으로 보이지만 여느 작품들보다 감정적이다. 그게 이 그림을 대상으로 선정한 이유다."

엄마가 없어도, 아버지가 쓰레기라도, 나랑은 별 상관없는 일이고, 내 인생에 하등 영향이 없다고 우기고 살았던 나는 어느 날 내 그림을 보고 깨달았다. 붉은 산, 붉은 하늘, 붉은 바다. 나는 늘, 화가 나 있었다.

그게 화인지 몰랐을 뿐.

중앙 현관에 내 허락도 없이 걸린 저 그림을 처음 봤을 땐, 쥐구멍에라도 숨고 싶었다. 아무렇게나 휘갈긴 일기장을 전교생에게 보라고 내걸어 놓은 것 같은 기분이었다.

그래서 내내 피해 다녔었는데, 그날은 가뜩이나 지각인 등굣길에 소나기까지 쏟아지는 바람에 그곳으로 들어갈 수밖에 없었다. 현관 지붕 아래에서 비를 털어 내고 급하게 안으로 들어서던 나는 누군가 내 그림 앞에 서 있는 걸 보고 멈춰 섰다.

열린 문 사이로 비바람이 들이쳤다. 놀라 문을 닫고 돌아섰을 때 남자애는 이미 사라진 뒤였다. 어디선가, 물 냄새가 났다.

우진의 방은 모든 게 그대로였다. 침대, 책상, 책장, 스탠드 등과 여기저기 늘어선 운동 기구들까지. 누군가 날 열여덟 그때로 데려다 놓은 듯한 착각이 들 정도였다.

침대에 잠깐만 누워 있는다는 게 깜빡 잠이 들었고, 일어났을 땐 한밤중이었다. 분명 침대 발치에 걸터누워 있었건만, 침대 정중앙에 베개를 베고 이불까지 덮은 채였다.

일어난 김에 방에 달린 욕실에서 씻고 나와 옷을 갈아입었다. 침대에 다시 누웠으나 한 번 깬 잠은 쉽게 오지 않았다. 요즘은 늘 그랬다. 약하게 켜져 있는 에어컨 덕분에 더운 것도 아니었으나 목이 말라 결국 방을 나왔다.

계단을 내려가자 센서 등이 차례로 켜졌다. 층계참에 도착하고 나서야 거실 소파 옆 스탠드가 아직 켜져 있다는 걸 알아챘다. 나는 찰나 멈칫해 멈춰 섰는데, 지금쯤 민 화백의 방에 있어야 할 우진이 거실에 있었기 때문이다.

우진은 소파에 누워 있었다. 잠이 들었는지 눈은 감은 채였고, 소파 밖으로 떨어뜨린 한 손엔 책 귀퉁이를 쥔 채였다. 벽에 걸린 시계로 시간을 다시 확인했다. 새벽 2시였다. 언제부터 여기 나와 있었던 걸까.

발소리를 죽여 다가간 나는 우진의 손에 들린 책부터 조심스레 빼냈다. 내용이 뭔지 알 수 없지만 빽빽한 활자만 봐도 그리 재미가 있을 것 같지 않은 책이었다. 펼쳐진 페이지대로 책갈피를 해 두려고 책을 뒤적이던 나는 우진이 귀퉁이를 접어 놓은 페이지 아래 문장에 시선을 멈췄다.

> 당신은 너무 불행해. 너무 불행해서, 잔인할 수밖에 없을 거야.

동상이라도 된 것처럼 그 문장만 쳐다보다가 우진이 뒤척이는 소리에 정신을 차리고 탁자에 내려 뒀다. 계절에 맞지 않게 춥다는 생각이 들어 확인했더니 에어컨의 온도가 지나치게 낮게 설정되어 있었다. 리모컨을 찾아 온도를 높이려는 순간, 우진의 손이 내 팔을 움켜쥐며 막았다.

"그냥 켜 놔."

나는 깜짝 놀랐다. 잠든 줄 알았던 우진이 깨어 있었기 때문이 아니라, 내 팔목에 닿은 우진의 체온이 너무나도 차가웠기 때문이다.

"더워서 그래."

말도 안 되는 소리였다. 리모컨이 가리키는 실내 온도는 15도도 채 안 됐고, 그런 말을 하는 우진의 얼굴은 열기가 엿보이기는커녕 창백했다.

나는 대꾸하지 않고 리모컨을 눌러 에어컨의 온도를 적정 수치까지 올렸다. 차가운 공기를 뿜던 천장의 에어컨이 드디어 멈췄다.

"말 안 듣네."

"들어가서 자."

"여기가 편해."

"혹시 방 바뀌어서 그런 거면…."

"너 오기 전에도 여기서 잤어."

왜냐고 묻고 싶었지만 우진을 불편하게 하고 싶지 않았던 나는 담요를 가져오겠다며 일어섰다.

"그래도."

"괜찮아."

"네가 데워 주면 되지."

무슨 소리냐고 되물을 새도 없었다. 내 손을 붙잡은 우진이 날 제 쪽으로 끌어당겼다. 중심을 잃고 쓰러지는 내 허리를 단단한 팔이 끌어안았다. 어느덧 나는 우진의 몸 위에 완벽하게 올라탄 상태였다. 적나라하게 겹쳐진 몸에 놀라 어깨를 밀어내고 일어서려는 내 등을 우진이 끌어안아 저지했다.

"뭐 하는…."

"따뜻해."

난 네가 따뜻해서 좋았어. 우진은 뜬금없이 말했다. 생각지도 못한 고백에 나는 우진의 가슴에 뺨을 댄 채로 굳었다. 헛소리라고 생각했다.

"따뜻한 인간 다 얼어 죽었나 봐."

분위기가 이상해지는 게 싫어서 말을 돌렸다. 우진이 소리를 죽여 웃는 게 맞닿은 가슴에서 느껴졌다.

편안했다. 너와 있는 게 이렇게 편하면 안 되는데. 불편해야 하는데. 꼭 열여덟 그때로 돌아간 것처럼. 편해.

차가운 손이 옷 안으로 파고들어 왔다. 등허리에 닿는 서늘한 손가락의 감촉에 움찔 몸을 굳히기 무섭게, 우진이 날 안은 채로 몸을 돌려 내 위로 올라왔다.

그는 내 얼굴을 한참 동안 내려다보더니 고개를 숙여 천천히 다가왔다. 입술이 맞붙었다. 내 입술이 차가워진 만큼 따뜻해진 우진이 열기로 붉어진 입술을 하고 웃었다.

"차가워졌네. 이제 내가 따뜻하게 해 줄게."

첫 섹스는 열 감기 같았다. 이 나이 먹도록 남자와 자지 않았다고 하면 다들 믿지 않을지도 모르겠지만 우진과의 섹스가 처음이었다.

그날 우진은 날 아주 다정하게 대했었다. 나무 막대기처럼 뻣뻣하게 굳어 버린 날 배려하듯 목으로, 가슴으로, 배로 떨어지던 깃털 같은 입맞춤.

우진이 날 배려하고 소중하게 대할수록 죄책감이 커져서 도중엔 일부러 더 거칠게 해 달라고 조른 것도 같다. 그래 놓곤 옆방의 해나에게 들릴까 봐 입술을 깨물고 신음을 삼켰는데, 우진은 그런 마음에 들지 않는다는 듯, 내 입술 사이로 손가락을 쑤셔 넣으며 속삭였다.

"안 들려. 중학교 때 첼로 한다고 저 방에 방음했었거든."

사흘을 앓아누워 있었다. 그리고 나흘째 되던 날 우진과 또 잤다. 만나는 날이면 섹스하기 바빴다. 우진이 먼저 다가오는 경우도 있었지만 내가 다가간 적도 있었다.

인간의 뇌는 쾌락에 쉽게 지배됐다. 내 뇌는 금세 인식했다. 덥고 추운 창고에 처박혀 그림을 그리는 것보다 우진과의 섹스가 훨씬 기분 좋다는 것을. 사람의 손길에 길들여진 개가 꼬리를 흔들고 머리를 들이미는 것처럼, 어느 순간 나는 우진의 손에 뺨을 비비고, 등을 껴안았다.

"또 그런다."

과거의 기억에 빠져 있던 나는 우진의 입맞춤 때문에 현재로 돌아왔다. 몇 번째 하는 키스인지 기억도 나지 않을 정도지만 나는 늘 이 순간이 꿈 같다. 허기에 시달린 사람처럼 갈급하게 날 안는 손길도, 숨이 막힐 것 같은 입맞춤도, 오로지 나만을 담고 있는 저 눈도.

아무도 없는 이 집에서 신음을 참아야 할 이유가 하등 없는데도 입술부터 깨무는 나를 본 우진이 재차 입을 맞춰 날 저지했다. 배 위까지 올라간 티셔츠 가슴께로 손이 들어왔다. 차가운 손바닥이 가슴을 쥐었다. 바르르 떠는 나와 부러 눈을 맞춘 우진이 입술을 떼고 말했다.

"뜨거워. 기분 좋아."

허리춤에 올라타 앉은 우진이 내 윗옷을 벗겨 냈다. 우진이 내 가슴이며 마른 허벅지를 주물러 댈 때마다 나는 신음을 흘렸다. 우진이 점점 흥분하는 게 느껴졌다.

점점 열기를 띠는 목소리와는 달리 우진은 벌어진 내 다리

사이로 아주 천천히 들어왔다. 배 속이 들어차는 느낌에 찰나 숨을 멈췄던 나는 우진이 움직이기 시작하고 나서야 다시 토해 냈다.

우진은 상냥한 음성으로 나를 달랬다. 나는 덜덜 떨리는 손으로 눈가를 가리고 나서야 내가 울고 있다는 걸 깨달았다. 사람이 너무 좋아도 울 수 있다는 걸 우진과 섹스를 하고 나서야 알았다.

우진은 얼굴을 떠나지 않는 내 손을 억지로 붙잡아 내리곤 날 제 허벅지에 끌어 앉혔다. 인형처럼 순순히 끌려가던 나는 새삼스레 놀라 우진을 바라봤다.

"…자, 잠깐, 잠깐만."

다급히 우진의 어깨부터 붙잡고 섰다. 밀어내지도 당기지도 못하는 어정쩡한 자세였다.

"어, 왜?"

"그…."

"그?"

"…싫어. 이건, 싫어."

내가 그러거나 말거나 우진은 내 무릎을 세워 앉게 하곤 다리 사이에 손가락을 가져왔다. 우진의 어깨를 쥔 손에 절로 힘이 들어가고, 다리에 힘이 풀리기 시작했다. 자꾸만 벌어지는 입술을 꽉 깨물어 신음을 참아보려 했지만 절로 앓는 소리가 났다.

"어쩌나. 나는 좋은데."

우진은 옅게 경련하는 내 허벅지를 붙잡은 채 울상인 내 턱 끝에 입 맞췄다.

"네 얼굴이 제일 잘 보이거든."

내장이 밀려나는 기분이었다. 아니, 몸이 쪼개지는 기분. 우진은 젖은 내 눈에 입 맞추며 날 달래면서도 더 깊숙이 저를 찔러 넣었다. 고통은 찰나였다. 나는 벌벌 떨기만 할 뿐 몇 분째 꿈쩍도 하질 않다가, 겨우 움직이기 시작했다.

몸이 흔들릴 때마다 눈물이 뚝뚝 턱을 타고 흘렀다. 건너편 유리장에 비친 내 눈빛이 멍청했다. 우진이 깊게 찔러 올릴 때마다 움찔 놀란 나는 우진의 목을 끌어안았다.

"얼굴 보여 줘."

"…싫어."

"떼쟁이."

"개…새끼."

"그걸 이제 알았어?"

숨을 토해 내는 우진의 목소리가 열에 들떠 있었다. 나는 대답 대신 너른 어깨에 뺨을 가져다 댔다.

쾌락에 흔들리는 시선 너머로 그림이 보였다.

타오르는 분노로 점철되어 있는 나의 붉은 바다가.

12. 파란

　우진은 침실까지 날 데려다주려 했지만 내가 괜찮다고 마다했다. 그렇게 우리는 둘이 눕기엔 비좁은 소파에 뒤엉킨 채 잠이 들었다. 일어났을 땐, 난 민 화백의 침실이었고, 우진은 곁에 없었다.
　이불을 들추자 어젯밤 입고 있던 옷이 아닌 다른 옷을 입은 채였다. 사이즈를 보아하니 우진의 옷은 아니고 해나의 옷이었다. 가끔 들르기도 한다더니 옷가지도 있었나 보다.
　침대 밖으로 내려섰다. 고작 발 하나를 바닥에 디뎠을 뿐인데, 고통에 절로 인상이 구겨졌다. 걸을 때마다 밤새 등산이라도 한 사람처럼 온몸의 관절이 삐그덕거렸다. 우진과의 섹스는 늘 해도 적응이 되질 않았다. 그 뒷날 후유증도 마찬가지였다.
　우진은 테라스에서 통화 중이었다. 기척을 내지도 않았는데 돌아본 우진이 나와 눈을 맞췄다.
　주방 식탁엔 아침이 차려져 있었다. 빵과 잼, 샐러드뿐이긴 했지만 웬일로 2인분이었다. 나는 통화를 끝낸 우진이 돌아오길 기다렸다.

처음엔 우진과 함께하는 아침이 어색했는데, 이젠 너무 익숙해 문제였다. 너랑 자는 것도, 너랑 아침을 보내는 것도, 밥을 먹는 것도. 네 손, 네 눈빛, 네 목소리가 이젠 눈을 감아도 떠오를 만큼 선명했다.

각인은 찰나지만 잊는 건 영원이었다.

죽을 때까지 나는 우진을 잊을 수 없을 것이다. 설사 우진이 예전의 나처럼 날 버리고 떠난다 해도.

"급한 일이 생겼어. 회사에 다녀와야 할 것 같아."

거실로 들어온 우진이 얘기했다.

"넌 어떡할래?"

"다시 올 거야?"

"그래야지."

"그럼 난 여기 있을게."

우진은 곧장 대답하지 않고 날 봤다. 의외라는 눈빛이었다. 나는 모른 척 주스를 마시고 식빵에 잼을 발랐다. 식욕이 없다고 끼니를 걸러 봤자 내 손해였다. 할아버지 말대로 밥을 먹고 그래야 힘이 나서 돈을 벌든, 말든 할 수 있었다.

식빵은 부드럽고 고소했다. 빵 봉투에 서린 김이 아직 지워지지 않은 걸 보아 오늘 만든 빵인 것 같았다. 지나치게 고풍스러워 보이는 잼 나이프의 가격대를 가늠하고 있을 때였다. 2층 계단을 오르던 우진이 다시 돌아왔다. 나는 아닌 척 우진의 등을 물끄러미 보고 있다 놀라 시선을 거뒀다.

우진은 식탁을 돌아와 맞은편에 앉았다. 이미 잼 범벅인 빵 위로 또다시 잼을 바르던 나는 동작을 멈추고 우진을 바라봤다. 우진은 내 손에서 자연스럽게 나이프를 가져가더니 제 몫의 빵에 잼을 바르기 시작했다.

"괜찮아?"

"뭐가."

"어제 내가 너무 거칠었던 것 같아서."

"무슨 그런 얘길 밥 먹으면서 해."

"목소리 들으니 좀 더 거칠어도 될 뻔했네."

"…뭐?"

여분의 대문 열쇠와 현관 도어 록의 비밀번호를 내게 준 우진이 떠나자마자 전화가 왔다. 할아버지였다. 잘 잤느냐는 평범한 아침 인사에 평범하게 대답할 수 없었던 건, 아침부터 헛소리를 한 우진의 탓이다.

- 목이 다 쉬었네? 감기 걸린 겨?

"아냐. 일어난 지 얼마 안 됐어."

- 우진이는?

"회사. 급한 일 생겼대."

- 그라고 들으니까, 늬들 아주 그냥 부부 같다야.

"…그러게."

여느 때처럼 부정하지 않고 웃어넘기자 할아버지는 확신한 듯 말했다.

- 거봐, 거봐. 늬들 만나는 거지? 늬들 그렇고 그런 사이라는 거 다 안다. 우리 집 콩자반도 알아. 다 아는 걸, 늬들만 몰러.

할아버지의 목소리는 평소보다 한 옥타브 높았다. 아버지와 관련한 그 어떤 연락도 받지 못한 게 분명했다. 나는 조금 안도해서 전화를 끊었다. 휴대폰을 내려놓자마자 진동이 울려 확인했더니 해나였다.

　쌤, 정우진이랑 같이 있어요? 헐. 그럼 쌤 진짜 내 새언니 되는 거야?

　읽긴 읽었는데 어떤 대답을 해야 할지 몰라 망설이는 내 눈에 부재중 메시지 한 통이 더 들어왔다. 어쩐지 불안한 예감에 뜸을 들이다 마지못해 확인했다. 그리고 후회했다.

　영주야. 아버지야. 할 말이 있는데 잠깐만 만나 줘. 가게 앞에서 3시에 보자. 올 때까지 기다리마.

　이미 예견된 상황이었다. 복지 센터인지 뭔지에서 연락이 왔을 때부터, 이런 일이 생길 거라고 어렴풋이 짐작하고 있었다. 나는 휴대폰 전원을 꺼 버리고 거실로 나왔다. 텔레비전을 틀었다.
　5시간이 넘게 소파에 앉아 텔레비전을 봤다. 웃긴 건, 분명 보고 있었는데 뭘 봤는지조차 기억이 나질 않는다는 거다. 시간은 벌써 오후 4시가 훌쩍 넘어 있었고, 우진은 아직 돌아오지 않았다.
　5시쯤 되었을 때 나는 옷을 갈아입고 집을 나왔다. 뭐 하러 가느냐고, 지금 가 봤자 그 인간은 이미 사라지고 없을 거라고, 그러니까 그걸 확인하러 가는 거라고. 그 인간은 한 번도 날 기다린 적이 없으니까.
　버스에서 내려 언덕을 걸어 올라갔다. 우진과 첫 키스를 했던 벤치 뒤 벽화는 세월에 뭉개져 형체를 알아볼 수 없었다. 가게를 앞두고 멈춰 섰다. 앉을 곳이라곤 평상 밖에 없는 가게 근처엔 사람은커녕 개미 새끼 한 마리도 보이지 않았다.

"그럼 그렇지."

나는 허탈해 웃었다. 기대 따윈 하지 않았으니 실망도 없었다. 등을 돌려 왔던 길을 다시 내려가려던 참에 가게 뒤에서 누군가 나타났다. 나는 걸음을 멈추고 뒤돌아섰다.

6시. 아버지가 아직 거기 있었다.

뭔가 원하는 게 있을 때 아버지는 늘 집요했다. 오늘도 원하는 게 있으니 저렇게 집요하게 구는 게 당연하다고, 이젠 사람들이 떠나 텅 빈 폐가 뒤에 몸을 숨긴 채, 나는 아버지의 어울리지 않는 기다림의 이유를 스스로에게 납득시켰다.

7시. 맑던 하늘에 서서히 구름이 드리우기 시작했다.

8시. 빗방울이 떨어졌다.

9시. 비는 여전히 그칠 생각이 없어 보였다.

10시가 넘어서야 아버지는 자리를 떴다. 온몸이 쫄딱 젖은 채, 비를 맞고 언덕을 내려가면서도 자꾸만 뒤를 돌아봤다. 오래전 여름, 할아버지의 손을 잡은 채 가게로 향하면서도 아버지가 서 있던 정류장을 연신 돌아봤던, 여섯 살 어린 내가 그랬듯이.

아버지의 모습이 완전히 사라지고 나서야 나는 가게로 향했다. 처마 아래에 있긴 했지만 빗줄기가 꽤 굵은 탓에 일찌감치 물에 빠진 생쥐 꼴이었다. 가게 차양 아래 아버지가 놓고 간 종이봉투 하나가 있었다. 선 채로 그 안을 확인한 나는 어처구니가 없어서 웃었다.

물감이었다.

전처럼 싸구려가 아니라 최고가의 고급 제품이었다.

한동안 물감을 내려다보고 있던 나는 결국 돌아섰다.
아버지가 어린 나를 가게에 두고 돌아섰듯이.

우진은 내가 할머니의 기사 식당에서 소주 두 병을 전부 마셨을 때 나타났다. 혹시 할아버지가 걱정할까, 꺼 두었던 휴대폰을 뒤늦게 켜자마자 전화가 왔고, 그게 우진이었다.
급히 왔는지 머리가 흐트러진 우진은 언젠가 봤던 그때와 똑같은 표정을 하고 있었다.
비를 쫄딱 맞으면서 낯선 동네로 날 찾으러 왔던.
"대체… 여기서 뭐 하는 거야!"
"일은 끝내고 온 거야?"
"꼴은 왜 그래? 비 맞았어?"
"너랑 왜 자냐고 물었지?"
의아한 듯 비 범벅으로 테이블에 놓인 물감과 종이봉투를 바라보던 우진이 다시 내게로 시선을 옮겼다. 당황한 얼굴이었다. 어렸을 때는 저런 얼굴을 가끔 봤었는데.
나는 수영할 때 진지한 네 얼굴만큼이나 아이처럼 당황한 그 얼굴도 좋았어. 아니야. 생각해 보면 네 모든 얼굴이 좋았던 것 같아. 웃는 얼굴. 화내는 얼굴. 짜증 내는 얼굴. 피곤해하는 얼굴. 졸린 얼굴.
크로키 북을 사서 네 얼굴만 그린 적도 있었어. 넌 몰랐겠지만. 얼마나 그렸던지, 널 떠나고 나서도 네 얼굴이 잊힐 걱정은 안 했어. 머리는 잊어도, 손은 안 잊더라. 네 얼굴을.
쉬지도 않고 다시 소주를 따랐다. 생각지도 못한 내 일탈에 우진이 뒤늦게 내 입으로 가져가려는 잔을 막아 세웠다. 잔을 뺏

긴 나는 병째로 쥐고 소주를 들이켰다. 우진의 얼굴이 굳어졌다.
"지금 뭐…."
"좋아서."
 내게서 병을 빼앗아 든 우진도, 그 소주 수제라 생각보다 도수가 무지 세다고 말리러 나온 할머니와 아주머니도, 어느새 고개를 빼고 우리 얘길 관망하던 옆 테이블 아저씨들까지 모두가 고장 난 텔레비전처럼 멈췄다.
"아직도 네가 너무 좋아서."
 나는 필사적으로 웃었지만 결국 우는 목소리로 고백했다.
 …미안해. 우진아.
"사랑해."

- - -

 우진은 이번에도 아무것도 묻지 않는다. 왜 술은 마셨는지. 왜 비를 맞았는지. 그 물감은 대체 뭔지. 그저 취해 기절한 나를 가볍게 업고 차로 데려갔다. 최악이다. 열여덟 그때보다 더 최악이라고. 못 이긴 척 우진의 등에 업혀 가면서 스스로를 욕했다. 그럼에도 후회는 되지 않았다. 날 업은 네 등의 온기, 이젠 더 이상 물속에 살지 않는 네게서 여전히 풍기는 차가운 물 내음. 거기 파묻혀 있으면 아까 마지막으로 봤던 그 등을 잊을 수 있을 것만 같았다.
 눈을 뜨고 있으나 제정신은 아닌 날 우진은 조수석에 조심스레 내려놨다. 내 머리가 부딪치지 않도록 조심하고 안전벨트를 매주는 얼굴을 차마 마주할 수 없었던 나는 졸린 척 눈을 감아 외면했다. 다가온 우진의 향기가 날 뒤덮었다가 순식간에 사라졌다.

우진에겐 미안하지만 우진이 침실로 날 데려다줄 때까지 나는 감은 눈을 뜰 생각이 없었다. 하지만 차가 출발하기 무섭게 나는 그 계획이 얼마나 말도 안 되는 것인지 깨달았다.

속이 안 좋았다. 내 주량은 최대한 쳐 줘야 소주 반병이었다. 그런데 강소주를 두 병이 넘게 마셔 댔으니 견뎌 낼 수 있을 리 만무했다. 우진은 브레이크를 밟는지도 모를 정도로 운전을 잘했고, 값비싼 차는 소음 하나 없었으나 시간이 갈수록 내 속은 뒤집어져만 갔다. 한계에 다다른 내가 눈을 떴을 땐, 다행인지 불행인지 어느덧 민 화백의 저택 근처였다.

차고 안으로 들어선 차가 멈추기 무섭게 조수석 문을 열고 튀어 나갔다. 정원을 가로질러 현관 앞에 도달해 도어 록을 풀었다. 극한의 순간에 뇌는 극도의 기억력을 발휘했다. 단 한 번에 문을 연 나는 화장실로 뛰어갔다. 변기를 부여잡자마자 토했다.

안주랍시고 먹은 것도 없으니 나오는 것도 없었다. 물을 다 토해 내고도 임신이라도 한 것처럼 헛구역질을 거듭하고 있는 내 눈앞으로 그림자가 졌다. 우진이었다.

"…가."

그 와중에도 이런 꼴은 보이고 싶지 않았던 나는 손사래를 치며 말했다.

"얼마나 마신 거야."

"가…라니까."

우진은 내 항의를 가뿐히 무시하곤 곁에 와 섰다. 제발 좀 나가 달라는 애원은 또다시 치미는 구역질 때문에 입 밖으로 나오질 못했다. 한껏 구부러진 내 등으로 다정한 손길이 내려앉았다.

고백이 최악이라면 그 후는 세계 멸망 수준이네.

등을 두드려 주는 우진의 손길을 차마 쳐 내지 못하며 나는 헛웃음 쳤다. 우진은 내장까지 쏟아 낼 정도로 구역질하던 내가 지쳐 주저앉을 때까지 곁에 그러고 서 있다가 안다시피 부축해 거실 소파로 데려갔다.

머리가 깨질 것 같았다. 놀이공원에서 원치 않은 놀이 기구를 수십 번 탔을 때처럼 여전히 속은 안 좋았지만 이젠 걸어갈 힘도 없었다. 쓰러지듯 소파에 옆으로 누운 내게 우진이 물컵을 내밀었다.

나는 예술가가 심혈을 기울여 만든 조각처럼 완벽한 모양의 우진의 손을 멍청히 보고만 있다가 우진이 재촉하듯 컵을 흔들고 나서야 마지못해 몸을 일으켰다.

텅 비어 버린 속에 차가운 생수가 들어가자 정신이 조금 들었다. 차라리 계속 취해 있었다면 나았을 텐데. 모든 걸 저지르고 난 뒤 제정신으로 우진을 마주 보는 건 생각보다 훨씬 많은 용기가 필요했다.

"들어가서 자."

그 시간을 조금이라도 줄이기 위해 말했다. 어느새 내 곁에 앉은 우진이 내 손에서 빈 컵을 가져가 탁자에 내려놓더니 대답했다.

"잠이 오겠어? 그렇게 열렬한 고백을 받았는데."

그 얘기를 하며 우진은 웃었다. 악의라곤 없는 미소였다. 나는 홀리기라도 한 것처럼 그 얼굴을 물끄러미 바라보다 물었다.

"넌 속도 없어?"

"그딴 건 너 좋아하고 나서부터 진작에 버렸어."

생각지도 못한 대답이 날 침묵하게 했다. 우진은 언제 가져온 건지 모를 약병 뚜껑을 따 알약 두 알과 함께 건넸다. 숙취 해소제였다. 나는 그걸 받아 들 생각도 하지 않고 물었다.

"복수하고 싶지 않아? 나 때문에 그 사고…."

"그렇게 생각하길 바랐지. 그래야 네가 날 안 떠날 테니까."

내게 내밀던 알약을 우진이 제 입에 털어 넣으며 말했다.

"아니야. 나는 그래서 네 곁에 있었던 게 아니라…."

"알아."

다급히 부정하는 내 말을 잘라 낸 우진이 제 입술을 가져왔다. 토한 사람한테 키스라니. 당황하기 무섭게 알약이 넘어왔다. 어깨를 밀어내자 우진은 쉽게 물러섰다. 녹은 알약의 쓴맛이 온 입 안을 장악하기 전에 나는 약병을 들어 삼켰다. 이것도 쓰긴 마찬가지였다.

"복수 같은 걸 왜 해. 그 시간에 너랑 섹스하는 게 이득인데."

놀라 넘어가던 약물이 토해져 나왔다.

"그러니까 헛소리할 시간에, 키스나 해."

아이처럼 약 범벅이 된 내 입술을 손가락으로 닦아 낸 우진이 부드럽게 내 턱을 잡고 끌어당기며 말했다.

"그럼 나는 널 더 사랑할 거야."

숙취 해소제를 먹었음에도 속이 진정되기까지는 한참이 걸렸다. 나는 똥 마려운 강아지처럼 소파에 누웠다가, 앉았다가, 일어났다가, 물을 먹었다가, 화장실에 갔다가 난리를 치다가 동이 트고 나서야 지쳐 잠이 들었다. 우진은 그때까지도 내 곁에서 내 시중을 들었다.

깨어났을 때 나는 소파에 누운 채였고, 우진은 소파 아래 바닥에 앉은 채로 잠이 들어 있었다. 해가 중천에 떠 있었다. 거실 한쪽 벽을 차지한 통유리 창에서 쏟아지는 햇살이 눈 부셨다.

맑은 하늘, 적당한 햇살, 곁에 있는 우진. 깨질 듯한 두통과 온몸에서 나는 술 냄새, 여전히 머리 한구석에 남아 있는 아버지의 잔상만 아니었더라면, 우진을 떠난 그날 이후 가장 좋은 아침이었을 것이다.

나는 내 몸 위에 걸쳐져 있던 담요를 우진에게 덮어 준 채 일어나 욕실로 향했다. 온몸에서 토 냄새가 나는 것 같았다. 어제 우진은 어떻게 나와 키스할 생각을 했는지 모를 정도로 최악이었다.

잠깐 앉아만 있는다는 게 욕조에 넋을 놓고 있다가 물이 죄다 식은 후에야 샤워를 하고 밖으로 나왔다. 시간은 벌써 정오였다. 그 사이 일어났는지 우진이 눈을 뜬 채로 나를 돌아봤다.

"또 도망간 줄 알았네."

"도망 안 가."

"기억은?"

"전부 나."

"섹스하자고 조른 것도?"

"그….”

아무리 머릿속을 더듬어 봐도 그런 기억은 없는데, 혹시나 했을 가능성을 배제하지 못해 당장 아니라고 대답도 하지 못한 채 서 있었다. 우진은 그런 나를 가만히 보고 있더니 일어나 다가왔다.

"거짓말이야."

"왜 그딴 거짓말을."

어처구니가 없는 내가 노려보든 말든 우진은 내 뺨에 가볍게 키스하곤 욕실로 향했다. 돌아서며 덧붙이는 그의 한마디에 나는 전의를 상실했다.

"다음엔 진짜로 졸라 봐. 보고 싶으니까."

우진이 샤워하는 동안 엉망이 된 거실을 정리했다. 약병을 버리고 물컵을 치우고 담요를 접어 정리하곤, 내 물건을 찾았다. 휴대폰은 탁자에, 머리 끈은 바닥에, 가방은 욕실 앞에 있었다. 저것들이 왜 중구난방으로 저곳에 있는지 전혀 기억이 나지 않았다. 어쩌면 우진에게 섹스하자고 졸랐다는 말도 거짓이 아닐지 몰랐다.

귀걸이 한쪽을 빼곤 모든 걸 찾았지만, 마지막 하나를 아직 찾지 못한 나는 우두커니 섰다.

물감.

물감이 없었다.

어차피 쓰지도 않을 물건이었다. 그러니 잃어버렸다 해도 개의치 않아야 하는데, 자꾸만 마음에 걸렸다. 마지막으로 본 기억이 할머니의 기사 식당이었으니 거기 두고 왔을까. 아니면, 버렸었나.

그럴 필요 없다고 머리로는 생각하면서도 혹시나 싶어 소파 근처를 다시 한번 뒤지던 중이었다.

"뭐 찾아?"

씻고 나온 우진이 날 보며 물었다. 나는 허리를 굽혀 테이블 아래를 살피다 말고 일어섰다.

"아냐, 아무것도."

"혹시 물감 찾는 거면 차에 있어."

챙겨 두고 가져온다는 게 깜빡했어. 냉장고에서 생수를 꺼내 마시며 우진은 덧붙여 말했다. 그는 아무것도 모르는 주제에 늘 정답을 말한다. 이번에도 마찬가지였다.

나는 방금 풀에서 나온 사람처럼 젖은 우진을 물끄러미 보다가 입을 열었다.

"왜 안 물어?"

"물어보면, 얘기할 거야?"

"…아버지를 만났어."

술에 취하지도 않았건만 두서없이 이야기했다.

가게에 들렀다 아버지를 만난 것, 날 부르는 걸 모른 척 외면하고 도망친 것. 그전에 복지사에게서 전화가 왔었던 것. 무시한 것. 아버지에게 만나자고 연락이 왔었고, 나는 뒤늦게 약속 장소인 가게 근처까지 갔었지만 아버지를 기다리게만 하고 끝내 만나지 않은 것. 아버지가 선물이랍시고 두고 간 물감만 챙겨 나온 것. 버리고 오려고 했으나 결국 돌아가 주워 왔다는 것.

잠자코 듣기만 하던 우진은 내 얘기가 끝나자 단 하나만을 물었다.

"후회해?"

"모르겠어."

머리가 복잡했다. 그토록 미워하고 원망하던 인간이 쫄딱 망해 거지꼴이면 속이 후련해야 하는데, 왜 이렇게 찜찜한 건지. 쓰지도 않을 물감은 왜 버리지 않고 챙겨 온 거고, 비를 맞고 언덕을 내려가던 그 인간의 젖은 등은 왜 자꾸 생각나는 건지. 왜.

왜 이제 와서….

> 미안하다, 영주야.

식당에서 떨어뜨려 열린 물감 안에 들어 있던 쪽지. 급히 종이를 구한 건지 전단지 뒤쪽에 쓴 글자는 비에 젖어 번져 버렸지만 알아볼 순 있었다.

> 너한테도 그렇고, 네 엄마한테도 그렇고 아버지가 전부 잘못했어. 구청에서 연락 간 것도 미안하다. 다신 그런 일 없을 거야. 난 잘 사니, 너도 건강히 잘 살렴.

왜.

아버지 흉내를 내는 거야.

혹시 젖은 소리가 나올까 봐 고집스레 입술을 다문 채 침묵하는 나를 우진이 끌어안았다. 기껏 갈아입은 옷이 우진의 물기로 젖어 들었다.

"봐. 넌 너무 따뜻하다니까."

아침 겸 점심을 대충 챙겨 먹자마자 우진이 차 키를 내밀었다. 나는 말없이 그걸 받아 주차장으로 갔다. 물감은, 젖어 찢어져 버린 종이 가방 없이 뒷좌석에 고이 모셔져 있었다.

고민 끝에 물감을 챙겨 나온 내가 막 지하 주차장에서 나와 정원으로 들어서던 참이었다. 언제 들어왔는지 모를 김규찬이 코앞에 서 있었다. 놀란 내 손에서 물감이 떨어졌다.

"아우씨, 깜짝이야."

기겁한 사람은 나이건만 되레 김규찬이 날 나무랐다.

"전생에 고양이였어? 여전히 소리를 안 내고 다녀."

멀뚱히 선 날 대신해 김규찬이 쪼그려 앉아 열린 물감 상자에 물감을 집어넣기 시작했다. 나는 저쪽으로 튕겨 나간 쪽지부터 주워 주머니에 쑤셔 넣고 나서야 물감을 담으며 물었다.

"어쩐 일이야?"

"엄마 집 들렀다 오는 길에, 대문이 열려 있길래."

"…뭐?"

"근데 니들은 안전 불감증이냐? 도둑놈 들어오라고 고사 지내는 것도 아니고. 나 아니었으면 어쩔 뻔했어?"

"아니, 왜 대문이…."

귀에 익은 소리가 들려 김규찬과 나는 동시에 뒤를 돌아봤다. 나 아니었으면 어쩔 뻔했냐는 김규찬의 말과는 다르게 대문은 여전히 열린 채였고, 거기로 낯익은 얼굴이 들어오고 있었다.

"뭐야? 개규찬 네가 왜 여깄어?"

김규찬을 보고 놀라워하던 채원은 날 보고는 전혀 놀라워하지 않았다. 내가 여기 있다는 걸 이미 알고 있던 사람처럼.

바깥에서 이는 소란에 우진이 정원으로 나왔다. 우진은 김규찬을 한 번, 채원을 한 번, 그 사이에 낀 나를 마지막으로 보더니 머리를 짚으며 말했다.

"이리 와, 홍영주."

반사적으로 우진에게로 가려는 내 손을 채원이 붙잡아 막았다.

"네가 뭔데 영주한테 오라 가라야? 네가 와. 그리고 왜 연락이 안 돼? 내가 급하다고 했잖아. 어제 그 건 해결도 안 해 놓고 튀어 갔으면 전화라도 받아야지. 경매가 당장 일주일 뒤인데, 사람 똥개 훈련 시키는 거야, 뭐야?"

우진은 잠자코 채원의 잔소리를 들으며 다가오더니 사과했다.
"미안."
영혼이라곤 없는 음성이었다. 채원이 코웃음 쳤다. 퍽도.
"이거 전부 확인하고 사인하기 전까지 영주는 없어."
"뭐?"
"나 배고파. 나가서 우리 맛있는 거 먹자, 영주야."
들고 있던 태블릿을 우진에게 안긴 채원이 날 데리고 돌아섰다. 잠깐만, 하고 부르는 우진과 나는 왜 안 데리고 가냐고 소리치는 김규찬을 무시한 채 채원은 대문을 통과하며 내게만 물었다.
"괜찮지?"
나는 조금 당황스럽긴 했지만 웃으며 고개를 끄덕였다.
"좋아."
채원은 겁나 맛있고 비싼 밥을 사 주겠다고 했지만, 이곳에 문을 연 식당이라고는 여전히 아랫마을 슈퍼 할머니가 운영하는 그 기사 식당뿐이었다. 동네를 다섯 바퀴나 돈 다음에야 채원은 그 사실을 인정하고 식당 앞에 차를 멈춰 세웠다. 오늘 식당엔 주인 할머니뿐이었는데, 거의 매일 출근하다시피 하는 나를 할머니는 손녀 보듯 반갑게 맞이했다.
"우째 오늘은 우진이랑 안 오고."
고작 두 번 본 우진의 이름을 할머니는 기억했다. 하기야 누구라도 한 번 보면 잊으려야 잊을 수 없는 얼굴이긴 했다.
"고놈 아주 솔찬히 괜찮은 놈이데? 고만하면 허우대도 멀쩡하고, 얼굴도 잘났고, 뭣보다 니 그 개꼬장 부리는 거 군소리 하나 없이 다 받아 주고, 그런 놈 흔치 않은 거 알제? 꽉 잡으라이."
채원이가 주문한 백반을 테이블로 가져오며 할머니는 우진을 칭찬했다. 채원은 잠자코 그 소릴 듣고 있더니 내 편을 들었다.

"에이, 할머니. 걔 성질 아주 드러워요."

"그랴? 내 보기엔 즌혀 안 그렇던디?"

채원은 그간의 세월에도 상관없이 늘 보던 사람처럼 친근하게 할머니와 대화를 나누었다. 나는 듣는 척하고 있었지만 머릿속으론 딴생각뿐이었다.

"근디, 니는 뭣 헌다고 그걸 또 끌어안고 왔노? 거기 뭐 로또라도 들었나?"

후식으로 주는 고구마 맛탕과 수정과를 배가 부르다며 주문을 하지 않은 내 앞에 내려놓으며 할머니가 말했다. 나이를 먹어도 여전히 총명한 두 눈이 어쩌다 보니 가지고 나오게 된 내 손의 물감에 꽂혀 있었다. 채원의 시선이 따라왔.

마침 다른 손님이 들어오는 바람에 할머니는 자리를 떴고, 나는 대답을 삼켰다. 채원은 여전히 의문이 깃든 표정이었지만 캐묻지 않았다. 대신 다른 걸 물었다.

"우진이랑은 화해한 거야?"

"응?"

"오늘도 그렇고, 어제 회사에서 봤을 때도 그렇고 정우진 그렇게 충만해 보이는 표정 너무 오랜만이라. 무서워서 그래."

마주한 눈빛이 확신에 차 있었다. 나는 웃으며 대답했다.

"우진이가 봐준 거야."

"봐주긴 뭘 봐줘. 넌 그때 고작 열여덟 살이었는데. 그 어린 애한테 여태까지 앙금 가지는 놈이 소인배지."

양념이 잘 밴 무조림을 한입에 넣느라 뭉개진 발음으로 채원이 중얼거렸다.

"어쨌든 다시 만난다는 거지?"

"응."

"그럼 당분간 정우진 비위 맞춰 줄 일은 없겠네. 아주 그냥 여름마다 잠수 타는 바람에 그간 개고생한 걸 생각하면…. 할머니, 여기 무조림 추가 주문 돼요?"

"주문은 뭔 주문이여, 접시 줘 봐. 내 더 가져다주꾸마."

배가 고프다는 말이 거짓은 아닌 듯 채원은 공깃밥까지 추가해 두 그릇을 먹고, 제 몫의 후식으로 나온 맛탕과 수정과까지 전부 해치웠다. 우진의 전화는 추가 주문 한 것까지 계산하겠다는 채원과 됐다고 마다하는 할머니가 실랑이를 벌이고 있을 때 왔다.

내 휴대폰은 민 화백의 집 거실에 있으니 채원의 휴대폰이었다. 할머니가 벨 소리에 방심한 틈을 타, 채원이 현금을 카운터에 내려놓고 식당을 나왔다. 그사이 계산대 바구니에서 사탕 두 개를 챙긴 후였다.

"왜?"

발신자가 우진임을 확인한 채원이 퉁명스럽게 전화를 받았다.

"안 그래도 지금 모시고 갈 거거든?"

통화는 그게 끝이었다. 차의 잠금장치를 푼 채원이 내게 박하사탕 하나를 내밀며 말했다.

"맘 같아선 정우진 애태워 죽이고 싶은데, 내가 피곤해서 안 되겠다. 가자, 좀 쉬게."

입에 문 사탕이 전부 녹기도 전에 민 화백의 저택에 도착했다. 대문은 여전히 열린 채였고, 우진과 규찬은 아직도 정원에 있었다. 수영장 앞이었다. 나는 반쯤 걸어가다 멈춰 섰는데, 아까까진 분명 방치되어 있다시피 한 풀이 깨끗한 물로 가득 차 있었기 때문이다.

"어? 그거 아메리카노야? 좀 줘 봐. 목 타 뒈지겠다. 내가 아침부터 뭔 부귀영화를 누리자고 이 집에 들러선 고생고생 개고생을. 정우진, 이 악독한 새끼."

땀이 송골송골한 이마를 훔친 김규찬이 뒤따라온 채원이 든 음료 캐리어에서 아메리카노를 집어 들었다. 선글라스를 낀 채원은 나와 수영장과 우진을 차례로 고개를 돌려 살피더니 내가 고딩 때도 안 해 본 수영장 청소를 이 나이 먹고 했다고 한탄하는 김규찬을 끌고 현관으로 향했다.

"어디 가? 나 우진이 저 새끼 죽이고 갈 건데."

"샌드위치 사 왔어. 더우니까 들어가서 먹어."

"그래? 무슨 샌드위치?"

채원과 김규찬이 집 안으로 사라지자, 정원엔 우진과 나 둘만이 남았다. 사방에서 들리는 매미 소리, 쏟아지는 햇살에 온몸은 금세 뜨거워졌다.

우진은 직사각형인 풀의 정확히 정반대 편에 서 있었다. 물청소를 한 탓인지 금방 풀에 들어갔다 나온 사람처럼 머리부터 발끝까지 젖은 채였다. 역광 때문에 얼굴은 잘 보이지 않았지만, 나는 어째서인지 우진이 웃고 있다고 확신했다.

풀 사이드를 걸어 우진에게로 향했다. 마음이 급해 빨리 걷는다는 게 고작 세 걸음 만에 멍청하게 물기에 미끄러져 풀 안으로 빠져 버렸다. 생각보다 깊은 수위에 당황해 허우적거리던 나는 어느 순간 동작을 멈췄다. 타일에 반사된 푸른 물 사이로 흰 물보라가 퍼졌다. 가까스로 떠 올린 눈앞에 우진이 있었다.

열여덟, 내가 사랑했던 정우진이.

13. 물보라

쫄딱 젖은 우리가 집 안에 들어갔을 땐, 김규찬과 채원은 각각 거실 소파 양쪽에 비스듬히 누워 곯아떨어져 있었다. 깨워 내쫓을 줄 알았던 우진은 잠자코 두 사람을 내버려 두었다.

해가 지고 나서야 일어난 채원은 우진을 보자마자 네 휴가는 오늘로 끝이라고 못 박았고, 우진은 수긍했다.

"안 그래도 그러려고 했어."

그렇게 우리는 늦은 저녁을 먹고 집을 나섰다. 연락을 받고 온 저택 관리인 아저씨는 정원의 수영장을 보자마자 놀란 눈을 했다.

"어? 수영장."

"아, 이제 채워 두려고요."

풀에 머문 우진의 눈동자가 물빛으로 차올랐다.

채원은 운전할 힘이 없었고, 김규찬은 차가 없었다. 제 차는 제집에 두고 왔으며 지난번 그 차는 아버지 차라고. 김규찬이 채원의 차를 운전하겠다고 했지만 채원은 김규찬의 운전 실력을 믿을 수가 없다고 싫다 했다.

"영주는 괜찮아. 영주가 내 차 운전하면 내가 같이 타고 갈게."

우진은 체념한 눈빛으로 말했다.

"그럼 내가 네 차 운전할게. 됐어?"

채원은 그제야 만족한 듯 우진에게 차 키를 건넸다. 왜 정우진은 되고, 나는 안 되냐고 항의할 줄 알았던 김규찬도 실은 운전하기가 귀찮았던 모양이었다. 서둘러 조수석에 올라타려 하는 걸 채원이 저지했다.

"아무리 그래도 그건 상도가 아니지. 거긴 영주 자리야."

날 조수석으로 들여보내며 채원은 우진을 봤다. 우진은 헛웃음을 치더니 운전석에 올라탔다.

"그래, 고맙다."

그렇게 자고도 피곤했나 보다. 출발한 지 30분도 되지 않아 뒷좌석의 두 사람은 곯아떨어졌다. 코를 고는 소리가 시끄러운지 우진이 라디오의 볼륨을 높였다. 시끄럽게 읊어 대는 속사포의 힙합과 가요, 트로트를 지나친 라디오 채널은 영화 음악에 고정됐다.

"강무원의 영화 음악 1부 오늘 첫 곡은 최유리의 '숲'이라는 곡입니다."

"네 차는 그냥 놔두고 와도 돼?"

"괜찮아. 다른 거 타면 돼."

"아."

재회했던 첫날, 값비싼 차를 서슴없이 내게 건넸던 우진이 떠올랐다. 우진도 비슷한 걸 떠올린 것 같았다.

"차는? 새로 샀어?"

"아니."

"그럼 그거 타. 아직 거기 있어."

괜찮다고 거절하려던 나는 마음을 바꾸었다. 우진과의 관계에서 깨달은 게 있다면, 사람은 줄 줄 알아야 하지만 받을 줄도 알아야 한다는 것이었다.

"어. 고마워."

눈앞의 주황색 신호가 붉은색으로 바뀌었다. 우진은 뒤늦게 브레이크를 밟았다. 앞으로 고꾸라질 뻔한 뒷좌석의 채원과 김규찬이 항의하든 말든, 우진은 내가 괜찮은지 살피더니 신호에 맞춰 다시 출발했다.

시내로 들어선 우진은 여전히 꿈나라인 김규찬과 채원을 깨우는 대신 나부터 데려다주겠다고 했다.

"너는?"

"회사 가 봐야지."

"그럼 나도 같이 갔다 갈게."

전에 없이 안 하던 짓을 하는 내가 이상한 듯 우진이 물끄러미 날 바라봤다. 나는 모른 척 시선을 피한 채 물었다.

"왜?"

"좋아서."

차선을 바꿔 유턴하는 우진의 옆얼굴에 미소가 떠 있었다.

김규찬을 오피스텔 앞에 내려 준 후에는 채원을 깨웠다. 나도 함께 가야 일 처리를 하든 말든 하지 않겠냐며 버티는 채원을, 우진은 내가 알아서 끝낼 테니 걱정 말라는 말로 달래 집으로 들여보냈다.

　도시를 벗어난 차는 외진 도로로 들어섰다. 어둠이 내려앉은 창밖으로 짙푸른 전나무 숲이 이어졌다.

　벌써 세 번째 방문이었지만 낯선 풍경이었다. 처음 이곳에 방문했을 땐 잔뜩 긴장한 상태로 우진의 차를 모느라, 두 번째 동호 오빠와 왔을 때는 우진과의 일련의 일들로 상심에 빠져 있느라 바깥 풍경 같은 건 관심을 둘 겨를이 없어서 몰랐다. 이곳에 이렇게 울창한 숲이 있는지.

　그 숲을 헤치고 나온 끝에서야 만난 우진의 회사는 낮에 볼 때와는 또 다른 분위기였다. 주변에 다른 건물이 없어 칠흑 같은 어둠 속에서 홀로 고고한 흰빛을 내뿜고 선 건물은 돌아가며 지붕을 받치고 선 거대한 기둥들 때문에 흡사 신전 같아 보였다.

　"네가 이렇게 해 달라고 한 거야? 설계한 사람이 한 거야?"

　"회사에 에고를 표현할 정도로 스스로를 좋아하진 않아서. 후자."

　덧붙이는 우진은 아무리 봐도 예술에는 하등 관심이라곤 없어 보이는 얼굴이었다.

　주차장에 들어서 차를 세워 놓고 엘리베이터를 탔다. 우진의 사무실은 건물의 최상층인 4층에 있었다. 복도에 내려서자 벽에 걸린 그림들이 날 사로잡았다. 그중에는 익히 알고 있는 그림도, 처음 보는 작가의 그림도 있었다.

　"시간 좀 걸릴 거야. 괜찮겠어?"

　투명한 유리문 안으로 들어서며 우진이 물었다. 나는 그제야 그림에서 눈을 떼며 대답했다.

"아래층 갤러리 구경하고 있을게."

그렇게 나는 우진을 두고 계단을 걸어 내려왔다. 그사이 바뀐 갤러리는 그림이 아닌 조형물을 전시하고 있었다. 비치된 도록 하나를 들고 한 층 전체를 관람하는 사이, 벌써 1시간이나 지나 있었다.

조각들은 대부분 팔린 듯 '솔드 아웃'이라는 표시가 명찰에 붙어 있었는데, 그중에서도 가장 조악한 조각에 서 있을 때 우진이 나타났다. 작품명은 〈마음〉이었으나, 실상은 그저 남자 성기를 세워 놓은 모양 그 이상도 그 이하도 아니었다.

"10억이야."

"뭐?"

"그런 것만 수집하는 변태 새끼가 있어."

"…아."

그다지 놀라지 않은 내게 우진이 조각을 눈짓하며 말했다.

"만져 봐도 돼."

"됐어."

돌아선 나는 도록을 제자리에 놓아둔 채 갤러리를 나왔다. 단 몇 걸음 만에 날 따라잡은 우진이 나와 함께 엘리베이터에 타며 말했다.

"얼굴이 빨갛네."

"네가 헛소릴 하니까."

"자고 갈래?"

지하에 도착한 엘리베이터 문이 소리를 내며 열렸다. 우진이 다가왔다. 나는 물러서지 않은 채 점점 가까워지는 우진의 얼굴을 올려다보고 서 있었다. 내리는 사람 없이 문이 다시 닫히기 무섭게, 입술이 부딪혔다. 계기판 앞에 선 내 등을 타고 넘어온 우진의 손이 버튼을 눌렀다. 4층.

쿵. 떨어졌던 심장이 솟구쳐 오르기 시작했다.

자정이 다 되어서야 사무실을 나왔다. 채원의 차는 두고, 우진의 다른 차에 올라탔다. 목적지는 우진의 빌라였다. 할아버지에게는 연락을 해 둔 후였다. 내일 아침에 가겠다고. 우진의 말마따나 새벽에 들이닥쳐 잠을 설치게 하는 것보다는 그게 나을 것 같았다.

우진은 귀찮다며 소파에 쓰러져 움직이지 않는 나를 부드럽게 일으켜 안아 욕실로 데려갔다. 내가 더러워? 섹스하느라 뇌도 날려 버린 건지 취하지도 않은 채 재미없는 농담을 하는 내 옷을 벗겨 욕조에 앉히는 손길이 상냥했다.

물은 금세 차올랐다. 선물로 받았지만 쓸 일 따윈 없었다는 배스 밤 중 하나를 골라 내가 물에 풀었을 때, 우진이 제 옷을 벗어 올리더니 욕조 반대쪽으로 들어왔다.

"좁아."

엉켜 드는 우진의 긴 다리가 귀찮아 걷어차며 괜히 시비를 걸었다. 우진은 두 번은 참아 주더니 세 번째 되는 순간, 내 발목을 끌어 잡아당겼다. 중심을 잃고 거품투성이 물속으로 빠져드는 내 등을 단단한 팔이 끌어안았다. 몸이 겹쳐졌다.

나는 한쪽 팔론 욕조 벽을 잡아 가까스로 버틴 채 다른 팔로 우진을 밀어냈다.

"하지 마."

"뭘."

"힘들어."

"알아."

넌 그냥 가만히 있어. 속삭이며 우진은 내게 키스했다. 나는 체념한 채 우진의 등을 끌어안았다. 귓가로 낮은 웃음소리가 떨어졌다.

- - -

휴가는 끝났다. 우진과는 전보다 자주 만났다. 우진이 날 찾아오기도 했고, 내가 우진을 찾아가기도 했다. 겉으론 꽃을 피우면서도 줄기엔 가시를 숨기고 있던 5월의 장미 같던 우리 사이는 여름 수국처럼 줄기가 보이지 않을 정도로 꽃만이 만개했다.

열대야로 끓어오르는 밤이 되면 우진은 종종 앓았다. 그날부터 시작된 우진의 여름밤 악몽은 내가 어찌할 수 있는 게 아니었지만 곁에 있을 수 있어 다행이었다.

그 꿈 어딘가에서 허우적거리는 우진을 깨우고, 손을 잡고, 안아 줄 수 있어서. 꿈에서 깨어난 우진은 겨우 눈을 뜨고, 나를 바라보았다. 바다에 빠졌지만 헤엄 따윈 칠 줄 모르는 사람처럼. 얕은 숨을 헐떡거리면서 아주 오랫동안.

시간은 흘러갔다. 그사이 복지과에서도, 아버지에게서도 연락은 없었다. 무소식이 희소식이고, 그게 그토록 내가 바라던 일인데도 기쁘지는 않았다. 소화가 불가능한 돌덩이를 삼킨 것처럼 가슴이 답답했다.

성적 처리를 위해 학교 사무실에 들렀을 때 동호 오빠가 찾아왔다. 손엔 꽃바구니를 든 채였다.
"2학기에도 파이팅 하세요, 교수님."
"교수는 무슨, 강사지."
"곧 교수 돼야지."
운 좋게 2학기에도 강의를 맡게 됐다. 할아버지와 구 학장은 기뻐했지만, 우진은 그다지 좋아하는 기색이 아니었다.

"그림은?"
"무슨 그림?"
"그림은 언제 그릴 거야?"

그 말에 이번 인사에 우진의 힘이 작용하지 않았다는 걸 알았고, 그래서 좋았다. 자신이 입김을 불어 넣긴 했지만 그래도 순전히 본인 실력으로 된 거라는 학장의 말을 그제야 온전히 믿을 수 있었다.
"그거 우리 아버지 꽃이야. 꽃꽂이는 내가 한 거고."
"꽃집 해도 되겠는데?"
"안 그래도 아버지 성화야. 뭐든 잘해도 문제라니까."
점심을 먹으러 온 식당에서 자화자찬하는 동호 오빠의 얼굴은 전보다 훨씬 밝아 보였다. 우진의 회사와 계약한 동호 오빠의 그림은 높은 가격은 아니었지만 꾸준히 팔리고 있었다.
"참, 정 대표님한테 고맙다고 전해 줘."
"어?"
"너한테도 고맙고. 너 아니었으면."
뭐든 자신감이 넘치는 오빠가 그림에 있어서만큼은 그 반대였다. 그게 늘 마음에 걸렸던 나는 타이밍을 놓치지 않고 얘기했다.

"오빠 그림이 팔릴 만하니까 산 거고, 판 거야."

"그래도."

"우진이 정에 이끌리는 타입 아니야. 내가 한 일은 아무것도…"

"너 진짜 둔하구나?"

시선이 느껴져서 고개를 들자 장난스러운 표정의 오빠가 날 보고 웃고 있었다.

"걔는 네가 사람을 죽여 달라고 해도 그래 줄걸."

오빠는 밥값을 내고, 그걸로도 모자라 커피까지 사 준 다음 디저트를 손에 쥐여 준 다음에야 학교를 떠났다. 나는 보기만 해도 입이 단 타르트 상자를 든 채 사무실로 돌아왔다. 문이 조금 열려 있어 의아했는데, 우진이 와 있었다.

"걔는 네가 사람을 죽여 달라고 해도 그래 줄걸."

"웬 꽃이야?"

동호 오빠의 말이 새삼스레 떠올라 멍청히 우진을 바라보던 나는 우진이 의아한 듯 다가오고 나서야 정신을 차리고 대답했다.

"동호 오빠가 줬어."

"아버님이 화원 하신다더니."

"그런 것도 알아?"

"피곤해 보이네."

"누구 때문인데."

새초롬한 내 대꾸에 우진은 소리 내 웃었다. 요즘 우진은 자주 웃는다. 그럴 때마다 바람에 우는 풍경처럼 흔들리는 마음을 들킬세라, 나는 우진의 시선에서 비켜선다.

책상에 타르트 상자를 내려놓은 채 의자에 앉았다. 우진이 그런 내 곁에 따라와 선 채 물었다.

"왜 안 깨우고 혼자 갔어?"

"너무 곤히 자길래."

"다음엔 그냥 깨워."

책상에 놓은 내 손끝을 타고 올라온 우진의 손이 어깨를 지나 뺨으로 다가왔다. 고개가 들렸다. 상체를 숙여 점점 가까워지는 우진의 얼굴을 보고 눈을 감았다.

우진의 입술은 오늘도 차가웠다. 나는 우진이 차가워서 좋았다. 혼절이라도 할 것처럼 더운 여름, 분수대에서 쏟아지는 물을 맞았을 때처럼, 기분 좋은 서늘함. 우진과 닿으면 나쁜 생각들로 타오르던 마음이 재가 되기 전에 꺼졌다.

차가운 우진이 나 때문에 달아오르는 것도 좋았다. 벌어진 입술을 가르고 들어오는 혀는 처음엔 싸늘해도 종내에는 뜨거워졌다. 부드럽기만 하던 키스는 점점 거칠어지고, 옅은 숨에 난폭함이 섞인다.

이곳이 학교인 것도 잊고 우진에게 매달리던 나는 우진의 얼굴을 보려고 눈을 떴다가 다른 걸 보고 얼어붙었다. 닫힌 문의 손잡이가 돌아가고 있었다.

"홍 교수! 오늘 회식 참석 안 한다고 했다며! 아니, 오늘의 주인공이 우리 홍 교수인데 홍 교수가 참석을 안 하면은…."

황급히 우진을 밀어냈다. 무방비였던 우진은 타고난 운동 신경으로 책상을 붙잡아 나동그라지는 걸 피했다.

"지금 뭐 하는."

황당한 듯 헛숨을 터뜨리던 우진은 등 뒤에서 동상이 된 학장을 목격하고 나서야 상황을 파악하곤 몸을 일으켜 섰다.

"그…러니까, 지금 홍 교수랑 정 대표가, 그 정 대표랑 홍 교수가."

당황해 얼굴이 시뻘게진 학장과는 달리 우진은 동요도, 내 동의도 없이 말했다.

"네, 그런 사이죠. 이런 데서 키스하는 사이."

우진의 해명을 믿는 대신 학장은 내게 물었다.

"사실입니까, 홍 교수?"

"네?"

"아니, 내가 정 대표가 못 미더워서… 가 아니고, 그 지난번 중식당에서부터 정 대표 하는 짓이 영 거시기해 가지고. 그 정 대표 잠깐 나가 있으면 내가 홍 교수랑 이야기를 좀 해 보고."

심각한 구 학장을 심드렁하게 지켜보던 우진의 표정이 미묘하게 변했다. 그제야 그 말뜻의 의미를 이해한 것 같았다. 나도 마찬가지였다.

"나는 말입니다. 다른 건 다 참아도, 그 레이디 건드리는 건 못 참습니다. 그게 아무리 정 대표라도."

우진이 기가 막힌 듯 빈 웃음을 터뜨렸다. 그 미소를 어떻게 받아들인 건지 학장은 헛기침을 하더니 심각한 표정으로 우진의 등을 떠밀었다. 나는 무슨 생각인지 얌전히 떠밀려 가는 우진을 보다가 뒤늦게 말했다.

"맞아요."

"홍 교수, 지금 정 대표 눈치 봐서 그러는 거라면은."

"아뇨. 맞습니다, 그런 사이. 저희 사귑니다."

우진을 사무실로 쫓아내려던 학장도, 우진도 날 봤다. 얼굴이 달아올랐다. 별말도 아니건만 뱉어 놓고는 귀가 빨개진 날 말없이 응시하던 우진이 제 등에서 학장의 손을 떼어 내며 웃었다. 시선은 내게 고정한 채였다.

"그렇다는데요?"

학장은 미안하다고, 내가 오해했다고, 몇 번이나 사과했다. 하지만 그간 정 대표 태도를 보면 누구라도 오해할 수밖에 없었다고, 나는 정 대표랑 홍 교수 사이 안 좋은 줄 알았다고. 근데 그럼 그게 사내 연애 하는 사람들이 흔히 쓰는 페이크 같은 거냐며, 안 해도 될 말까지 덧붙이면서.

"그럼 조만간에 우리 미대 식구들 국수 먹는 거야? 세상에 한 뼘 캔버스값은 알아도 그 그림에 찍힌 점값은 모른다더니. 두 사람이, 하하하. 둘이, 허허허."

학장은 여전히 충격이 가시지 않은 듯 나와 우진을 번갈아 보며 인위적인 미소를 짓더니만 조교의 전화를 받기 무섭게 황급히 자리를 떴다.

"아참, 홍 교수. 오늘 회식은 불참해도 돼. 아무리 상사라도 우리 청춘 남녀 데이트를 방해하면 안 되지."

소음의 원인이 사라지자 사무실 안은 드디어 조용해졌다. 그제야 긴장이 풀린 나는 의자에 주저앉아 얼굴을 감싸 쥐었다. 소문내는 건 아니겠지? 학장은 입이 가벼운 사람은 아니었지만 술이 들어가면 또 몰랐다.

벌써부터 두통이 이는 기분에 한숨을 쉬고 있자니 우진이 다가오는 기척이 느껴졌다. 얼굴을 덮었던 손을 내리고 고개를 들었다. 우진은 어느새 코앞까지 다가와 책상에 기대선 채였다. 눈동자에 어린 장난기와 입가에 걸린 옅은 미소가 날 열받게 했다.

"웃음이 나와?"

"다행이잖아."

"다행이라고?"

"내가 네 옷 벗기기 전에 들어와서."

할 말을 잃은 나는 우진을 보며 따라 웃다가 정색했다.

"나가."

"응?"

"나가시라고요."

일어나 등을 떠밀자 우진은 이번에도 얌전히 밀려가 주었다. 그는 문을 열고 내쫓기기 직전에야 돌아서더니 날 끌어안았다. 나는 밀어내는 시늉만 했을 뿐 잠자코 안겼다.

"데리러 올게."

"괜찮아."

"전화해."

"알았어."

우진의 차를 가져오긴 했지만 막상 탈 일은 별로 없었다. 우진은 매일같이 날 데리러 왔고, 집까지 데려다줬다. 차는 오늘도 할아버지 반찬 가게 앞에 전시 중이었다.

우진을 보내고 나서야 일을 시작했다. 수업 계획표 작성을 막 끝냈을 때, 모르는 번호로 전화가 왔다. 액정에 뜨는 번호를 보고 스팸이겠거니 무시하려던 나는 마음을 바꿔 휴대폰을 쥐어

들었다.

"여보세요."

- 홍기석 씨 자녀분 되시죠?

전에도 한 번 들었던 그 목소리를 알아듣고 처음에는 안도했던 것 같다. 그럼 그렇지. 결국 또 이런 식으로 연락을 하네. 다신 연락하지 않겠다는 그 말은 끝내 거짓말이었다고. 진드기 같은 근성은 나이를 들어도 어디 가질 않는다고. 그간 잠시나마 아버지에게 죄책감과 연민을 느꼈던 걸, 걱정했던 걸 후회했었다.

- 홍기석 씨가 지금 위독해서 연락드립니다.

"…뭐라고요?"

나는 이해하지 못해 되물었다. 수화기 너머 상대방은 약간의 뜸을 들이더니 이어 말했다.

- 쓰러지신 것 같은데 발견이 좀 늦었나 봐요. 의사가 더 이상 가망이 없다고 해서, 아무리 사이가 안 좋으셔도 임종 전엔 알려 드려야 할 것 같아서요. 여기가 어디냐면, 중앙동 사거리에 있는 재….

남자의 목소리가 점점 멀어졌다. 그 사이를 한여름 매미 소리를 한 이명이 채우기 시작했다. 어째서 엄마의 사고가 있던 그날 일이 새삼스레 떠오르는 건지 알 수 없었다. 목격한 적도 없이 꿈에서만 보던 우진의 사고 역시. 어디선가 피비린내가 나는 것 같았다.

- 여보세요? 홍영주 씨?

내 이름을 듣고 나서야 정신을 차린 나는 초점이 흐려지는 시야를 바로잡으려 애쓰며 다시 물었다.

"다시 한번만 말씀해 주시겠습니까?"

- 중앙동 재성 종합 병원 응급실입니다. 오셔서 홍기석 씨 이름 말씀하시면….

"알겠습니다."

전화를 끊자마자 곧장 일어섰다. 서둘러 사무실을 나서려다 멈춰서 갈등했지만 찰나였다. 걱정돼서 가는 게 아니야. 내 눈으로 확인하러 가는 거야. 진짜 사경을 헤매고 있는지 확인하러 가는 거라고. 자기 합리화를 한 나는 어느새 뛰고 있었다.

택시를 타고 병원에 도착했다. 응급실 안으로 들어서 환자 이름을 말하자, 간호사가 저쪽 구석의 병상을 손짓으로 안내했다. 응급실은 시끄럽고 부산했다. 아버지가 누워 있다는 저곳만 빼고.

그리 급하게 뛰어왔던 주제에, 병상을 앞두고 나는 걸음을 늦추었다. 이대로 돌아갈까. 커튼을 열지 못한 채 뒷걸음질을 치며 돌아서다 누군가와 부딪혔다.

"죄송합…."

"홍기석 씨 따님? 맞으시죠?"

복지사는 서둘러 커튼을 열어젖혔고, 그렇게 아버지는 내 눈앞에 모습을 드러냈다. 호흡기를 단 채, 죽음이 드리운 얼굴로.

"길어야 오늘 밤이라고 하시네요. 며칠 전에 홍기석 씨가 뭔 일이 있어도 절대 따님에게는 연락하지 말라고 하셨는데, 뭘 알고 그러신 건지."

굳은 내 표정을 본 복지사가 자리를 피해 줬다. 나는 죽은 듯 선 채로, 죽어 가는 아버지의 얼굴을 눈에 담았다.

이 순간을 얼마나 기다렸는지. 죽기엔 너무 젊었던 엄마의 피투성이 얼굴이 떠오를 때마다, 날 키우느라 세월을 보낸 할아버지의 다리가 매년 더 많이 절뚝일 때마다, 우진이 악몽에 잠들지 못할 때마다, 얼마나 바랐는지.

당신이 죽어 버리기를.

기뻤다. 너무 기뻐서, 춤을 출 수도 있을 것 같았다. 이젠 더 이상 모르는 번호에 긴장하고 지레 겁먹지 않아서 돼서, 할아버지가 병든 아버지 뒷바라지할 걱정을 안 해도 돼서, 아버지가 뭐 하시냐는 물음에 우리 아버진 죽었다고 당당하게 말할 수 있어서. 거지 같은 내 가족사 때문에 우진의 깨끗한 손이 시궁창에 빠질까 걱정하지 않아도 돼서.

휴대폰이 진동했다. 할아버지였다.

- 웬 전화를 그렇게 안 받어? 우진이헌테서 전화 왔었어. 너 전화 안 된다고. 지금 어디여?

줄곧 감겨 있던 아버지의 눈이 찰나 열린 건 그 순간이었다. 나는 휴대폰을 귀에 댄 채로 숨을 멈췄다. 대가리가 따인 생선처럼 죽음의 빛을 띤 검은 눈동자가 아주 천천히 날 향해 움직였다. 침대 위 미동 없던 손이 날 향해 기어 오고 있었다.

- 영주야?

나는 그 눈을 마주한 채.

- 홍영주?

그 손을.

"…할아버지."

미약하게 산을 그리던 심전도계 그래프가 수평이 되고, 심정지를 알리는 비프음이 울렸다. 들이닥치는 의료진들 사이에서 나는 한 손으론 통화가 끝난 휴대폰을, 다른 한 손으론 그 손을 잡고 우두커니 서 있었다.

- - -

 할아버지는 명을 달리한 아들보다 살아 있는 날 걱정했다. 응급실로 뛰어 들어오자마자 마네킹처럼 선 날 먼저 살피더니, 그다음에야 침대의 아버지를 확인했다.
 "아이고, 이 망할 놈의 새끼…. 끝까지 부모랑 지 자슥 가심에 못을 박는 지럴을 하고 가네."
 옅게 흐느끼는 할아버지 곁에서 나는 울지 않았다.
 우진은 할아버지가 도착한 지 얼마 되지 않아 나타났다. 무너지는 건물 속에서 살길을 찾아 헤매는 조난자처럼 미친 듯 응급실을 뒤져 대던 우진이 날 알아보고 달려왔다.
 "영주야?"
 걱정과 불안으로 점철된 검은 눈동자. 오로지 나만 담고 있는 그 눈을 마주한 나는 웃었다. 아무 일도 없었던 사람처럼.
 장례는 조촐하게 치러졌다. 내 주변엔 알리지도 않았기에, 문상객이라고는 우진이네 식구들과 동호 오빠, 채원이와 김규찬, 할아버지가 가게를 하며 알게 된 동네 사람들이 전부였다.
 이틀 동안 장례가 치러졌고 사흘째 되던 날 화장했다. 우진은 내내 내 곁에 있었다. 아무렇게 않게 밥을 먹고, 이야기하고, 웃는 내 곁에서 별다른 위로도, 질문도 없이 같이 밥을 먹고, 이야기를 하고, 웃어 줬다.
 장례를 치른 지 이틀째가 되던 날 전화가 왔다. 유품 정리사는 오늘 아버지의 집을 정리할 텐데, 오겠냐고 물었다.

고작해야 사람 둘이 누울 수 있는 지하의 단칸방이었다. 환기가 제대로 되지 않았는지 곳곳에 곰팡이가 피어 있었지만, 지금의 내 방보다 깔끔했다. 생전에 본인 몸 꾸미는 걸 좋아했던 아버지는 좁은 방이라도 정리는 잘하고 살았다.

한눈에 들어오는 방은 둘러볼 것도 없어서 대충 눈길만 주곤 밖으로 나와 기다렸다. 차에 앉아 노트북으로 일하며 시간을 때우다가, 근처 가게에 들러 음료수와 간식을 사 들고 찾아갔을 땐 방은 거의 치워진 후였다.

"이거, 받으시고요."

유품 정리사가 건넨 물건은 서류 봉투와 현금 몇 푼이 든 지갑, 고작 몇십만 원의 잔고가 남아 있는 통장 하나뿐이었다.

나는 그들에게 인사하고 차로 돌아와 시동을 걸었다. 받은 물건은 일부러 거들떠보지도 않고 있다가 학교 주차장에 도착하고 나서야 마지못해 열어 봤다.

할아버지가 보냈던 모양인지 지갑 속에 들어 있던 고등학교 시절 내 증명사진을 보고도 무덤덤하던 나는 봉투 속 서류를 확인하고 숨을 쉬는 게 힘들어졌다.

보험 증서였다.

꽤 오래전이었는지, 낡아 빠진 계약서의 수익자는 나였다.

할아버지는 당분간 민 화백의 저택에서 지내고 있었다. 일 때문에 나는 꽤 많은 시간 집을 비웠고, 홀로 있을 할아버지가 걱정인 건 민 화백도 마찬가지라 했다. 나는 그 마음이 감사했다. 아들 상을 치른 사람이라기엔 할아버지는 너무나 괜찮아 보였다. 멀쩡한 사람을 왜 요양시키냐며 할아버지는 우릴 나무랐지만 나는 알았다. 할아버지가 괜찮은 건 나 때문이었다. 괜찮지 않으면 내가 마음 아파할 테니 괜찮아야 했다. 늦은 밤 화장실에서 울음을 삼키는 한이 있더라도. 그래도.

나는 할아버지가 괜찮지 않아졌으면 해서 홀로 집에 남았다. 걱정하는 할아버지에겐 우진이 있으니 괜찮다고 말했다. 정말 괜찮았다.

집으로 돌아오고 나서도 오랫동안 차 안에서 핸들을 쥔 채 엎드려 있다가 휴대폰 진동에 정신을 차리고 일어났다. 우진이었다.

- 다녀왔어?

주어도 목적어도 없었지만 우진이 무얼 묻는지 알았다. 아버지의 집. 나는 그렇다고 대답했고, 그게 전부였다.

- 어쩌지. 오늘은 데리러 못 가겠어. 일 때문에 프랑스에 좀 다녀와야 하는 걸 깜빡했어.

"괜찮아."

- 미안해.

"뭐가."

- 공항에서 다시 전화할게.

"응. 조심히 다녀와."

전화를 끊고 나서야 시간을 확인했다. 오후 5시 반. 3시간 동안이나 이러고 있었단 뜻이었다. 액정에 알림이 더 있어 확인했더니 다른 사람들에게도 메시지와 전화가 와 있었다. 채원과 동호 오빠, 해나에 이젠 김규찬까지 합세했다. 사람들은 내가 주는 것보다 훨씬 많은 걸 돌려준다. 그걸 나는 너무 나중에야 알았다.

전화는 좀 그렇고, 메시지로 간단히 답을 했다. 조수석에 둔 아버지의 물건들은 그대로 둔 채 차 문을 열고 밖으로 나왔다. 낮 동안 달궈진 아스팔트의 열기가 다리를 타고 올라왔다. 어쩐지 어질하다고 느끼고 나서야 오늘 아무것도 먹지 않았다는 걸 깨달았다.

불이 꺼진 가게 유리문에 붙은 상중(喪中)이라는 종이를 물끄러미 보다 걸어가 떼어 냈다.

"선생님?"

익숙한 목소리에 돌아보자 산호가 있었다. 산호는 할머니와 함께 장례식장에도 왔었다.

"집에 가는 길이야?"

"네. 그… 괜찮으세요?"

"나야 늘 괜찮지. 중요한 시기에 자꾸 레슨 빠뜨려서 미안해."

"아뇨! 선생님이 뭐가 죄송해요. 제가 죄송하죠."

산호는 손사래를 치더니 손에 든 편의점 비닐봉지를 뒤져 아이스크림 하나를 꺼내 내밀었다.

"이거요. 오다가 샀는데 선생님도 하나 드세요."

"어, 고마워."

"전 그만 가 볼게요."

"그래. 조심해서 가. 참, 다음 레슨은 월요일 날 해 줄게."

"네!"

산호가 골목 안으로 사라지는 걸 확인한 후에야 가게 옆으로 난 계단을 올랐다. 문을 열고 집 안으로 들어갔다. 늘 밝았던 집 안은 할아버지가 자리를 비우자 불을 켜 놓고 기다릴 사람이 없어 어두컴컴했다.

 옷도 갈아입고 소파에 앉아 산호가 준 아이스크림을 먼저 먹었다. 종일 굶은 몸은 갈급하게 당분을 받아들였다. 물을 마시고, 옷을 갈아입은 후에는 창을 열어젖혔다.

 할아버지가 매일 쓸고 닦았던 집은 항상 깨끗하게 정돈되어 있었다. 딱히 끼니도 챙기지 않고 몸만 오갔던 터라 지금도 깨끗하긴 마찬가지였다. 그런데도 나는 청소를 시작했다. 청소기를 돌리고 걸레질을 하고, 책장의 책을 전부 꺼내 놨다. 화장실 청소를 하고 이불을 꺼내 세탁기에 넣는 대신 욕조에 넣고 발로 밟기 시작했다.

 제대로 먹지도 않고 너무 많이 움직인 탓인가 현기증에 잠시 서 있을 때였다. 벨이 울렸다. 이 시간에 올 사람이 없는데. 힘없이 걸어가 문을 연 나는 눈을 의심했다.

 "…우진아?"

 지금쯤 공항에 있어야 하는 우진이 문 앞에 서 있었다. 장거리 비행을 위해서였는지 가벼운 트레이닝복 차림이었다. 어째서 여기 있냐는 듯 눈으로 묻자 우진은 별일도 아니라는 듯 말했다.

 "미뤘어."

 "왜."

 "그냥."

 우두커니 선 날 지나쳐 우진은 거실로 들어왔다. 나는 그제야 집 안의 광경을 확인했다. 청소를 시작하기 전보다 시작한 후가 훨씬 더 어질러져 있었고 엉망이었다. 우진은 빨랫감이 가득한 욕실과, 책이 죄다 나온 책장들과, 온갖 그릇들이 흩어져 있는 식탁을 차례로 훑더니 마지막으로 날 봤다.

"어, 집이 너무 어지러워서. 청소한다고."

거실 탁자에 나와 있는 청소 도구들을 치우며 나는 변명하듯 말했다.

"뭐 마실래? 차 줄까."

얼굴로 닿는 시선을 애써 모른 척한 채 주방으로 돌아서는데, 팔목이 붙잡혔다.

"…괜찮은 거야?"

우진은 답지 않게 머뭇거리며 묻더니, 스스로가 한 말이 짜증 난다는 듯 헛웃음을 흘리며 자답했다.

"괜찮을 리가 없지."

"아냐, 나 괜찮아."

나는 서둘러 반박했다. 멀쩡해. 아무렇지도 않아. 밥도 잘 먹고, 잠도 잘 자. 제대로 변호하지 않으면 당장 목숨을 내놓아야 하는 사형수처럼 묻지도 않은 걸 필사적으로 줄줄 늘어놓기 시작하는 나를, 우진은 굳은 얼굴로 말없이 내려다보기만 했다.

"싸질러 놓기만 하면 아버진가. 그러니까 진짜 아버지도 아니었는데, 내가 안 괜찮을 게 뭐 있어. 늘 생각했었어. 죽어 버렸으면 좋겠다고. 아니, 죽였었어. 속으론 몇백 번이나 죽였어. 잘된 일이야. 잘 죽었어. 할아버지한테 짐 안 되고, 내 앞길에 걸림돌 안 되고. 그 정도면 호상이지. 이젠 어디서 마주칠까 걱정 안 해도 돼서 좋아. 어떻게 알고 찾아오면 어쩌나, 전화라도 오면 어쩌나 벌벌 떨고 걱정하지 않아도 돼서 너무 좋아. 사람들이 물어보면 아버지는 돌아가셨다는 거짓말이 아니라, 사실대로 말할 수 있어서, 그래서 너무 좋….…"

시야가 흔들린다 싶더니 어느새 우진의 품 안이었다. 반사적으로 자신을 밀어내려는 나를 우진은 더 힘주어 끌어안았다.

내가 아버지를 모른 척하지 않았다면, 그래서 그날 누군가 있었다면. 아버진 살아 있지 않았을까.

그 생각이, 침대 위에 누워 있던 아버지를 목격한 후부터 지금까지 머릿속을 떠나지 않았다. 숨통이 조이는 것 같았다. 횡단보도에서 날 보며 걸어오던 엄마가 차에 치여 피투성이가 되던 장면을 목격했을 때처럼.

후회가 되지 않았다면 거짓말이다. 그러나 다시 돌아간다 해도 나는 똑같이 했을 것이다. 그런 내 마음을 꿰뚫어 보기라도 한 것처럼 우진은 속삭였다.

"나도 그랬을 거야."

언젠가, 내가 우진에게 해 주고 싶었던 말이었다. 이따금 꿈에 잠겨 허우적거리는 우진을 깨울 때마다, 차를 타고 다리에 들어설 때면 핸들을 쥔 우진의 손에 힘이 들어가는 걸 눈치챌 때마다, 비슷한 사고 소식에 아무렇지 않은 척하면서도 묘하게 굳어진 우진의 얼굴을 볼 때마다.

"알았을까. 내가 그 정우진이라는 걸. 그래서 그런 눈으로 쳐다봤을까. 이젠 살 수 있을 거라고 생각해서."

나라도 똑같았을 거야.

"갇힌 물 안에서만 활개 치는 애송이일 뿐이었는데."

아니.

누구도 너처럼 할 수 없었을 거야.

제 품에 얼굴을 묻은 채 소리 죽여 흐느끼는 나를 우진은 고요히 오랫동안 껴안고 있었다. 그림과 동고동락하다시피 하는 우진에게선 언제부턴가 익숙한 향기가 풍겼다. 어쩌면 내게서도 날 냄새. 물감 냄새였다.

나를 침대로 끌어다 눕힌 우진이 문을 닫고 방 밖으로 나갔다. 아직 초저녁인데 잠이 오겠냐고 얘기한 게 무색하게 나는 누운 지 얼마 되지 않아 잠들었다. 일어났을 땐 어이없게도 이튿날 아침이었다.

잠이 들 때 혼자였듯 깨고 나서도 침대엔 나 혼자였다. 어렴풋이 곁에서 우진의 향기가 나는 것 같기도 한데 확실하진 않았다. 전날 울어 통통 부은 못난 얼굴로 아연해 방 밖으로 나간 나는 그 자리에 우뚝 섰다.

우진은 이른 아침부터 주방에 서 있었다. 하지만 내 시야를 사로잡은 건 그것뿐이 아니었다. 내가 엉망진창으로 어질러 놓았던 집 안이 전부 정리되어 있었다. 책장도, 주방도, 욕실도. 이불까지 세탁되어 베란다에 내걸린 채였다.

기척을 느낀 듯 우진이 돌아봤다. 손엔 프라이팬을 쥔 채였다. 그림으로만 보면 전문가처럼 프로페셔널해 보이는 그의 앞엔 휴대폰 동영상이 재생되고 있었다. 요리로 유명한 크리에이터의 영상이었다.

"씻고 나와. 아침 먹게."

"언제 일어났어?"

"좀 전에."

"안 잔 건 아니지?"

혹시나 싶어 걱정스레 물었다. 우진은 다시 프라이팬 쪽으로 시선을 돌리며 말했다.

"잤어."

"내가 하면 되는데, 뭐 하러 다 치웠어."

미안해. 식탁에 있는 컵을 들어 물을 마시며 사과했다. 화력이 약해 전기 어쩌고는 못 쓴다고 고집하는 할아버지 때문에 여전히 고수하고 있는 가스레인지의 불을 끈 우진이 완전히 내게로 돌아섰다.

"쓸데없는 소리 할 시간에 내가 뭐 하라 그랬더라?"

요리가 재미는 없는지 감흥 없던 검은 눈동자가 입가에 흐른 물을 닦고 있는 내게로 향했다. 나는 잠깐 고민하다 우진에게 다가가 그 뺨에 입술을 붙였다. 우진은 오늘 본 중 가장 흥미 있어 보이는 얼굴로 내가 하는 양을 지켜보는가 싶더니, 돌아서는 내 허리를 끌어당겨 안아 제 몸에 밀착시켰다.

"씻을 거야."

나는 매가리 없이 항의했다. 우진은 어느새 내 목에 입술을 붙인 채 웃었다.

"너 심장 엄청 뛰어."

우진이 만들고 있던 음식은 프렌치토스트였다. 맞붙은 우진의 몸에서 단내가 진동했다.

우진은 요리는 못해도 칼질을 아주 잘했다. 과도로 과일을 깎거나 커터 칼로 무언가를 오릴 때면 단 한 번의 실수도 없이 매끄럽게 잘 깎았다.

그런 우진의 손에 오늘은 반창고가 발려 있었다. 단정하고 긴 왼손가락에 서너 개나 붙은 반창고를 확인한 나는 목구멍이 따끔거리는 것 같아 괜스레 주스만 자꾸 들이켰다. 기껏 만들어 놓고 본인은 손을 댈 생각이 없는지 나만 보던 우진이 확신한 듯 물었다.

"맛없구나?"

"아니야. 맛있어."

"다시 해 줄게. 아니다. 그냥 사 먹자."

"아니, 진짜 맛있다니까."

접시를 가져가려는 걸 필사적으로 사수했다. 내 강경한 태도를 예상 못 한 듯 잠시 멈칫하던 우진이 마지못해 자리에 앉더니, 드디어 제 몫의 토스트를 입에 넣었다. 뭐야. 자기가 만들어 놓고 맛도 안 본 거야? 나는 어이가 없어 웃으며 되물었다.

"맛있지?"

"먹을 만은 하네."

"맛있어."

우진의 기준은 늘 본인에게만 박했다. 0.01초에 메달 색이 달라지는 선수 생활을 하던 고등학교 시절에도 그랬다. 겉으론 여유로워 보여도 늘 본인을 채찍질하는 것 같아 어떨 때는 보는 내가 숨이 찬 기분이 들었다.

"난 맛없는 건 입 안 대."

거듭되는 내 정정에 성의 없는 포크질을 멈춘 우진의 시선이 내게로 꽂혔다. 집요할 만큼 떨어지지 않는 시선을 모른 척한 채 나는 아까부터 궁금했던 걸 물었다.

"근데 저 짐은 뭐야?"

어젯밤엔 정신이 없어 몰랐는데 현관 한구석에 트렁크가 놓여 있었다. 출장 간다고 하더니 그 짐인가, 생각했다. 어제 취소했다더니 오늘 가는 건가. 그러나 우진의 대답은 전혀 의외였다.

"당분간 여기 있을 거야."

"뭐 하러. 그럴 필요 없….".

생각지 않은 배려에 미안해져 서둘러 거절했으나 우진은 단호했다.

"내가 필요해."

내가 필요해. 네가.

- - -

"할머니 그림은 왜 안 팔았어?"

"어떻게 팔아."

"내가 팔아 줘?"

"안 팔 거야."

"그럼 네 그림을 파는 건 어때?"

- - -

생각지 않은 동거에 나는 비교적 쉽게 적응했다. 마치 우진과 함께 살길 기다리기라도 했던 사람처럼.

우진이 당분간 나와 함께 지내기로 했다는 소식을 들은 할아버지는 안도한 기색이었다.

― 너 우진이랑 같이 있고 싶어설랑 나 여기 있으라고 한 거 아니여? 이 할아비는 서운허다.

영상 통화에서 눈가를 늘어뜨리는 할아버지 뒤에서 해나가 나타나 소리쳤다.

― 뭐야, 뭐야. 왜 정우진이랑 같이 지내요! 나는? 나는? 나도 쌤이랑 같이 있고 싶단 말이에요. 쌤도 여기서 지낼까 봐 내가 쌤 전용 이부자리도 사 놨는데! 근데 오빠 너 진짜 웃긴다. 프랑스 출장 간다더니, 거기가 프랑스야?

곁에서 일하며 그걸 듣고 있던 우진은 콧등으로도 들은 척 안 하다가 우리 영주 잘 부탁헌다는 할아버지의 당부에만 걱정 마시라는 말로 대꾸했다. 해나가 민 화백에게 나도 저기 가면 안 되냐고 조르는 소리가 겹쳐 들렸다.

통화는 오래가지 못했다. 우진이 내 의사도 묻지 않고 할아버지와 민 화백에게 서둘러 밤 인사를 건네더니 종료 버튼을 눌렀기 때문이다. 쳐다보자 해명하는 목소리가 무성의했다.

"피곤해."

피곤하다는 사람치곤 날 끌어다 안은 손은 여느 때보다 성급했다.

할아버지는 그 뒤로 일주일을 더 지내다 집으로 돌아왔다. 우진은 별다르게 서운한 기색도 없이 짐을 챙겼다. 나는 훨씬 밝아진 할아버지의 얼굴을 보니 너무나 기뻤지만 우진을 보내는 건 조금 섭섭했다.

같이 배웅을 하겠다는 할아버지를 먼저 집으로 들여보내고 우진의 차 곁에 섰다. 운전석에 타 시동을 건 우진이 차창 밖의 내 뺨에 입을 맞추더니 물었다.

"그냥 들어와 살까?"

할아버지를 홀로 두곤 어디든 절대 가지 않을 날 알고 한 말이었다.

할아버지는 이튿날부터 가게를 열었다. 재료를 사고, 반찬을 만들고, 손님을 맞았다. 며칠 뒤 나는 할아버지에게 아버지의 보험 얘기를 했다. 할아버지는 잠자코 이야기를 듣고 있더니 처음으로 웃었다.

"그래도 그 썩을 놈이 아버지 노릇은 한번 하고 죽었네."

밝은 목소리와는 달리 눈은 젖어 있었다.

나는 그 돈을 할아버지가 받았으면 했지만 할아버지는 한사코 사양했다.

"그걸 왜 내가 가져. 네 것인디. 죄책감 같은 건 마음에 품지 말고, 전부 다 너 혀. 그걸로 하고 싶은 걸 죄다 할 수는 없겠지마는 그래도, 그간 돈 때문에 못 했던 거, 그런 거 다 혀 봐. 할아비는 그것만 봐도 배부르니께."

할아버지는 죄책감은 품지 말라고 일렀지만 여전히 그걸 떨쳐 버릴 수 없었던 나는 차일피일 보험금 수령을 미루었다. 보험사에서 연락이 온 건 화요일이었다. 본인의 일이 아닌데도 늘 본인처럼 나서 주는 복지사 덕분이었다.

며칠 뒤 통장에 돈이 입금됐다. 메시지에 뜬 현실감 없는 금액의 숫자를 세다 말고 나는 휴대폰 액정을 껐다. 10대 시절부터 늘 갈구했던 돈, 필요했던 돈, 바랐던 돈, 평생을 일해도 손에 쥘 수 없는 액수의 그 돈이 수중에 들어왔는데도 전혀 행복하지 않았다.

미뤘던 프랑스 출장을 갔던 우진은 오늘 아침 돌아왔다. 한국에 도착했다는 연락을 받은 후에는 따로 전화하지 않았다. 여러모로 피곤할 것 같아서였다. 그런데 왜 나는 우진의 빌라 앞에 와 있는 걸까.

우리 가게를 팔아 봤자 그 현관값도 치르지 못할 우진의 빌라는 방문 허가를 받아야 출입이 가능했다. 마음대로 오가라며 우진은 일찌감치 여분의 카드 키를 건넸었지만 막무가내로 들이닥치고 싶진 않았다. 지금쯤 자고 있을지도 모르는데.

나는 우진이 있을 건물을 올려다보곤 돌아서 나왔다. 밤 9시. 습기가 많아 축축한 밤공기는 미지근했고, 어둠이 내린 하늘엔 보름달이 떠 있었다.

버스를 타고 돌아왔다. 집으로 걸어 올라가는 길목에 있는 편의점 냉동고 앞엔 늦은 밤인데도 초등학생으로 보이는 아이들 서넛이 옹기종기 모여 있었다. 난 이거. 나도 이거. 그건 좀 비싼 것 같은데. 너 얼마 있어?

나는 아이스크림의 가격과 들고 있는 지폐를 확인하는 아이들을 잠자코 보다가 다가가 물었다.

"그거 맛있어?"

고작 아이스크림 하나씩을 사 주었을 뿐인데 아이들은 고개를 구십 도로 숙여 가며 고마움을 표했다. 나는 내 몫의 아이스크림 봉투를 들고나오며 물었다.

"반찬은 어디서 사라고?"

"영주네 반찬!"

아이들을 보낸 후에는 근처에 있는 작은 놀이터 벤치에 앉았다. 휴대폰이 울려 전화를 받았더니 할아버지였다.

- 병이 도졌나벼, 우리 영주.

"병?"

- 살금살금 밤이면 나다니는 괭이 병 말이여. 우진이 만나러 간 겨?

"아니. 그냥 산책."

- 우진이 만나는 거 아니면은 싸게 들어와. 걱정되니께.

"알았어요."

결국 앉은 지 5분도 되지 않아 일어나야 했다. 봉투에서 아이스크림 하나를 꺼내 껍질을 벗겨 입에 문 채 걷던 나는 공원 입구를 앞두고 멈춰 섰다.

"그거 맛있어?"

비가 오지 않았는데도 머리카락이 젖은 우진이 날 보고 웃고 있었다.

미지근한 밤공기에 짙은 물 냄새가 퍼졌다.

희미하게 따라붙는 소독약 냄새.

수영장 냄새였다.

14. Finale

 차가운 물이 온몸을 감싸고 휘돌았다. 앞으로 나아갈 때마다 튀어 오른 물방울이 수백 개로 쪼개져 내 위로 부서져 내렸다.
 산소를 들이켠 폐는 터질 듯 부풀어 올랐다가 뱉어 내며 쪼그라들길 반복하고, 나는 점점 속력을 낸다. 한계치에 다다른 호흡이 숨통이 조이는 걸 이겨 내고 물살을 가를 때마다 온몸이 희열로 전율한다.
 멈추지 않는다.
 멈출 수 없다.
 멈춘 적 없었다.
 비가 되어 쏟아져 내리는 소화전의 물 사이로 널 재회했을 때, 깨달았다. 사는 게 너무 쉬워 재미라곤 없었던 나는 물속에 있을 때 가장 살아 있는 것 같았는데, 네가 그랬다.
 숨이 차.

 "우진아."

너 때문에.
살아 있는 것 같아.

- - -

수영을 시작했다. 홍영주는 그 어느 때보다 기쁜 기색이었다. 박채원은 탐탁잖아했다.

"풀 안에 있을 땐 전화 못 받잖아?"

8월 마지막 주였다. 홍영주는 2학기에 맡을 전공 수업 때문에 늘 바빴고, 밀린 경매와 계약을 끝낸 나는 간만에 여유로웠다. 해나는 여전히 홍영주에게 그림을 배웠지만 목적을 취미로 바꾸었다. 취미로 하기에도 너무한 그림 실력이었으나 따로 입을 대진 않았다.

"너는 얼마나 잘나서? 오빠 너도 한번 그려 보시지."

내 그림 실력 역시 해나와 별다르지 않다는 걸 알았기 때문이었다.
할머니는 눈치가 빨랐다. 홍영주와 내가 전과 다른 식으로 가까워졌다는 걸·진작 알아채곤, 누구보다 기뻐했다. 내가 수영을 다시 시작했다는 걸 알았을 때도.
여전히 그 꿈을 꾼다. 그러나 전처럼 오래 헤매진 않는다. 착한 홍영주는 아직 할아버지 곁을 떠날 생각이 없어 보였지만 내 곁을 떠날 생각도 없어 보였다.

"이번 신인 작가전 셋업 리스트야. 내가 일단 1차로 확인했어. 네가 확인하든 말든 상관은 없지만 그래도 대표니까…. 야, 정우진?"

앞에서 자신이 뭐라고 얘기하든 말든 다른 생각에 빠진 나를 박채원이 테이블을 두드려 깨웠다.

"듣고 있어?"

"듣고 있어."

"듣기만 할 거면 주둥이는 왜 있어. 할 말 없으면 난 이만 나가련다. 누구랑 다르게 겁나 바…."

"영주는 어때?"

태블릿과 포트폴리오를 챙겨 일어나다 말고 박채원이 되돌아섰다.

"영주?"

"어."

"하겠대?"

"하게 해야지."

하루 일정을 마치자마자 기껏 만나러 갔건만 홍영주는 학교에 없었다. 연락을 하고 올 걸 그랬나. 개강을 앞둬서인지 방학보다는 붐비는 캠퍼스 주차장에 선 채로 홍영주에게 전화했다. 수화음이 한참을 울리고 소리샘으로 연결되기 직전에야 홍영주는 전화를 받았다.

- 우진아.

"학교에 없네?"

- 아, 학원이야.

"학원?"

- 원장님이 갑작스레 학원을 비우게 돼서 며칠 봐주기로 했어.

 돈을 밝히는 홍영주는 이래서 여태까지 부자가 되지 못했다. 차가운 얼굴로 세상에 관심 없다는 듯한 표정을 짓고 있으면서 누구보다 물러 터졌다.

 고등학교 시절 기껏 담배 판 돈을 생판 모르는 할머니에게 건넬 때부터 알아봤다. 타인의 사정보다는 실리로 움직이는 나는 그런 홍영주가 아직도 이해되지 않지만 그러려니 한다. 내가 손해를 보지 않을 선에선.

 "언제 끝나?"

- 10시.

 "데리러 갈 테니까 학원 주소 보내."

- 괜찮은데.

 통화를 끝내자마자 메시지가 도착했다. 현재 시각 오후 6시 반. 10시까지는 3시간이나 남았지만 차에 올라탄 나는 그길로 학원으로 향했다.

 학원은 번화가에 있었다. 건너편 건물에 주차하고 카페로 들어갔다. 홍영주는 커피를 포함한 음료를 네 잔이나 마신 후에야 나타났다. 10시 5분이었다.

 일어서 밖으로 나왔다. 홍영주는 4층짜리 건물 입구에서 동료인지 학생인지 모를 남자들과 인사를 하고 있었다. 얼굴에 띄우고 있는 미소가 생각보다 진심이라 거슬렸는데, 그런 감정을 느끼는 스스로도 거슬리긴 마찬가지였다.

 사람들과 헤어진 홍영주가 휴대폰을 꺼내 들었다. 곧이어 손에 쥐고 있는 내 휴대폰이 진동했지만 받을 필요는 없었다. 홍영주가 건널목 건너에 있는 날 발견했기 때문이었다.

왜 넌 무엇이든 내게 먼저 이야기하는 법이 없는지, 내가 물어야만 알려 주는 건지. 서운함은 홍영주의 얼굴을 보자마자 아침 안개 걷히듯 깨끗하게 사라졌다. 네 웃는 얼굴 하나면 난 뭐든 해 줄 수 있는데, 고작 5분 더 기다리게 했다고 미안하다고 사과하는 너만 그걸 모른다.

여기서 기다리라고 했건만 홍영주는 기어이 나와 함께 주차장으로 가 차에 올라탔다. 조수석에 앉아 안전벨트부터 매는 홍영주의 목엔 붉은 물감이 묻어 있었다. 손을 가져가 엄지로 문질렸다. 홍영주는 깜짝 놀라면서도 더 이상 내 손을 피하거나 밀어내지 않는다.

"안 지워지네."

"뭐가?"

그제야 홍영주는 조수석 위의 선바이저를 내려 거울을 확인했다. 목에 생각보다 크게 묻은 물감을 보고 나서는 제 옷을 다시 확인한다. 옷에 안 묻었으니 됐어. 피곤한 표정으로 조수석에 몸을 묻던 그녀가 뭔가 떠올랐다는 듯 물었다.

"저녁은?"

"먹었어."

차와 키위주스 따위로 끼니를 때웠다는 말은 굳이 하지 않고 되물었다.

"넌?"

"먹었어, 애들이랑."

주차장을 빠져나와 도로로 들어섰다. 퇴근 시간일 때만 해도 정체된 차들로 빽빽하던 도로는 밤이 되자 적당히 한산해졌다. 조용하다 했더니 홍영주는 어느새 잠들어 있었다. 나는 기척을 죽여 에어컨의 바람을 낮추었다.

　빌라 주차장으로 들어서 차를 세운 후에도 운전석에 앉아 시간을 보냈다. 홍영주는 1시간이나 지나서야 눈을 떴다. 박채원이 전송한 상반기 경매 커미션의 수익을 태블릿으로 확인하고 있을 때였다.

　잠이 덜 깬 듯 멍한 눈동자가 주변을 살피더니 동그랗게 커졌다.
"몇 시야? 나 왜 여깄어?"

　잠겨 나른한 목소리로 홍영주는 다급하게 물었다. 대단한 실수라도 범한 것 같은 음성이었다. 나는 가파르게 수직 상승 중인 수익 그래프에서 시선을 떼고 말했다.

"내일 주말이잖아. 자고 가."
"아."
"할아버지께는 미리 말씀드렸어."

　주차장을 나와 엘리베이터를 타고 집 앞에 도착했다. 지문을 찍어 문을 열고 현관으로 들어섰다.

　빌라를 출입할 수 있는 카드 키 복사본을 쥐여 준 지 오래건만 홍영주가 제 발로 내 집에 찾아오는 횟수는 손에 꼽았다. 자아가 굳건해진 홍영주는 더 이상 내게 끌려다니지 않았고, 덕분에 일방적으로 섹스만 했던 전보다 얼굴을 보는 날들도 되레 줄어들었다.

　피곤한 듯 느리게 구두를 벗고 안으로 들어서는 걸 붙잡고 입부터 맞췄다. 중심을 잃은 홍영주의 등이 현관 거울에 힘없이 부딪혔다. 놀라 치떠진 눈동자가 서서히 안정을 찾고, 얄팍한 눈꺼풀이 내리감기는 걸 확인하고 나서야 무방비하게 벌어진 입술 안을 비집고 들어간다.

3장. 내 사랑은 파랑　321

홍영주의 입 안은 늘 따뜻하다. 여린 점막과 말캉한 혀를 끌어당겨 섞자면 머릿속이 녹는 것 같다. 이쯤 되었으면 학습했을 만한데도 숨을 제대로 쉬지 못해 늘 허덕이는 숨소리. 목숨 줄이라도 된 양 내 등을 힘주어 끌어안는 홍영주의 손길이 느껴질 때면 좋아서 나는 키스를 하다 말고 몰래 웃는다.

가끔 감은 눈을 떠올린 홍영주가 영문을 모르겠다는 듯 어리둥절한 눈으로 바라볼 때도 있는데, 그 순진무구한 눈동자를 마주할 때마다 멀지 않은 새벽 내 아래에서 헐떡이며 울던 얼굴이 겹쳐져 피가 달아올랐다. 지금처럼.

"…왜?"

대답하는 대신 단내가 나는 목에 입술을 묻었다. 입술을 대고 나서야 물감이 묻은 곳이라는 걸 알아챘다. 홍영주에게선 언제나 같은 향기가 났다. 샴푸 냄새와 향수 냄새, 비누 냄새와 섬유 유연제 냄새의 밑바닥에 고여 있는 향기는 늘 같았다. 물감 냄새. 동양화를 그리는 할머니에게서 나는 짙은 먹 냄새와는 다른 향기였다. 갤러리에 있을 때면 유독 홍영주가 떠오르는 이유가 있었다.

여기서 이러지 말고 들어가자고 웅얼거리는 걸 입술로 막고, 옷 안으로 막 손을 집어넣었을 때 인터폰이 울렸다. 현관이 아니라 빌라 출입구 호출이었다. 무시한 채 단추를 풀자마자 다시 벨이 울렸다. 내 목을 끌어안고 있던 가느다란 손이 어깨를 타고 내려와 가슴을 가볍게 밀어냈다. 눈이 마주치자 홍영주가 내 어깨 너머의 인터폰을 눈짓하며 말했다.

"누구 왔나 봐."

조금 전까지만 해도 나른하게 풀려 있던 눈동자에 선명하게 초점이 돌아와 있었다. 나는 마지못해 물러서 인터폰의 버튼을 눌렀다.

- 퀵입니다.

이 시간에 올 만한 퀵이 무언가, 의문이었던 나는 배달원이 내민 포장된 물건을 보고 기억해 냈다. 할머니의 옛 저택 관리인에게 홍영주의 그림을 보내 달라고 부탁했던 걸.

홍영주는 이미 거실로 들어가 소파에 앉아 있었다. 나는 그림을 들고 들어가 커터 칼로 끈을 자르고 포장을 벗겨 냈다. 무슨 그림인가, 궁금증이 가득하던 홍영주의 눈동자가 그림의 정체를 확인하곤 또 다른 의문으로 휩싸였다.

"그걸 왜….'"

"내가 처음으로 가지고 싶던 그림이니까."

한 번도 얘기한 적 없는 이유에 홍영주는 입을 다물었다. 서서히 붉어지기 시작하는 뺨을 숨기려는지 고개를 돌리는 뒷모습에 대고 물었다.

"내 제안은 생각해 봤어?"

"제안?"

"우리랑 계약하자는 거."

"어, 생각은 해 봤는데."

"그런데?"

"그 정도는 아니야. 그림에 손 놓은 지가 언젠데. 지금 그린다고 해 봤자 취미 정도지, 그걸 누가 사겠….'"

"내가 사."

"뭐?"

"내가 살 테니까, 넌 그냥 그려."

아침나절 눈을 떴을 때, 침대 옆자리에 홍영주는 없었다. 시간을 확인하느라 사이드 테이블 위 휴대폰을 뒤져 액정을 켜자마자 메시지가 떴다.

약속이 있는 거 깜빡했어. 먼저 갈게.

대체, 토요일 아침부터….
"누구랑 약속이 있다는 거야."
눈꺼풀에 무겁게 내려앉던 잠기운은 홍영주의 메시지를 보자마자 순식간에 달아났다. 그럼에도 나는 침대 밖으로 나가지 않은 채 이불에 파묻혀 있었다. 에어컨의 찬 기운에 바스락거리는 시트엔 아직 홍영주의 향기가 남아 있었다.
주말 내 홍영주는 보지 못했다. 사실 시간을 내서 찾아가려면 찾아갈 수 있었는데, 참았다. 그렇게까지 집착하면 홍영주가 내게 질려할까 봐 자제한 것도 있지만 나 혼자 안달하는 것 같아, 그게 좀 짜증이 났던 것 같다.
월요일 회사에 도착했을 땐 최동호가 와 있었다. 전속 계약 때문이었다. 회의실에서 박채원과 대화 중이던 최동호가 유리벽 너머의 날 알아보곤 묵례했다. 나는 따라 고개를 숙여 인사하고 내 방으로 향했다.
최동호를 알게 된 건 순전히 홍영주의 뒷조사 때문이었지만, 홍영주와의 관계를 차치하고서라도 붙잡고 있을 만한 가치는 있었다.

요즘 왜 이렇게 쌤 보기 힘들어? 오빠 너만 독점하지 말고 나도 쌤 좀 보자. 레슨할 때 빼고는 얼굴을 볼 수가 없잖아.

해나의 메시지를 무시한 채 휴대폰을 뒤집었을 때, 노크 소리가 들리더니 사무실 문이 열렸다. 최동호는 전에 없이 사람 좋은 미소로 웃어 보이며 말했다.
"가기 전에 그래도 인사는 해야 할 것 같아서요."
"네."
"감사합니다. 계약도 그렇고, 그 꽃도 그렇고."
"꽃이요?"
"회사 행사 때마다 저희 아버지 화원에서 매번 주문해 주셔서."
무슨 말인지 이해를 할 수 없어 쳐다보고만 있자니 다급히 나타난 박채원이 최동호를 잡아끌었다.
"최 작가님, 굳이 인사할 필요 없다니까요. 저한테만 하면 돼요."
"아니, 그래도."
"갑시다. 가요."
"그럼 가 보겠습니다."
오지랖이 넓은 건 홍영주뿐만이 아니었다. 나는 내던져 두었던 휴대폰을 찾아 쥐고 이젠 너무 익숙해 분신 같은 번호를 찾아 전화했다.
- 어, 우진아.
"점심 같이 먹어."

- - -

개강이 코앞으로 다가오자 홍영주는 더 바빠졌다. 이젠 나까지 바빠지는 바람에 이래저래 사흘쯤은 서로 얼굴도 보지 못했다. 겨우 저녁때쯤 연락을 했더니 또 퇴짜였다.

- 미안, 오늘은 회식이 있어서.

친구 따위 없이 홀로 다니던 열여덟 홍영주와 달리 어른이 된 홍영주는 제법 사회화가 잘되어 싫은 사람들과도 무리 없이 잘 어울렸다. 그건 홍영주에게는 아주 잘된 일이었지만 내게는 그리 잘된 일은 아니었다. 같이 있을 시간이 그만큼 쪼개진단 뜻이었으니까.

회식이 끝날 때쯤 전화하라고 했으나 홍영주에게선 연락이 없었다. 11시까지 회사 내 사무실에 처박혀 하릴없이 시간을 보내던 나는 11시 반이 되었을 때 참지 못하고 전화했다. 홍영주가 아니라 이 회식의 주최자 구봉림 학장에게.

- 홍 교수? 잠깐만, 홍 교수! 홍 교수, 우리 홍 교수가 지금 어디에 있을까나아, 맞다! 홍 교수 지금 학교에 있을걸. 바쁘다고 일 남은 게 있다고 그리 간다 했어.

헛웃음을 흘리며 사무실을 나왔다. 혹시나 해서 다시 통화를 시도했다. 홍영주는 여전히 받지 않았다. 이 시간에 거기로 돌아가 또 일을 한다고? 화가 났다기보단 기가 찼다. 안쓰러웠다. 지나칠 만큼 필사적으로 인생을 사는 홍영주가.

자정을 앞둔 캠퍼스는 최소한의 조명을 제외한 모든 불이 꺼진 상태였다. 아직 불이 켜진 사무실이 있긴 했지만 손에 꼽았다. 닫혀 있는 앞 출입구 대신 한 바퀴를 돌아 열린 뒤 출입구를 향해 예술 대학 안으로 들어갔다.

지은 지 오래된 예대 건물은 공포 영화에 나온다고 해도 무리 없을 정도로 음산했다. 복도 저 멀리 희미하게 켜진 푸른 비

상구 불빛을 따라 걷기 시작했다. 걸을 때마다 내 발소리가 날 따라왔다. 보통 사람 같으면 들어오기도 꺼릴 시간인데.

"겁이 없는 건지."

하긴, 열아홉 풀 안에서 마주쳤을 때도 한밤중이었지.

홍영주의 연구실을 빙자한 창고는 복도 코너를 돌아 제일 첫 방이었다. 불이 켜져 있는 걸 보니 아직 여기 있는 게 맞았다. 문고리를 쥐고 돌리자 문이 열렸다. 나는 안으로 들어가지 않은 채 섰다.

홍영주는 잠들어 있었다. 책상에 엎드린 채, 무방비 상태로.

홍영주는 예민했다. 잠귀가 밝아서 뒤척이는 소리에도 쉽게 잠에서 깨어나고 했다. 그런 홍영주가 타인이 들어왔는데도 세상모르고 잠들어 있었다. 공기 중에 희미하게 술 냄새가 풍겼다. 취기 때문인가. 아니면 요 며칠 스스로를 너무 혹사한 탓일지도 몰랐다.

희미하게 오르내리는 등을 확인한 나는 소파 팔걸이에 놓인 무릎 담요를 가져가 어깨에 덮어 줬다. 시간을 확인했다. 12시 1분. 홍영주를 깨우는 대신, 소파로 가 앉았다. 펼쳐진 채 뒤집혀 놓여 있는 테이블 위 책을 읽기 시작했다.

눈동자가 없는 초상화가 트레이드마크인 모딜리아니의 구질구질한 인생사를 막 다 읽었을 때, 홍영주가 눈을 떴다.

"깼어?"

소파에 앉아 무덤덤하게 밤 인사를 하는 날 그제야 목격한 홍영주가 얼어붙었다. 나는 책을 원래 있던 자리에 둔 채 일어서 홍영주에게로 향했다.

홍영주는 아직 잠이 덜 깬 모양인지 눈도 안 깜빡이고 나만 쳐다보더니 거리가 좁혀지자 뒤로 물러났다. 어깨에 걸쳐져 있던 담요가 바닥으로 떨어졌다. 나는 허리를 숙여 담요를 주워 들곤 스커트가 무방비 상태로 올라가 희게 드러난 홍영주의 허벅지를 덮어 가렸다.

"…꿈인 줄, 알았어."

홍영주는 뒤늦게 말했다. 느리고, 나른한 목소리였다. 취기가 남아 있는지 아니면 잠기운 때문인지 눈동자가 흐릿하게 풀려 있었다. 나는 흐트러진 머리칼을 넘겨 주곤, 가느다란 목덜미를 잡아당겨 뺨에 입 맞췄다.

"집에 가자."

새벽 도로는 한산했다. 홍영주의 집까지 가는 데 평소 시간의 반이 겨우 걸렸을 뿐이었다. 사무실에서 잠들었던 탓인지 홍영주는 가게 앞에 도착할 때까지 깨어 있었다.

"잘 자."

"너도."

조수석 문을 열고 내리던 홍영주가 돌아섰다. 여전히 그 뒷모습만 보고 있던 나는 무슨 일이냐고 눈으로 되물었다. 홍영주는 조금 머뭇거리더니 말했다.

"들어갔다 갈래? 할아버지 안 계시는데."

머리부터 발끝까지 모르는 곳이 없는 사이에 새삼스레 어려워하면서 묻는 홍영주는 열여덟 그때와 똑같았다.

생각이 많은 홍영주는 무슨 얘기든 한 번에 하는 법이 없었다. 몇 번이고 속으로 생각하고 스스로에게 확신이 생긴 다음에야 입을 열곤 했다.

무표정이라 처음엔 티도 나지 않아 잘 몰랐는데 나중엔 금세 눈치챘다. 누군가를 좋아하는 건 눈동자의 방향만으로도 그 사람의 마음을 짐작하게 되는 일이다. 어떨 땐 귀찮고, 성가시지만 그럼에도 다행인 일.

나는 시동을 끈 채 차에서 내렸다. 보닛을 돌아 곁에 서는 날 본 홍영주의 입술에 미소가 맺혔다.

홍영주의 할아버지 홍춘근 씨는 근처 가게 상인들과 함께 1박 2일로 근교 나들이를 떠났다고 했다. 홍영주와 재회한 지는 한참이었으나 홍영주의 집에 들른 지는 얼마 안 됐다. 잠까지 잔 적은 손에 꼽았는데, 섹스를 한 적은 단 한 번도 없었다.

홍영주의 아버지가 돌아가신 직후라 그럴 상황이 아니었지만 그럴 상황이었더라도 이상하게 마음에 걸렸다. 죄를 짓는 기분.

할아버지는 종교 대통합주의자인 모양인지 집 안 곳곳에 성모 마리아상, 부처상, 예수상, 심지어는 이름 모를 외국의 신 미니어처도 있었다. 나는 집 안으로 들어서자마자 얼굴에 따라붙는 성모 마리아상의 눈길을 외면한 채 거실로 들어서며 물었다.

"이런 거 모으는 게 취미신가."

홍영주는 내가 가리키는 꼬마 부처를 보더니 대답했다.

"부적이야."

이 집, 귀신 나오는 집으로 유명하거든. 덧붙이는 목소리가 심상했다. 생각지도 못한 대답에 나는 조금 웃었다.

"그래서 자고 가라고 한 거야?"

"난 그런 거 안 믿어."

홍영주답다고 생각했다. 홍영주는 귀신보다는 줄어드는 통장 잔고가 무서울 것이다.

"전에 옷 두고 간 거 있으니까 그거 가져다줄게. 먼저 씻어."

피곤한지 방으로 들어서는 어깨가 축 처져 있었다. 나는 홍영주를 따라갔다. 방 안에 들어가 앉아 옷장 서랍을 뒤지던 홍영주가 어느새 곁에 선 날 보고 의아해했다. 나는 아직 취기가 가시지 않은 듯 나른한 홍영주의 두 눈을 보며 장난치듯 물었다.

"씻겨 줄까."

내 개수작에 기막힌 듯 웃던 홍영주가 대답했다.

"아니."

칼같은 거절과 달리 뻗어 오는 손은 유순했다.

"그냥 잘래."

몸이 하는 일을 머리가 따라잡지 못할 때가 있다. 휘슬 소리에 즉각 반응하는 몸, 물보라 속에서도 선연히 보이는 터치 패드. 최대한 많은 산소를 저장하기 위해 극적으로 몸집을 키우는 폐와 마지막 스퍼트를 준비하며 요동치는 근육들.

그러니까 수영에 관한 모든 것이 어렸을 때부터 체득해 기십 년이 넘게 몸에 밴 것들이었다. 이젠 홍영주와 관련된 일들이 그랬다.

네가 좋아하는 거, 네가 싫어하는 거. 어떨 때 웃고 기뻐하는지, 어떨 때 화를 내고, 슬퍼하는지. 네 절망, 네 환희, 널 힘들게 하는 것과 네가 지키고 싶어 하는 것. 네가 경멸하는 인간들과 사랑하는 사람들. 네 곁에 있으면서 자연히 체득했다.

섹스도 마찬가지였다. 어딜 만지면 좋아하는지, 어딜 만지는 걸 싫어하는지. 어떨 때 절정에 떨고, 어떨 때 괴로워하는지 머리보다 몸이 먼저 알았다.

홍영주는 목이 약하다. 여린 목에 입을 맞추거나 가끔 이를 세우면 진저리를 치며 흥분한다. 허리를 만지는 걸 싫어한다. 간지럼을 잘 타서 옷 사이로 손만 집어넣었을 뿐인데도 기겁하며 밀어낼 때가 있다.

약한 피부는 별걸 하지 않아도 자국이 잘 남아, 키스하고 만질 때도 신경을 써야 한다. 피곤할 땐 같이 자자고 꼬드기면, 처음엔 거부하지만 결국은 받아 준다.

피곤한 홍영주는 착한 아이처럼 유순해서 평소엔 할 수 없는 변태 같은 플레이에도 곧잘 응한다. 이를테면 손목을 묶거나 눈을 가리거나 혹은 그 이상의. 단순히 거부하기 귀찮기 때문이었다. 홍영주는 알 수 없는 데서 게으르다.

콤플렉스가 있는 손가락 하나하나에 입을 맞추다 입 안에 하나를 넣으면 기겁하다가도 달뜨는 표정. 거칠다 못해 과격해지는 날 받아 내느라 차오르는 숨으로 부풀어 오른 가슴과 흥분에 파르라니 실핏줄이 선 목. 부끄러워 피하다가도 절정의 순간에는 울어 덜덜 떨면서도 꼭 나를 쫓아 눈을 맞추는 네 눈.

네 가는 팔과 다리가 날 끌어안으면 나는 네게로 잠겨 든다.

그렇게 오늘도 네 안에서 유영한다.

이대로 숨이 차올라 죽어도 좋다고 생각하면서.

아침 일찍 깨어나 떠날 생각이었는데 일어나보니 벌써 11시였다. 꿈도 꾸지 않은, 실로 오랜만의 숙면이었다.

홍영주는 곁에서 아직 잠들어 있었다. 그리 좋지 않은 꿈을 꾸는 건지 미간에 잡힌 주름을 손가락으로 눌러 펴 준 다음, 입을 맞추고 일어섰다. 씻고 잠들었으니 대충 몸에 물만 끼얹고 돌아갈 생각이었다.

박채원의 말마따나 할아버지 반찬 가게의 가지조차 우리 둘이 잔다는 걸 알고 있겠지만, 그저 짐작과 눈으로 확인하는 건 또 다른 법이었다.

문을 열어젖히고 나서야 집 안에 누군가 있다는 걸 알았으나 이미 늦었다. 다시 방 안으로 들어가지도, 그렇다고 거실로 나서지도 못한 나를 눈치챈 할아버지가 주방에 선 채로 인사했다.

"뭣 헌다고 장승처럼 서 있어? 일어났으면 아침 먹게, 싸게싸게 씻고 나와."

"…언제 오셨어요?"

"쬐까 전에. 왜? 나 오기 전에 토낄라 그랬어?"

"네. 너무 일찍 오셨어."

당황했을 땐 언제고 멀쩡한 얼굴로 그렇다고 말하는 내가 기가 찬 듯 웃음을 터뜨린 할아버지가 물을 마시는 내 등을 욕실로 떠밀었다.

"싸게 씻고 나오기나 해. 마침 밥 막 다 됐는데 금방 했을 때 먹게."

할아버지를 기다리게 할 순 없어 최대한 빠르게 씻고 밖으로 나왔다. 드라이어로 대충 물기만 털어 낸 후 식탁에 앉았다. 그 사이 식탁 위는 짧은 시간 내에 차렸다기엔 믿을 수 없을 만큼의 음식들로 가득 차 있었다.

"같이 하시지."

"네가 뭘 할 줄은 알아? 헤엄이나 칠 줄 알지."

"다음에 와서 배울게요."

"뭘."

"음식 하는 거."

 할아버지가 씹던 밥을 내뿜었다. 나는 뺨에 붙은 밥풀을 떼어 내고 숟가락을 들었다.

"아서라, 내가 해 줄 텐게. 음식은 레시피가 아니여. 손맛이여. 영주가 그러는디 니 손맛은 썩었대."

 입 앞까지 가져갔던 숟가락이 그 자리에 멈췄다.

"아이고, 영주가 우진이 너한테는 절대 말하지 말랬는디."

 나는 얼마 전 해 줬던 토스트를 맛있게 먹던 홍영주를 떠올리곤 묘한 배신감을 느껴 웃었다.

"뭐 썩었다고까진 말 안 했는디, 그게 그거지. 설상가상으로 영주 손맛은 썩은 걸 넘어서 썩어 문드러졌응게, 늬들은 뭐 할 생각 말고 이 할아비가 해 주는 거 받아먹기나 혀."

 이것도 먹어 보라고, 할아버지가 나물과 생선 접시를 내 앞으로 내밀었다. 모든 음식이 맛있었다. 낯설지 않은, 그리웠던 맛.

 수영을 할 때는 돌아서면 배가 고파 닥치는 대로 먹고 살았는데, 그만두고 나서는 뭘 먹는 것도 귀찮았다. 먹으면 먹고, 아니면 말고. 그런 식으로 살다가 체중과 근육이 빠지기 시작해 하는 수 없이 끼니를 챙기기 시작했다. 최대한 간단하게 에너지를 채울 수 있는 음식들이었다.

"영주는 언제 데리고 갈 거여?"

"어제 봤으니 오늘은 참을게요."

"말귀를 못 알아듣는 겨, 못 알아듣는 척하는 겨. 영주, 언제 데리고 가서 살 거냐고?"

 그제야 나는 젓가락질을 멈추고 할아버지를 마주했다.

"언제까지 이 집, 석희 집, 니 집, 세 집 살림 할 거여? 나는 괜찮어. 석희야 당연히 괜찮을 거니께, 우리 생각은 하덜덜 말고. 늬들 좋을 대로 하란 말이여. 솔직히 나도 자유를 누릴 때가 됐다니께? 혼자라고 외로울 거란 생각이랑 늬들 젊은것들 편견일 뿐이지. 그러니께 어디든 싸게 정착을 허라고. 시장 장돌뱅이처럼 빙빙 돌지 말고, 울 집이든 석희 집이든 아님 니 집이든."

"생각해 볼게요."

"전자? 중자? 후자?"

"고민되는데."

"고민은 개뿔. 거짓부렁도 잘헌다."

코 먹는 소리를 내며 웃던 할아버지가 갑자기 내 등 너머를 보는가 싶더니 경악했다. 순간, 어젯밤 홍영주가 말한 집 귀신이라도 튀어나온 줄 알았다.

"아이고, 깜짝이여! 간 떨어질 뻔했네. 괭이 귀신이 들러붙었나. 영주 넌 당최 왜 소리를 안 내고 다니냐! 어?"

돌아보자 잠이 덜 깨 멍한 표정의 홍영주가 방문 앞에 서 있었다. 다정하게 식사 중인 우리 둘이 믿기지 않는다는 듯 다시 방 안으로 들어가려는 걸 불러 세워 데려왔다.

식탁에 앉을 때까지도 반은 넋 놓고 있던 홍영주는 물 한 컵을 다 마신 후에야 정신을 조금 차린 듯했다.

"근데 아까 무슨 이야기였어?"

"네 욕."

거짓말했다. 홍영주 몫의 밥을 차리다 말고 할아버지가 날 돌아봤다.

홍영주와 단둘이 살면 좋겠지. 눈을 뜰 때도, 감을 때도 늘 홍영주가 곁에 있고, 손을 뻗으면 안을 수 있고, 키스할 수 있고, 꿈처럼 행복하겠지. 그렇지만 지금도 괜찮았다.

아버지를 잃은 지 얼마 안 된 홍영주는 시간이 필요했고, 나는 넘치는 게 시간이었다.

세 집 살림? 홍영주가 원한다면 그보다 더한 집들도 전전할 수 있었다.

너만, 내 곁에 있다면.

- - -

9월을 하루 앞둔 8월의 마지막 날이었다. 영원할 것만 같던 여름도 곧 끝이다. 길었던 낮은 점점 짧아져 이젠 7시가 되면 해가 떨어지기 시작했다.

박채원이 골라 온 신인 작가 중 실제로 계약한 작가는 겨우 둘뿐이었다. 나머지는 무늬만 번지르르한 약쟁이거나, 사회성이 제로거나, 프라이드는 하늘을 치솟는데 작품을 그를 못 따라가는 경우였는데, 모두가 그 단점들을 품고 갈 만큼 특출한 재능들은 아니었다.

"영주는 어떻게 됐어?"

붉은 줄이 쳐진 리스트를 심란한 눈빛으로 내려다보던 박채원은 다시 홍영주의 안부를 물었다.

그림을 그리라고 말은 했지만 재촉하거나 경과를 확인한 적은 없었다. 홍영주가 그리고 싶으면 그리는 거고, 아니면 마는 거라고. 내가 할 수 있는 건 그저 기다리는 것뿐이었다. 박채원에게는 미안한 일이지만.

"아직."

내 입에서 나온 말에 박채원은 그다지 놀라워하는 반응도 아니었다.

"하긴, 손 놓은 지 오래됐으니까. 그럼 이번엔 이 둘만 가지고 가자. 지난 분기 수익도 좋은데 천천히 하지 뭐. 그것보다 그 변태 새끼, 이번 경매에도 참여시킬 거야? 돈이 많아서 경매가 올리는 건 좋긴 한데."

박채원이 그 변태 새끼가 얼마나 우리 회사의 이미지를 실추시키는지, 작가들이 그 새끼를 얼마나 질색하는지, 그 새끼의 유해한 외모와 성격에 대해 열변을 토하고 있을 때, 테이블의 휴대폰이 진동했다. 시선만 내리깔아 발신자를 확인했다. 홍영주. 미리 보기로 뜬 메시지가 단출했다.

올 때 화방에서 물감 좀 사다 줘.

"그 돈 없어도 우리 충분히 잘나가거든. 그러니까, …뭐야. 왜 갑자기 혼자 피식거려? 무섭게."

재킷을 들고 일어섰다. 박채원이 어이가 없다는 듯 날 붙잡았다.

"한창 이야기 중인데 어딜 기어 나가세요?"

"그 새끼는 네 마음대로 처리해."

"진짜?"

방금까지 눈을 홉뜰 때는 언제고 세상 온화해진 표정으로 박채원은 되물었다.

"어."

사무실을 나서는 등 뒤로 신이 난 웃음소리가 쏟아졌다.

"앗싸. 오늘부터 오순득 너는 제명이에요."

차에 올라타는 와중에도 메시지는 계속 울렸다. 필요한 물감의 호수를 찍어 놓은 사진과 홍영주가 다닌다는 화방의 주소였다.

화방은 홍영주의 학교 근처에 있었다. 연식이 오래된 낡은 2층 건물의 지하였다. 계단을 걸어 내려가 문을 열자 종이 울렸다. 실내는 습도를 조절하기 위한 환풍기와 제습기가 연신 돌아가는 소리만 들릴 뿐, 고요했다.

"어서 오세요."

그림을 팔긴 해도 그리는 건 내 몫이 아니기에 화방은 처음이었다. 누가 봐도 이곳과 어울리지 않는 내가 티가 났던지 주인으로 보이는 중년 남자가 찾는 게 있느냐고 물었다. 나는 홍영주가 전송한 사진을 보여 줬다. 그가 물감을 찾으러 자리를 비운 사이, 우두커니 선 채 가게를 둘러봤다.

그 꼬맹이는 저렇게나 많이 필요할까 싶은 붓들 사이에 서 있었다. 눈이 마주쳤다. 처음엔 우연인 줄 알았는데, 눈을 거뒀는데도 계속 얼굴에 따라붙는 시선을 느끼곤 그게 아니란 걸 알았다.

아는 애인가.

기껏해야 10대 중후반일 사내 녀석이었다. 그 나이대 또래의 애와 내가 접점이 있을 리 만무했지만 혹시나 했다. 의심을 품은 내가 가는 시선으로 자신을 쳐다보고 나서야 녀석은 마지못해 눈을 돌렸다. 때마침 주인이 나타났다.

"자, 여기."

테이블에 물감을 내려놓으며 내게 확인시킨 남자가, 문득 생각났다는 듯 내 등 뒤의 녀석에게 소리쳤다.

"아 참, 산호야! 네가 찾는 건 다음 주에나 받을 수 있단다."

화방을 나와선 차에 올라탔다. 도중에 디저트와 과일을 좀 사느라 시간을 지체했다. 차까지 밀리는 바람에 홍영주네 가게 앞에 도착했을 때는 저무는 하늘에 벌써 노을이 내리고 있었다.

조수석에 놓아둔 짐을 들고 차 밖으로 내려섰다. 돌아서는 와중에 하필 이쪽으로 오던 남자애와 부딪혔다. 나는 사과를 하려다 말고 섰다. 화방의 그 녀석이었다.

녀석도 마찬가지인 듯 굳어 있더니 뒤늦게 바닥에 떨어진 제 휴대폰을 주워 들었다. 액정은 먼지만 묻었을 뿐 금 간 데 없이 멀쩡했다. 그래도 혹시나 해 머니 클립을 꺼내려는 순간, 녀석이 말했다.

"그림이 훨씬 낫네."

"…뭐?"

대체 무슨 소리냐고 물을 새도 없이 녀석은 날 스쳐 지나갔다. 가게 안에서 할아버지가 나온 것도 그때였다.

"안 그래도 영주가 너 온다고 해서 기다리고 있었는디, 싸게 안 들어오고 여기서 뭐 혀? 아니, 쟈는 산호 아니여? 이리 올 줄 알았으면 들렀다 가라고 할걸! 줄 거 있는디!"

"아는 애예요?"

"산호? 그으럼. 아주 잘 아는 사이지. 우리 영주 애제자여. 이웃사촌이기도 허고."

날 놀린답시고 해나가 지껄이던 헛소리 중 하나가 새삼스레 떠올랐다.

"오빠 너 긴장 타. 우리 쌤 인기 겁나 짱이거든. 오빠 너는

지는 해지만, 뜨는 해는 늘 있는 법이니까!"

 불호를 숨기지 않던 녀석의 시선이 떠올라 나는 웃음을 흘렸다. 그러니까 쟤가 뜨는 해라고?
 할아버지에게 디저트와 과일을 건네고 계단을 올랐다. 홍영주는 옥상 창고에 있다고 했다. 그간 홍영주의 집을 내 집 드나들듯 들락거리긴 했지만 옥상에 가 보는 건 처음이었다. 창고가 있다는 것도 오늘 처음 알았다.
 넌 여전히 나한테 말해 주지 않은 게 많구나. 새삼스러운 일도 아니었으나 서운한 건 어쩔 수 없었다.
 노을이 진 옥상은 온통 붉은빛이었다. 난간 너머로 시 전체가 내려다보였다. 창고 문은 열린 채였다. 홍영주는 그 안에 쪼그리고 앉은 채 무언가를 정리 중이었다.
 깜짝 등장 따위의 유치한 장난은 내 취향이 아니라 기척을 따로 숨기진 않았다. 그런데도 홍영주는 여전히 내 존재를 눈치채지 못하고 있었다. 창고 입구에 도착하고 나서야 무언가를 느낀 듯 홍영주가 뒤돌아봤다.
 놀란 듯 날 올려다보던 홍영주의 얼굴에 이내 미소가 퍼졌다.
 나는 아무런 말도 할 수가 없었다.
 홍영주 뒤로 펼쳐진 수십 개의 캔버스가 온통 파랑이었는데, 그곳엔 전부 내가 있었다.

"나는 아마도 꽃 때문에 화가가 된 것 같다. 클로드 모네."

〈마침〉

3장. 내 사랑은 파랑

세이 예스 올 블루

초판 1쇄 발행	2024년 4월 30일
글	김제이
발행인	신승한
표지 디자인	장지연
편집 디자인	장지연
교정·교열	봉하연
기획	김다혜, 이경미, 임주은
발행처	주식회사 영컴
주소	08390 서울시 구로구 디지털로 32길 30 (구로3동 222-7) 코오롱디지털타워빌란트 902호
전화	02-6335-1750
팩스	02-866-1746
등록일	2018년 7월 9일
등록번호	제 25100-2018-000049호
ISBN	979-11-6779-415-4 04810 979-11-6779-414-7 (세트)

www.iyoungcom.com

ⓒ 2024 김제이
이 책의 저작권은 김제이에게 있으며, 출판권은 주식회사 영컴에 있으므로 본 책자의 전재 또는 부분을 복제, 복사하거나 전파, 전산장치에 저장하는 것은 법으로 금지되어 있습니다.

잘못된 책은 바꾸어 드립니다.